U0513496

楚辭要籍叢刊

山帶閣注楚辭

【清】蔣驥 撰

于淑娟 點校

上海古籍出版社

本書爲「十三五」國家重點圖書出版規劃項目
本書爲二〇一一—二〇二〇年國家古籍整理出版規劃項目
本書爲二〇一八年國家古籍整理出版資助項目
本書爲浙江師範大學中國語言文學一流學科建設成果
本書爲教育部人文社會科學規劃基金項目成果

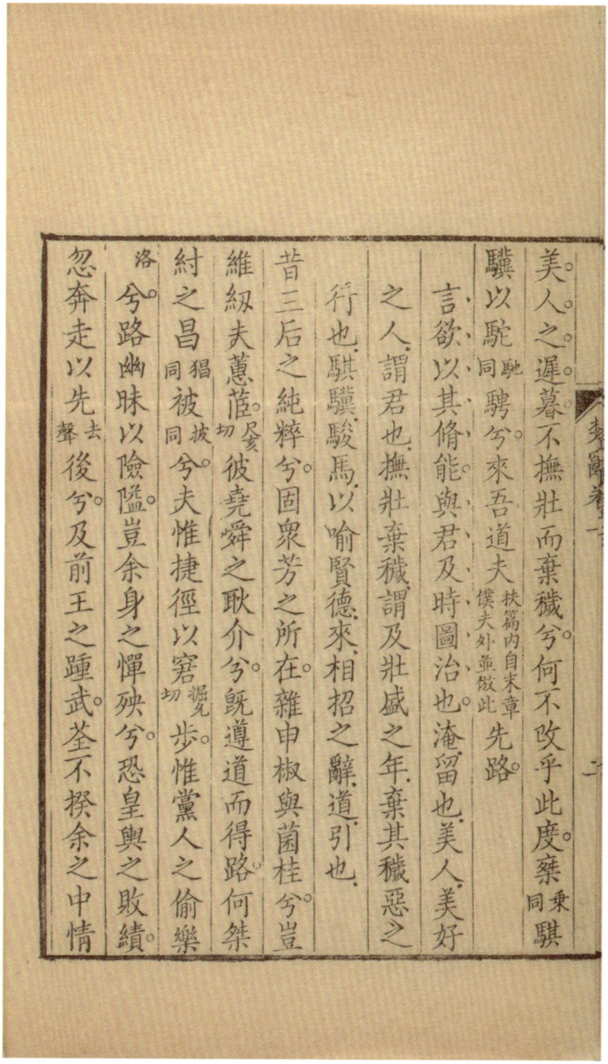

美人之遲暮。不撫壯而棄穢兮。何不改乎此度。椉乘同騏驥以駝馳同騁兮。來吾道夫扶篇內自末章僕夫外並倣此先路。

言欲以其脩能與君及時圖治也。淹。留也。美人。美好之人。謂君也。撫壯棄穢。謂及壯盛之年。棄其穢惡之行也。騏驥。駿馬。以喻賢德。來。相招之辭。道。引也。

昔三后之純粹兮。固衆芳之所在。雜申椒與菌桂兮。豈維紉夫蕙茝尺亥切。彼堯舜之耿介兮。既遵道而得路。何桀紂之昌猖同被披同兮。夫惟捷徑以窘掘允切步。惟黨人之偷樂洛兮。路幽昧以險隘。豈余身之憚殃兮。恐皇輿之敗績。忽奔走以先去聲後兮。及前王之踵武。荃不揆余之中情

清雍正五年刊本《山帶閣注楚辭》書影

楚辭要籍叢刊導言

黃靈庚

楚辭首先是詩，與詩經是中國詩歌史上的兩大派系，好比是長江與大河，同發源於崑崙山，然後分南北兩大水系。大河奔出龍門，一瀉千里，蜿蜒於中原大地，孕育出帶上北國淳厚氣息的國風；而長江闖過三峽，九曲十灣，折衝於江漢平原，開創出富有南國絢麗色彩的楚辭。「楚辭」這個名稱，始於漢代，是漢人對於戰國時期南方文學的總結。「楚辭」既指繼承詩經之後，在南方楚國發展起來的新體詩歌，標誌着中國文學又進入了一個輝煌的時代；又是中國詩歌由民間集體創作進入了詩人個性化創作的時代，而屈原無疑是創作這種新歌體的最傑出的代表，創造出了「驚采絕豔，難與並能」的離騷、九歌、天問、九章、遠遊、卜居、漁父等不朽的名作。

屈原的弟子宋玉、景差及入漢以後的辭賦作家，承傳屈原開創的詩風，相繼創作了九辯、招魂、大招、惜誓、招隱士、七諫、哀時命、九懷、九歎、九思等摹擬騷體之作，被後世稱之爲「騷體詩」。據說是西漢之末的劉向，將此類詩賦彙輯成一個詩歌總集，取名爲「楚辭」。再以後，東漢王逸爲劉向的這個總集做了注解，這就是至今還在流傳的王逸楚辭章句十七卷的本子，是現存的最早的楚辭文獻，也是我們今天學習楚辭最好的讀本。

「楚辭」之所以名「楚」，表明了所輯詩歌的地方特徵。宋黄伯思業已指出：「蓋屈、宋諸騷，皆書楚語，作楚聲，紀楚地，名楚物，故可謂之『楚詞』。若些、只、羌、誶、蹇、紛、侘傺者，楚語也；頓挫悲壯，或韻或否者，楚聲也；沅、湘、江、澧、修門、夏首者，楚地也；蘭、茝、荃、葯、蕙、若、蘋、蘅者，楚物也；他皆率若此，故以『楚』名之」。其雖然説出了「楚辭」所以名「楚」的緣由，而没有進一步指出名「辭」的來歷。辭，也可以寫作「詞」。楚辭詩句之中都有感歎詞「兮」字。這個「兮」字，古人統歸屬於「詞」，古音讀作「呵」，是最富於表達、抒發詩人的情感的感歎詞。這也是楚辭句式的顯著特點。「楚辭」之又所以稱「辭」，是與用了這個「兮」字有關係。

楚辭的句式比較靈活，四言、五言、六言、七言不等，參差變化，不限一格，一改詩經以四言爲主的呆板模式。詩經的篇章結構以短章重疊爲主，短則數十字，長則百餘字，内容相對單一，只截取生活中一個片斷，無法敘述比較複雜、曲折、完整的故事。楚辭突破了這個局限，像離騷這樣的宏篇巨製，洋洋灑灑，三百七十三句，二千四百九十字，至今仍是最偉大的浪漫主義抒情長詩，表現了詩人自幼至老，從參與時政到遭讒被疏，極其曲折的生命歷程；撫今思古，上天入地，抒瀉了在較大時空跨度中的複雜情感。從音樂結構分析，楚辭和詩經一樣，原本都是配上音樂的樂歌。詩經只是一遍又一遍的短章重複演奏，而楚辭有「倡曰」、「少歌曰」、「重曰」，表示樂章的變化，比詩經豐富得多。最後一章，必是衆樂齊鳴，五音繁會，氣勢宏大的「亂曰」。

楚辭的地方特徵，不僅僅是詩歌形式上的變化和突破，更重要的在於精神內容方面的因素。南國楚地三千里，風光秀麗，山川奇崛，楚人既沾濡南國風土的靈氣，又秉習其民族素有「剽輕」的遺風，陶鑄了楚人所特有的品格。楚辭更是「得江山之助」，在聲韻、風情、審美取向、精神氣質等方面，無不深深地烙上了南方特色的印記，染上了濃厚的「巫風」、神怪氣象，動輒駕龍驂鳳，驅役神鬼，遨遊天庭，無所不至。至其抒發情感，激越獷放，一瀉如注，較少淳厚平和的理性思辨，和中原文化所宣導的「不語怪力亂神」、「温柔敦厚」風氣比較，確實有些區別。

屈原是一位富於創造精神的文化巨匠，他置身於大河、長江的崑崙源頭，俯視於南北文化交融的臨界綫。一方面既保持着楚人特有民族性格，自强不息的精神面貌，富有想象的浪漫情調；另一方面又廣泛吸取、融會中原的理性思想，繼承詩經的道德傳統精神。故而在他的作品中，儘管有大江兩岸、南楚沅湘的旖旎風光，濃豔色彩，但幾乎不曾提到楚國的先王先賢，而連篇累牘的都是爲中原文化所公認的歷史人物：堯、舜、禹、湯、啓、后羿、澆、桀、紂、周文王、武王、皋陶、伊尹、傅説、比干、吕望、伯夷、叔齊、甯戚、伍子胥、百里奚等。在屈原的神話傳説中，除九歌中的湘君、湘夫人、山鬼三篇外，像太一、雲中君、東君、司命、河伯、女岐、望舒、雷師、屏翳、伏羲、女媧、虙妃等，都不是楚國固有的神靈，也没有一個是楚人所獨有的神話故事。離騷開頭稱自己是「帝高陽之苗裔」，高陽是黃帝的孫子，其發祥之地，在今河南省的濮陽，不也是中原人的先祖嗎？總之，楚辭是承接詩經之後的一種新詩體，二者同源於大中華文化，是不能割切開來的。更不能説，楚辭是獨立於中華文化以外的另一文化系統。如果片面强調楚辭的地域性、獨立性，也是不妥當的。

楚辭對於後世文學創作的影響是非常巨大的，像司馬遷、揚雄、張衡、曹植、阮籍、郭璞、陶淵明、李白、杜甫、李賀、李商隱、蘇軾、辛棄疾等各個歷史時期的名家巨子，沿波討源，循聲得實，都不同程度地從屈原的辭賦中汲取精華，吸收營養，形成了一個與詩經並峙的浪漫主義傳統的創作風格。在中國文學史上，後世習慣上説「風、騷並重」，指的是現實主義和浪漫主義的兩大傳統精神。由此想見，屈原對於中國文學的偉大貢獻是無與倫比的，屈騷傳統精神更是永恒不朽的。

正因如此，研究中國詩學，構建中國文學史及中國文化史，楚辭無論如何是繞不開的。而讀楚辭、研究楚辭，必須從其文獻起步。據相關書目文獻記載，自東漢王逸楚辭章句以來至晚清民初的兩千餘年間，各種不同的楚辭注本大約有二百十餘種。綜觀現存楚辭文獻，大抵以王逸章句與朱熹集注爲分界：在朱熹集注以前，基本上是承傳王逸章句，而明、清以後，基本上是承傳朱子集注。由我主編且於二〇一四年國家圖書館出版社出版的楚辭文獻叢刊，輯集了二百〇七種，應該蒐録的注本，基本上已彙輯於其中了。遺憾的是，由於這部叢書部帙巨大，發行量也極有限，普通讀者很難看到。且叢書爲據原書的影印本，没作校勘、標點，對於初學楚辭者，尤爲不便。

有鑑於此，我們與上海古籍出版社合作，從中遴選了二十五種，均在楚辭學史上具有影響，爲楚辭研究者必讀之作，分别予以整理出版，滿足當下學術研究的需要，而顔之曰楚辭要籍叢刊。其二十五種書是：漢王逸楚辭章句，宋洪興祖楚辭補注，宋朱熹楚辭集注，宋吴仁傑離騷草木疏，清祝德麟離騷草木疏辨證，宋錢杲之離騷集傳，明汪瑗楚辭集解，明陸時雍楚辭疏，明周拱辰離騷草木史，明陳第屈宋古音義，明黄文焕楚辭聽直，清林雲銘楚辭燈，清王夫之楚辭通釋，清丁晏楚辭天問箋，清蔣驥山帶閣注楚辭，清戴震屈原賦注附初稿本，清胡濬源楚辭新注求確，清陳本禮屈辭精義，清劉夢鵬屈子楚辭章句，清朱駿聲離騷賦補注，清王闓運楚辭釋，清馬其昶屈賦微附初稿本屈賦晢微，日本西村時彦楚辭纂説、屈原賦説，日本龜井昭陽楚辭玦等。參與點校者，皆多年從事中國古典文獻研究、尤其是楚辭文獻研究，是學養兼備的「行家裏手」，其對於所承擔整理的著作，從底本、參校本的選定，出校的原則及其前言的撰寫等，均一絲不苟，功力畢現，令人動容。但是，由於經驗、水平不足，受到各種條件限制（如個别參校本未能使用），且多數作品爲首次整理，頗有難度，因而存在各種問題，在所難免，其責任當然由我這個主編來承擔。敬請讀者批評指瑕，便於再版改正。

前言

清代是楚辭研究全面昌盛的時代，名家輩出，碩果累累。蔣驥的山帶閣注楚辭在衆多釋論中獨樹一幟，推進了清代楚辭研究務實求真的學術風氣，與王夫之楚辭通釋、戴震屈原賦注合稱爲「鼎足而三」的楚辭學論著，是清代楚辭研究的重要成果。

一

蔣驥（一六七八—一七四五），字赤霄，一作涑塍，號勉齋，江蘇武進（今江蘇常州）人。蔣驥雖以山帶閣注楚辭而聞名學林，但其生平記載甚尠，目前學界論説其人，多依據光緒武進陽湖縣志卷二十三中的小傳：

蔣驥，字涑塍，少穎悟好學，下筆千言，悉中理解。年二十，補縣學生，與兄文元、芳洲、鵬翮、汾功俱擅文譽，邑人爲之語曰：「里中五蔣，後來居上。」四人先後成名，驥獨困，乃發憤注三閭楚辭，薈萃百家，徵引精覈。游京師，于大學士徐元夢坐賦詩，援筆立成二十韻，怡親王徵爲上客，謝不往。歸以經學教後進，多登上第。年六十八卒。

由傳記來看，蔣驥少有英才，早年即與兄弟稱名於鄉里。由蔣汾功先曾祖考文撰公事略一文可知，曾祖蔣煜即從事舉業，爲崇禎元年進士，於史騷用力甚深。蔣驥父蔣衡，字金聲，後改名爲振生，字湖帆，一字拙存，清史稿藝術類列傳中有父子二人小傳。蔣衡以書法名世，曾手寫十三經，爲乾隆石經之底本，授國子監學正銜，以恩貢選英山教諭，又舉博學鴻詞。蔣衡於經史詩文亦有成就，著有拙存堂詩文集、游藝秘録、易卦私箋、讀易私記等。蔣驥父輩皆習詩書、修舉業，伯父蔣金式（弱六先生）爲康熙二十三年（一六八四）舉人，於楚辭用力頗勤，有翠縷居説騷，山帶閣注楚辭採摭書目中有載録。另有杜詩編次、批注杜詩輯注，好以騷解杜，將杜詩與楚辭篇目對應而論。蔣汾功文中記載其叔父蔣鎬雖屢困於舉業，但始終不輟於學。蔣驥族兄蔣汾功以經學而名世，有孟子説文等四部孟子專論，並有讀孟居文集傳世。族兄蔣鴻翮爲康熙四十五年舉人，有寒塘詩話及唐人五言排律詩論傳世。蔣驥生於詩書世家，從小即飽讀詩書，受過庭之訓，攻讀經史。而治騷的家學傳統，使蔣驥得以與父兄共析疑義，時相切磋，山帶閣注楚辭中即記有與叔父、兄弟共同探討騷義之事，這些對蔣驥注騷有直接的影響。

山帶閣注楚辭由四部分組成，即卷首、注、餘論、説韻。由山帶閣注楚辭中蔣驥的兩篇序文可知其著書的大致過程。蔣驥一生於科場屢次失利，場屋之困帶來了無法排遣的鬱結牢愁，故立志發憤注釋楚辭。山帶閣注楚辭卷首有序、後序，序文中蔣驥自述：「予於戊子夏，始發憤論述其書。」由此可知此書始作於一七〇八年，蔣驥正當而立之年。初稿「六閲年始成」，序末標注時間爲康熙癸巳（一七一三）七月十五日，時間首尾相合。四庫館臣據餘論上卷「庚子以後，復見安溪李氏離騷解義」語，判定餘論二卷成書於注後。姜亮夫補以後序中「訖事已久，然偶觀他書有與騷相發明者，未嘗不筆而存之」句，佐證餘論當撰寫於注成書之後。另，後序記載「訂詁之外，益以餘論、説韻若干卷」，可知在注完成之後的十四年中，蔣驥又增寫了餘論、説韻兩部書稿，並於雍正丁未（一七二七）五十歲時，將三書合而爲一，付梓面世，是爲雍正五年原刻本。

著書的二十餘年，正是蔣驥人生中最艱難痛苦的時期。科舉的屢試不第，使其束於舉業，内心愁鬱難解。屢次入場，又耗費了大量的時間、精力和金錢，以致「貧賤奔走」，爲生計而煩憂。且蔣驥自二十三歲即罹患頭目之疾，畏風如刀，不能久視，終身不愈，飽受病痛折磨。但窮愁偃蹇的處境、鬱結苦悶的心情，並未能打消蔣驥的注騷之志，相反使之在研讀楚辭中得到了心靈慰藉：「離騷一編，時横几上，聊以舒憂娱哀云爾。」蔣驥讀屈子之作，有「物各從其類」之歎，與屈子的精神共鳴使之將身世之悲、科舉之痛、病患之憂，融入注騷事業中。於蔣驥而言，這不僅僅是一部治學之書，更融注了他的心血與情感。在注騷期間，蔣驥也寫下了大量經史評注，但終究未能成編，對楚辭的情有獨鍾，使之苦苦堅持，終使山帶閣注楚辭得以刊行於世。

二

山帶閣注楚辭原刻本共計十卷，十二萬七千餘字。書首頁爲牌記，正中有大字「三閭楚辭」，右上有一行小字：「武進蔣涑塍注」。左下一行小字：「山帶閣藏板」。牌記後依次爲卷次目録、楚辭篇目，再次爲蔣驥所作序與後序。序文末標注「康熙癸巳七月之望，武進蔣驥涑塍序」，後序文末標注「雍正丁未涑塍書」。正文可分爲四部分，即卷首（一卷）、注（六卷）、餘論（二卷）、説韻（一卷）。

自宋代以來，楚辭底本主要有兩個系統，一是洪興祖的楚辭補注，一是朱熹的楚辭集注。清代楚辭學著作多依朱本，蔣驥山帶閣注楚辭也以朱熹楚辭集注爲底本。朱聞宇蔣驥山帶閣注楚辭底本考辨一文依據山帶閣注楚辭中五處「由」「繇」混用的情況〔一〕，指出這是因避熹宗（天啓，一六二一—一六二七）朱由校、思宗（崇禎，一六二八—一六四四）朱由檢之諱所致，推斷底本應爲天啓、崇禎兩朝之間的明刊本，理據充分，可信從。其中兩處原文徑寫作「由」，應是在抄寫或校印環節出現了失誤。全書在底本的基礎上，改「玄」爲「元」，避康熙玄燁諱，與序末標注的康熙癸巳年（一七一三）吻合。

山帶閣注楚辭專意注屈子之作，離騷九歌天問九章遠遊卜居漁父招魂大招，凡九題二十五篇，篇目極爲精簡。漢王逸楚辭章句共計十六卷六十五篇，除上文所列屈原作品外，又有宋玉九辯、賈誼惜誓、淮南小山招隱士、東方朔七諫、嚴忌哀時命、王褒九懷、劉向九歎、王逸九思等作品。宋代楚辭注疏類書籍的篇目多有增補，洪興祖楚辭補注因是對楚辭章句的增補，故篇目並無變化，晁補之重編楚辭篇目未見增加，但另有續楚辭二十卷，變離騷二十卷。朱熹楚辭集注將屈子作品編爲離騷五卷，共二十五篇；自宋玉以下，刪東方朔七諫、王褒九懷、劉向九歎、王逸九思幾篇，增加了賈誼吊屈原賦、鵩賦，編爲續離騷三卷，共十六篇；又輯録自戰國荀子成相至北宋吕大臨擬招，編爲楚辭後語六卷，共計五十二篇。朱子學術影響巨大，宋代以降，其編目方法爲大多數楚辭著作所承襲，收録增補擬作篇目的趨勢一直沿續至明前。明清楚辭選篇多集中於屈子或屈、宋作品，對後人的擬作續作大加刪削，如黄文焕楚辭聽直、毛晉楚辭参疑、錢澄之楚辭詁、徐焕龍屈辭洗髓、張詩楚辭貫、林雲銘楚辭燈，皆以屈子之作爲選篇標準。這種趨勢一是明代楚辭學尊屈觀念所致，另一方面也與擬作篇目蕪雜衆多，使注疏整理難度增加有關。這一選篇定目的標準在清代亦爲主流，如王夫之即認爲「七諫哀時命九歎九懷九思諸篇，俱不足附屈宋之清塵」。蔣驥黜衆尊屈的主張也很鮮明，餘論：「原賦二十五篇，情文相生，古今無偶，九辨以下，徒成效顰。晁録所載，彌爲添足，今例不敢以唐突也。」山帶閣注楚辭所選篇目充分貫徹了蔣驥的尊屈思想，屈原作品以外的作品皆不收録。此外，在選篇上，爲合屈原作品二十五篇之數，蔣驥將九章中的湘君湘夫人大司命少司命分別合二爲一，使之恰好吻合。蔣驥自述：「九歌本十一章，其言九者，蓋以神之類有九而名。兩司命，類也，湘君與夫人，亦類也。神之同類者，所祭之時與地亦同，故其歌合言之。此家三兄紹孟之説。」蔣紹孟此説源自王逸九歌「祠祀九神」之論，後世學者少有認同，但亦聊備一説。此外，在具體篇目的選定上，如招魂大招是否屬於屈原作品，是長期以來楚辭學聚訟不已的問題。蔣驥將兩篇作品皆歸於屈原，這一裁斷對後世研究影響頗深，現當代楚辭學大家如游國恩、姜亮夫等，皆從此説。

山帶閣注楚辭以朱熹楚辭集注爲底本，故篇目次序亦相同，但蔣驥對屈作的前後次序有自己獨到的見解。楚世家節略中，蔣驥結合屈子生平對作品繫年，認爲惜誦離騷作於懷王十六年之前，屈子始見疏於懷王時；懷王十八年，屈原既疏，不復在位，著抽思思美人卜居等；頃襄王三年，懷王卒于秦，屈原作大招；適陵陽九年，作哀郢；頃襄王十三至十六年閒，自陵陽入辰溆，作涉江；自辰溆出龍陽，作漁父；適長沙，作懷沙招魂；同年秋，作悲回風；明年五月五日，作惜往日，並自沉于汨羅。這一觀點在注和餘論中又有异同，可見一直在研究考證之中。蔣驥結合史料，依據地理，參以屈子原文内證，考論精深，頗有見地，較之林雲銘楚辭燈中楚懷襄二王在位事蹟考，更爲詳實可信。另如餘論中論屈子行跡，佐之地理及屈作：「涉江哀郢，皆序遷逐所經之地。涉江始鄂渚，終辰溆，哀郢始郢都，終陵陽。舊注皆夢夢置之，黄維章、林西仲頗爲考訂而不得其説，乃謂原放江南，雖曰東遷，寔由東至南，涉江之『乘鄂渚』，即哀郢之發郢而遵江夏也，濟沅湘，入辰溆，即哀郢之上洞庭而南渡也。不知鄂渚在郢東，辰溆在郢西，使自郢至辰，何不渡江歷常德而西，乃迂道東行武昌鄂渚乎？且辰在郢西，其不可云東遷明甚。」蔣驥對篇目次序的考訂，既受前人思路的啓發，同時多有實證，真正做到了後出轉精。

蔣驥於屈子生平行迹的考論中特重地理，在楚世家節略之後，更附所繪製的五幅地圖，即楚辭地理總圖、抽思思美人路圖、哀郢路圖、涉江路圖、漁父懷沙路圖。這五幅圖將屈原行迹直觀呈現，是楚辭研究史上的創舉，四庫館臣對蔣驥的行迹考論及所繪地圖褒贊有加：「以考原事迹之本末，次以楚辭地理，列爲五圖，以考原之涉歷之後先，所注即據事迹之年月、道里之遠近，以定所作之時地。雖穿鑿附會，所不能無，而徵實之談，終勝懸斷。」楚辭附圖始於明代汪仲弘楚辭集解，凡例附九重圖等七幅天文圖，但這些圖「爲明時通行天象圖，而移以説天問離騷者也」。〔二〕而蔣驥所繪的五幅地圖，是專爲楚辭而製，且配合前文楚世家節略中所論屈子行迹，實是前所未有的形式，故首創之功不可埋没。後人如陸侃如屈原集中的楚辭地圖、林庚詩人屈原及其作品研究中的楚國疆域圖，皆踵武於蔣氏。

三

山帶閣注楚辭的内容極爲廣泛，涉及歷史、地理、篇目考定、編次、訓詁、章句、考論、音韻等，不可謂不豐贍。蔣驥既重視訓詁注釋，亦長於章句疏證，其書具有廣收博採、精研得失的學術特點。

山帶閣注楚辭參考引論之書極爲豐贍，據卷首採摭書目統計，共計四百零一種之多，可分爲以下幾類：一是楚辭舊注及研究類著作，詳見下文論述；二是經學類，即五經及其傳注；三是語言音韻類，如説文爾雅方言玉篇古音表古今通韻唐韻正等；四是史地類，如史記漢書竹書紀年路史水經括地志輿地志以及常德府志等多部方志；五是子類著作和文集，如老子韓非子莊子歸震川集老泉集韓昌黎集等等；六是筆記與類書，如聽雨紀談西溪叢語玉堂閑話槍榆雜録事文玉屑玉海通典等；七是宗教雜譜類，如華嚴經天主實義律吕新書琵琶譜菊譜博經樗蒱經略儒棋格等等；八是天文曆法科技類，如天文録唐大衍曆議周髀算經等。此外，還有讀書分年日程這類的士子修學之書。值得一提的是，山帶閣注楚辭對西學論著亦有參考，如利瑪竇天主實義幾何原本、湯若望西洋新法曆書等，皆赫然在目。其涉獵之廣爲此前楚辭研究論著少見。除常見書籍外，亦有一些冷僻的雜書，極見其博識多知，如在山帶閣注楚辭卷三注「崑崙縣圃」句，引化狄經：「崑崙山九重，重相去九千里。」招魂中注「玄蜂」，引五侯鯖：「大蜂出崑崙，長一丈，其毒殺象。」另如江陵記蛙螢子詩含神霧等，皆不多見。豐富的採摭書目，正是山帶閣注楚辭宏富廣博的學術特點的直接體現。

以上各類書籍中，與山帶閣注楚辭最直接相關的當然是楚辭類論著。蔣驥對這類書籍著意搜羅、細讀精研，餘論開篇即羅列楚辭八十四家。另據採摭書目統計，山帶閣注楚辭除援引王逸、洪興祖、晁補之、朱熹的八種常見著作外，還有黄文炳楚辭聽直，毛晉楚辭參疑、楚辭譯字、楚辭譯韻，陸時雍楚辭疏，周拱辰離騷草木史，錢澄之楚辭詁，賀寬飲騷，林雲銘楚辭燈，王夫之楚辭通釋，徐焕龍屈辭洗髓，張詩楚辭貫，李光地離騷九歌新説，朱翼離騷辨，王邦采離騷彙訂，沈雲翔楚辭評林，蔣金式翠縷居説騷等十七種，共計二十五種。蔣驥自陳「所見甚尠」，但這顯然是謙語。蔣驥對相關文獻的蒐集與研究貫穿了二十一載的著書過程，餘論卷上記載：「庚子以後，復見相國安溪李公離騷解義、吴郡朱天閑離騷辨、無錫王貽六離騷彙訂三種。」此時蔣驥已經完成六卷本的注疏，但仍加以增補載録。他對晚近出版的楚辭著作有深入的閲讀和研究，能够「得失相參，别爲分疏」，既有徵引論釋，亦有辯誤正誣。如王夫之楚辭通釋於康熙四十八年（一七〇九）刊行，山帶閣注楚辭餘論中對此書既有援引，亦有辨誤，據目前可見文獻，蔣驥當是研究楚辭通釋的先行者。另如林雲銘楚辭燈，此書在清初以淺略易讀而爲時人所知，但學者多有鄙薄之辭，如四庫館臣即譏其「詞旨淺近，蓋鄉塾課蒙之本」。蔣驥持論平允，既辨其荒誕之説，亦汲取其可貴之處，並有所超越。如大招：「林氏謂『魂無逃只』因懷王逃秦而言，是也。其謂毋乃禁止詞，則不然。」又如餘論：「林氏之説參之二招本文，皆條暢愜適，初無强前人以附己意之病。」對楚辭燈不吝讚美之辭。但林氏以爲屈子周遊西方是「觀釁于楚」，蔣驥則直斥爲「兒童之見」。蔣驥對楚辭燈的借鑒也很明顯，林雲銘所編楚懷襄二王在位事迹考一卷，以史記爲依據編撰屈子年譜，蔣驥撰寫楚世家節略無疑是受其啓發，但同時廣採史記戰國策新序括地志楚辭通釋等多種文獻，補林氏略而不詳之弊，更爲詳實允當。另外，楚辭燈以篇章之法闡釋楚辭文脈大意，蔣驥亦受此影響，融貫全書，多從屈作整體來探討具體問題，如上文所引釋離騷周游西方之語，即引遠遊以爲内證，其法勝林氏遠矣。

蔣驥對之前的楚辭研究論著既廣徵博引，亦精研得失，其觀點簡明平允，承襲的同時更有超越之處，故能集衆家所長，成爲清代楚辭學著作中的翹楚。

四

清初學術在黄宗羲、顧炎武等人的主張下，已由理學轉向漢學，以徵實考據爲主的樸學之風日盛。蔣驥撰寫山帶閣注楚辭之時，正是乾嘉之學形成的前期，樸學之風漸興而尚未達到極致，清初黄宗羲等人倡導的思想解放風潮影響猶存。山帶閣注楚辭一書深受時代學風的影響，在注解楚辭中，既能够不拘於宋儒迂固之見，一定程度擺脱了理學的拘縛，同時也重訓詁，重實證，時有創見，體現出乾嘉學風的特點。這就使得山帶閣注楚辭既無虚談浮文之弊，亦少繁瑣餖飣之累，在義理及訓詁考據上皆有所成。

楚辭是屈子之心聲，之所以爲後世所推重，非獨因文辭之驚采絕豔，更因其忠君興國、志潔行廉的精神。漢人對屈子其人極爲推重，但尚能因文體情，以解屈志，如司馬遷在史記本傳中以「正道直行，竭忠盡智，以事其君」褒贊屈子，同時也以爲屈原作品中有怨憤之情：「信而見疑，忠而被謗，能無怨乎？屈平之作離騷，蓋自怨生也。」王逸特重屈子之忠，以「忠信之篤，仁義之厚」評價其人，同時也認爲其作品有「怨君法度廢壞，終不察衆人悲苦」的怨憤之情。劉勰文心雕龍亦能體察屈志：「每一顧而掩涕，歎君門之九重，忠怨之辭也。」班固、揚雄、顔之推等，以怨責懷王、「顯暴君過」等指摘屈子，顯然都認爲屈作中有較深的怨憤。

宋代理學大盛，宋儒注解楚辭，每每因理學之規，而曲爲之説。如朱熹在注疏離騷時，有時承認「其辭旨雖或流於跌宕怪神、怨懟激發而不可以爲訓，然皆生於繾綣惻怛、不能自已之至意」。然而在論説屈志之時，又以爲「楚詞不甚怨君。今被諸家解得都成怨君，不成模樣」。〔三〕這種矛盾抵牾來自於朱熹對政治倫理綱常的自覺歸依。宋朝以降，學人論説屈志時，多極力褒揚其忠而否認其怨悱之情，如明人黄文焕楚辭聽直認爲屈子乃「千古忠臣」，其自沉汨羅非爲怨君，而是以死殉國殉君。清初王夫之對朱熹評價屈子「忠而過」之説多有駁斥，認爲屈子「爲楚之社稷人民哀，怨悱而不傷，忠臣之極致也」。這顯然是依據文本對屈志的深切領會。但清人多難以擺脱君臣大義之拘縛，如林雲銘雖反駁朱熹評屈子「忠而過」之説，但認爲屈作「非怨君，亦非孤憤也」（楚辭燈懷沙注）。蔣驥治騷注重「研索融會於文之中，旁搜博攬於文之外」，王夫之楚辭通釋中所蘊含的民本思想對他有較大影響，如在天問注中即援引王夫之楚辭通釋：「試上自予，試以上位自予也。指楚昭王奔隨，子西爲王服，國於脾泄之事言。忠臣苟利社稷，無不可爲。哀今王之信讒而多忌也。」蔣驥雖推重屈子之忠，但多能依據文本，一定程度上擺脱了理學觀念的束縛，真實體悟屈作之情，如注離騷「怨靈修之浩蕩兮」，認爲此句是「君終不能察人之心，故讒言益肆」，並不隱諱其中的怨君之意；論及國殤之旨，以爲「懷襄之世，任讒棄德，背約忘親，以至天怒神怨，國蹙兵亡，徒使壯士横屍膏野，以快敵人之意。原蓋深悲而極痛之，其曰『天時懟兮威靈怒』，蓋著衂兵之非偶然也」。蔣驥對屈作狂狷、怨悱之情的論説，不陷宋儒窠臼，對破除以政治倫理解説楚辭的風氣有一定貢獻。再如論九歌之旨，朱熹認爲是以事神比附「君臣之義」，屈原作此「寄吾區區忠君愛國之意」，蔣驥卻以爲並非寄托忠君愛國之義，而是專主祀神，只是描寫祀神時的離合哀怨，是屈原個人情感的抒發與寄托：「作者於君臣之難合易離，獨有深感，故其辭尤激云耳。」這顯然比朱熹之説更爲客觀貼切。

蔣驥重視義理的發掘，對於文字訓詁亦用力頗深，其注疏多簡潔明晰，平允得當。在訓詁中，注重融會全書，體察上下文意，故往往有破舊立新之處。蔣驥自述：「凡注書者，必融會全書，方得古人命意所在。」山帶閣注楚辭中即貫徹了這一注疏理念，例如離騷注中「理」字考訓：

左傳昭十三年：「行理之命，無月不至。」杜注：「行理，使人通聘問者。」國語：「敵國賓至，行理以節逆之。」賈注：「理，吏也。小行人也。」又廣雅釋言：「理，媒也。」離騷「吾令蹇修以爲理」、「理弱而媒拙」，抽思「理弱而媒不通」，思美人「令薜荔以爲理」，皆指行媒之使言。王注「爲理」，謂「分理禮意」。朱子又云「爲媒以通詞理」。五臣注「理弱」，謂「道理弱於少康」，朱子亦因之，皆未考而强爲之説也。

蔣驥對「理」字的考訓，既徵引文獻之例，亦著眼全書，通檢全篇找出四處「理」字，務使訓釋能一以貫之，圓通無礙，方爲定論。其考證與王逸、朱熹、五臣相比，更詳實有力，可以信從。

再如對離騷中豐隆的考辨：

豐隆，或曰雲師，或曰雷師，洪氏援引甚詳。離騷曰「豐隆乘雲」，思美人曰「願寄言於浮雲，遇豐隆而不將」，蓋皆以爲雲師也。朱子專以豐隆爲雷師，故於此有雷威求無不獲之解，然亦迂矣。其注思美人又以爲雲師，何自相戾也。

洪興祖楚辭補注中詳考豐隆之説，以爲或曰雲師，或曰雷師，然末尾結論指出楚辭中以豐隆爲雲師。朱熹注楚辭，離騷中以爲雷師，而思美人中又注爲雲師。蔣驥指明洪氏考據之功，並於之後臚列原文，指出朱注之謬，簡明清晰，足可信從。蔣驥訓詁一詞，往往窮盡屈作，通考群書，辨析衆説，務求融會貫通，四庫館臣評其「分析考論，雖有駁談，亦時見精邃之言，終非明以來泛言可比」，可謂的論。

蔣驥在楚辭音韻學上的成就亦值得關注，説韻一卷以古音考楚辭音韻，在注音及總結古代詩歌音韻上，皆有貢獻。説韻將屈作韻腳逐篇羅列，清晰簡明。蔣驥認爲「古協音本於轉音，轉音本於方音」，故據轉音的關係分古韻爲二十八部，且每部列通、叶、同母叶三例，之後再以騷爲主，參以詩經、周易，研究古音韻。張民權認爲：「區分『通』和『叶』，是蔣驥古韻學中一個鮮明的特色。其『通』『叶』與毛奇齡的通轉叶音説還是有着質的區別。『叶』實際上説是後來我們所説的『合韻』，它與宋儒所言『叶韻』還是有所區別。」[四]除對音韻學中「通」與「叶」的區分外，根據騷詩易總結出支、脂、之三部的不同，也是蔣驥在古韻學上的一個重要貢獻。説韻：「廣韻支脂之三部，舊注同用，至南宋劉淵并爲一部。余按，詩騷易三書，所用三部字，凡六七百處：支常叶歌麻部，脂之常叶灰尤部，脂又常叶微齊佳部。至三部相通處，支叶脂止詩三見，騷一見，易並無。叶之止易一見，詩騷並無。又脂之常叶尤，而支無有。天下未有不常叶之字，而可合爲一部者。」這段論述以事實駁斥了舊説，如洪誠所論：「這種發現，當時的古韻學者看到了不能不爲之驚異，一經啓發，可能獲得更高的研究成果。他的首唱之功不可沒。」[五]

山帶閣注楚辭亦有不足之處，如有些注疏過於迂曲求新。招魂：「目極千里兮傷春心，魂兮歸來哀江南。」蔣驥引覽圖經「湘陰有大小哀洲，二妃哭葬而名」，並佐以長沙湘陰志記載之哀江語，釋「哀江南」爲「哀江之南」。由上下文來看，「哀江南」與「傷春心」正相對應，與舊注相比，蔣氏之説難以令人信服。再如禮魂，蔣驥駁斥王夫之「送神之曲」的觀點，以爲「蓋有禮法之士，如先賢之類，故備禮樂歌舞以享之，而又期之千秋萬祀而不祧也」。與王説相比，迂曲而難通。此外，在音韻研究上，説韻依據廣韻系統而非上古韻來分析，在具體分析中，訛誤之處在所難免。如説韻論及陽元二部同母叶者，以抽思「亡」「完」之例爲證，但古本「完」作「光」，屬形訛字，光、亡同協陽韻，故例證不當，難佐其論。山帶閣注楚辭並非至善至美之書，但它在注疏考論上的學術價值與創新之功，終是瑕不掩瑜，無愧爲清代楚辭學的代表論著之一。

五

山帶閣注楚辭自面世之日起，影響日隆，四庫全書收録其書，且民國至當代，屢次付梓。目前存世版本有雍正五年蔣氏山帶閣刻本、文津閣四庫本、文淵閣四庫本、民國二十二年（一九三三）來薰閣影印本等，當代有中華書局上海編輯所排印本（一九五八）、據一九五八年中華上編版重印的上海古籍出版社重印本（一九八四）。

值得注意的是，在目前所見的目録學著作中，還記載有山帶閣注楚辭康熙癸巳刻本，如莫友芝郘亭知見傳本書目及邵懿辰四庫簡明目録標注、楊立誠四庫目略、姜亮夫全集楚辭書目五種中記有「康熙五十三年癸巳，山帶閣初刊本」。當代文獻目録學資料及研究成果中，山帶閣注楚辭康熙本也有記載，如：「山帶閣注楚辭有清康熙五十二年（公元一七一三年）武進蔣驥山帶閣原刻本。一九五八年中華書局上海編輯所據原刻本排印出版。」〔六〕「有清康熙五十二年（一七一三）刊本，中華書局曾於一九五八年據原刊本排印。」〔七〕中國百科大辭典有山帶閣注楚辭條：「有康熙五十二年（一七一三）武進蔣氏山帶閣刻本與雍正五年刻本，通行有一九五八年中華書局排印本。」〔八〕簡明中國古籍辭典「山帶閣注楚辭」條：「此書有康熙癸巳刻本、乾隆刊本」〔九〕。另有研究者認爲「是書有清康熙間刻本藏日本静嘉堂文庫」〔一〇〕。謝章鋌集所列福建圖書館藏謝章鋌校本書籍表中，也記有蔣驥康熙五十二年山帶閣刻本，十卷四册，上有印記「賭棋山莊校本」〔一一〕。另，檢索全國古籍普查基本數據庫，揚州大學圖書館藏有「清康熙山帶閣刻本」。據這些目録及資料記載，則山帶閣注楚辭的初印本當是康熙本無疑，但檢閲中國古籍總目及中國古籍善本書目，山帶閣注楚辭現存最早版本爲清雍正五年刻本。中國古籍善本書目記載了兩部同一版本的山帶閣注楚辭：「山帶閣注楚辭六卷，卷首一卷，餘論二卷，説韻一卷。清蔣驥撰。清雍正五年蔣氏山帶閣刻本。」另一部爲「清雍正五年蔣氏山帶閣刻本，清謝章鋌校」〔一二〕。中國古籍總目中，除了「謝章鋌校清雍正五年蔣氏山帶閣刻本」外，又有「四庫本」及

「清抄本」〔一三〕。此書最早見於目録學著作欽定四庫全書總目，書名旁注「通行本」〔一四〕。此處通行本所指不明，並未標明是何版本，但比對山帶閣注楚辭雍正本，行格中的文字多寡排列悉同，且該本在當時或後世廣爲流傳，當指雍正丁未本無疑。山帶閣注楚辭被收入四庫全書時，去康熙年閒不遠，若果有康熙刻本，從未遭到禁毁，四庫不收亦不載録，且於今無一遺存，可能性極小。崔富章認爲：「舊目或著録爲『康熙癸巳』刊本，或謂有康熙五十二年和雍正五年刻本，皆不確。是書僅雍正五年蔣氏山帶閣刊版一次而已，即總目注明之『通行本』。」〔一五〕依崔富章先生之論，山帶閣注楚辭版本問題似可定案息訟，但前文所述文獻及研究成果，除張君炎中國文學文獻學、吴楓簡明中國古籍辭典外，皆晚出於崔富章四庫提要補正一書。這説明山帶閣注楚辭康熙本的有無，至今學界仍莫衷一是。這是上世紀九十年代以來楚辭文獻研究中隱而未發的問題，理應作清晰的梳理和判斷，匡謬正誤，以免貽惑後學。

就筆者所見山帶閣注楚辭康熙本之説，其依據分别有三：一是中華書局上海編輯所一九五八年排印本即以康熙本爲底本；二是日本静嘉堂文庫藏有康熙本；三是福建圖書館所藏謝章鋌校本爲康熙本。筆者對中華書局上海編輯所一九五八年的排印本與雍正本進行了比對，中華上編排印本中有後序一篇，序文末尾寫有「雍正丁未涑睦書」，顯然不是康熙本而是雍正本。另比對文中内容與雍正本，也能確認底本爲雍正本無疑。日本静嘉堂文庫所藏山帶閣注楚辭，雖未能親睹其書，但河田羆静嘉堂秘籍志中有對此書的記載：

山帶閣注楚辭，清蔣驥撰。刊四本。藏書志不載。案：提要：山帶閣注楚辭六卷楚辭餘論二卷楚辭説韻一卷，國朝蔣驥撰。驥，字涑塍，武進人。是書自序題康熙癸巳，而餘論上卷有「庚子以後，復見安溪李氏離騷解義」之語。〔一六〕

河田羆於明治四十年（一九〇七）應静嘉堂文庫主人岩崎彌之助之托，親手清點查驗陸氏藏書中的精善本，「就皕宋樓及十萬卷樓本，紀其著者名宦及流傳源委，以作書目撮要」〔一七〕，最終撰著成五十卷本的静嘉堂秘籍志，所記真實可靠。由上文記載來看，皕宋樓藏書志中並未有山帶閣注楚辭的記録，河田羆對此書的案語也是掇拾四庫總目提要而成，可知静嘉堂文庫所藏山帶閣注楚辭當與提要描述一致。尤其是「自序題康熙癸巳，而餘論上卷有『庚子以後，復見安溪李氏離騷解義』之語」，説明此書正是雍正丁未本無疑。國内學界認爲的静嘉堂康熙本，實爲序文所題康熙癸巳年之誤。其三，謝章鋌集中提及的福建圖書館所藏謝章鋌校本，中國古籍善本書目已有記録，當是雍正五年刻本，係誤記爲康熙本。揚州大學圖書館所藏康熙本山帶閣注楚辭已經目驗，爲雍正丁未本，亦係誤記。

綜上，可確定上述所列康熙本之説皆誤，山帶閣注楚辭僅有雍正本，並無康熙本，故此次整理即以山帶閣注楚辭雍正本爲底本。

後出版本如文津閣四庫本、文淵閣四庫本，以雍正本爲底本而又有所校訂。對校三書，文淵閣四庫本改動不多，文津閣四庫本改動較多，但無甚可取，反增錯訛。如離騷中「前脩」一詞，雍正本注：「前代脩德之人。……知所脩之必不合於時，則惟法彭咸之死諫而已。」文津閣四庫本將「必」改作「德」：「知所脩之德不合於時，則惟法彭咸之死諫而已。」雍正本並無不妥，四庫本顯爲妄改。再如離騷注疏「悔相道之不察」一段，雍正本：「蓋始之事君以脩能，其遇讒以脩姱，其見廢而誓死則法前脩，即欲退以相君，亦脩初服，固始終一好脩也。自此以下，又承往觀四荒，而以好脩之有合與否，反覆設辭，而終歸于爲彭咸之意。」文津閣四庫本改爲：「即欲相君，亦脩初服，固始終一好脩也。自此以下，又承往退以觀四荒。」由改動後的文意來看，館臣以爲「退以相君」文義不通，屈子退黜之後方往觀四荒，故將「退以」二字移至「觀四荒」之前。殊不知蔣驥「自此以下，又承」是概括上下文内容的承接，其改動何其荒謬。妄改之外，文津閣四庫本還有訛誤闕漏之處，如楚世家節略中，「楚人有以弋説王報怨於秦者」，「弋」字訛作「戈」；「哀郢甫成」，「成」訛作「城」。離騷「馳騖追逐，指競進之人言」一句，漏「進」字，使語義難通。文津閣四庫本對雍正本中一些較冷僻之書多隱去作者和書名，如雍正本中天問注援引「李給諫筆記」，文津閣四庫本改作「憶故老傳聞」，出處含混不清。此外還有一些錯訛之處，如雍正本卷三天問篇有：「按，錢氏謂：此章指禹德言。舞干格苗，禹佐堯之事。」文津閣四庫本改錢氏爲林氏。但查校文獻，此處乃蔣驥援引錢澄之楚辭詁之語：「此章言禹德也。舞干格苗，禹佐堯之事。」〔一八〕此爲文津閣四庫本妄改所致。可見，四庫本錯漏訛改之處較多，不宜作底本和校本。

其他現有版本皆爲影印及句斷本，亦不足據以參校。

凡底本有訛脱衍倒等，改正並出校勘記。校記力求簡要明晰，不作繁瑣引證。依據叢書體例，異體字、俗體字、古字等，酌情保留，以反映底本原貌。

楚辭博雅深奥，自古即爲顯學，名家甚夥。筆者雖勉力爲之，但因學識所囿，點校整理中必有不當，祈望高明斧正。

于淑娟　丁酉歲蒲月，識於江南文化研究中心

【注】

〔一〕朱聞宇：蔣驥山帶閣注楚辭底本考辨，文藝評論二〇一四年第十二期，第一二三—一二六頁。

〔二〕姜亮夫：楚辭書目五種，中華書局上海編輯所一九六一年，第四〇一頁。

〔三〕朱熹：朱子語類卷一百三十九，中華書局一九八六年，第三三九七頁。

〔四〕張民權：清代前期古音學研究（下），北京廣播學院出版社二〇〇二年，第二四四—二四五頁。

〔五〕洪誠：中國歷代語言文字學文選，江蘇人民出版社一九八二年，第二三〇頁。

〔六〕張君炎：中國文學文獻學，江西人民出版社一九八六年，第二二七頁。

〔七〕廖子良主編：社會科學古文獻情報源指南，廣西人民出版社一九九二年，第三八七頁。

〔八〕王伯恭：中國百科大辭典第六册，中國大百科全書出版社一九九九年，第四六一八頁。

〔九〕吳楓編：簡明中國古籍辭典，吉林文史出版社一九八七年，第五二頁。

〔一〇〕戴錫琦、鍾興永主編：屈原學集成，中央編譯出版社二〇〇七年，第八九三頁。

〔一一〕陳慶元、陳昌强、陳煒點校：謝章鋌集，吉林文史出版社二〇〇九年，第九〇四頁。

〔一二〕中國古籍善本書目·集部(上)，上海古籍出版社一九九八年，第一三頁。

〔一三〕中國古籍總目·集部，中華書局、上海古籍出版社二〇一二年，第六—七頁。

〔一四〕欽定四庫全書總目，中華書局整理本一九九七年，第一九七六頁。

〔一五〕崔富章：四庫提要補正，杭州大學出版社一九九〇年，第四五七頁。

〔一六〕河田羆撰，杜澤遜等點校：静嘉堂秘籍志卷三十一，上海古籍出版社二〇一七年，第一一九七頁。

〔一七〕河田羆撰，杜澤遜等點校：静嘉堂秘籍志序，上海古籍出版社二〇一七年，第一—二頁。

〔一八〕錢澄之撰，殷呈祥點校：莊子精釋·屈賦精釋，黃山書社一九九五年，第二〇〇頁。

山帶閣注楚辭目次

注六卷……一

餘論二卷……一八三

楚辭説韻一卷……二四六

序

世之知屈子者以離騷。然世固未有知騷者，即烏能知屈子。夫屈子，王佐才也。當戰國時，天下争挾刑名兵戰、縱横弔詭之説以相誇尚。而屈子所以先後其君者，必曰五帝三王。其治楚，奉先功，明法度，意量固有過人者。大招發明成言之始願，其施爲次第，雖孔子孟子所以告君者，當不是過。使原得志於楚，唐虞三代之治豈難致哉！其中廢而死，命也。雖然，原用而楚興，既廢而削，死而楚亡，則雖弗竟其用，亦非無徵不信者比也。而世徒豔其文，高其節，悲其繾綣不已之忠，抑末矣。世又以原自沉爲輕生以懟君。余考原自懷王初放，已作離騷，以彭咸自命，然終懷之世不死。頃襄即位，東遷九年不死，漁父懷沙，岌岌乎死矣，而悲回風卒章所云，抑不忍遽死。何者？以死悟君，君可以未死而悟，則原固不至於必死。至惜往日始畢詞赴淵。其辭曰「身幽隱而備之」，又曰「恐禍殃之有再。」蓋其時讒焰益張，秦患益迫，使原不自沉，固當即死。死等耳，死於讒與死於秦，皆不足悟君，君雖悟，亦且無及。故處必死之地，而求爲有用之死，其勢不得不出於自沉而。因而著之曰：「介子忠而立枯兮，文君悟而追求。」明揭其死之情，以發其君之悟。嗚呼！若屈子者，但見其愛身憂國，遲迴不欲死之心，未見其輕生以懟君也。吾故曰：世未有知屈子者。雖然，其原實始於不知騷。蓋離騷二十五篇，所以發明己意，垂示後人者，至深切矣。而或眩於章法之變幻，則無以知本旨之所存；昧於字義之深隱，則無以知意理之所在。不能研索融會於文之中，旁搜博攬於文之外，則亦無以知其時地變易與命意措詞、次第條理之所以然。是以大招招魂皆以爲非原作，而諸篇之先後，亦茫無所考。至其章句之閒，或以鹵莽而失之略，或以穿鑿而害其辭。吁，可惜哉！予於戊子夏，始發憤論述其書，顧以束於制舉，困於疾病憂患，貧賤奔走，時作時輟，六閱年始成。凡訓詁考證，多前人所未及，而大要尤在權時勢以論其書，融全書以定其篇，審全篇以推其節次句字之義。故雖文之漫衍傲詭，而未始不秩然可尋。雖世之幽略無所考，而懷襄兩朝遷謫往來，未始不犂然若示諸掌上。其説或不免爲人之所駭，而一求乎心之所安。世之學者，因注以知其文，因文以得其人，則豈惟舒憂娱哀於百世之上？將百世之下，聞風者亦有所興起也。康熙癸巳七月之望，武進蔣驥涑塍序。

後序

余老於諸生，逾三十年。塲屋之苦，下第之牢愁，殆與身相終始。年二十三得頭目之疾，畢生不痊。畏風若刀鋸，凡春花秋月、人世嬉遊之事，概不得與。目力久乏，又不能縱情書史，此身塊然如贅疣。自念少時讀書課文，每爲時輩所推歎，及老猶不廢學，亦雅知自好，不敢有負聖賢，不識何所獲戾而至斯也！生平詩、古文、詞，時有論撰，經史子集之書，評注者亦不少，率以束於舉業，牽於疾病，未獲成編。獨於離騷，功力頗深，訂詁之外，益以餘論、説韻若干卷。今雖訖事已久，然偶觀他書有與騷相發明者，未嘗不筆而存之。古云：熟處難忘。又云：物各從其類。以余窮愁之身，而沉没於騷，豈不然乎？甲午遊京師，有覩是書者竊議曰：「方今文教大行，苟從事經籍理學及詩章算術，皆可立致青紫。顧窮年畢精爲此凶衰不祥之書，奚取焉？」余是年九月，有書闈卷詩三十首，其二十二云：「斜日增城虎豹嗥，玉虬蜷局駐靈旄。頻年注屈真成讖，羸得江楓識畔牢。」蓋有感而然也。嗚呼！丈夫負七尺之軀，涉覽千古文章政術，冀少有以自見。位不在己，則與空空無能者等，乃至稠人廣坐，面牆之徒嗚得意，論古今，變白爲黑，俯首唯唯，噤不敢發言。東方朔云：「用之則爲虎，不用則爲鼠。」豈不痛哉！况復二豎馮陵，呻吟疾苦，時時閉置學婦容。造物困人，嘻其甚矣！年來精益消亡，病端蜂起，兼之憂患死喪，腐心摧骨，萬念灰冷。雅不喜爲仙佛之逃，離騷一編，時横几上，聊以舒憂娱哀云爾。意者澤畔行吟，真所謂凶衰不祥之書耶？抑余頭方數奇，命則處幽，重以累騷也？雍正丁未涑睉書。

採摭書目

周易
尚書
詩經
周禮
儀禮
禮記
春秋
左傳丘明
公羊傳高
穀梁傳赤
論語
大學
中庸
孟子
爾雅
史記司馬遷
漢書班固
三國志陳壽
晉書房喬等
王氏晉書王隱
宋書沈約
陳書姚思廉
北齊書李百藥
南北史李延壽

隋書魏徵等　新唐書曾公亮等
宋史脱脱等　老子李耳
管子夷吾　晏子春秋嬰
列子禦寇　莊子周
魯連子魯仲連　尸子佼
荀子況　韓子非
吕氏春秋不韋　隋巢子
賈子新書誼　淮南子劉安
孔叢子孔鮒　蛙螢子
孫子綽　抱朴子葛洪
金樓子梁元帝繹　傅子玄
郁離子劉基　汲冢周書
汲冢瑣語　家語
國語左丘明　世本左丘明
戰國策　大戴禮戴德
竹書紀年　穆天子傳

越絶書袁康
三墳
太公兵法
三略
新序劉向
易林焦延壽
方言揚雄
論衡王充
易象化機
河圖挺佐輔
書中侯
春秋命曆序
宋大夫集玉
東方先生集朔
揚子雲集雄
馬南郡集融

吳越春秋趙曄
歸藏
金匱
六韜
説苑劉向
太玄經揚雄
風俗通應劭
匡謬正俗顔籀
河圖括地象
河圖龍文
詩含神霧
孝經援神契
司馬長卿集相如
劉中壘集向
張平子集衡
魏武帝集曹操

左太沖集思
郭景純集璞
謝宣城集朓
庾開府集信
杜工部集甫
韓昌黎集愈
張文昌集籍
文標集盧肇
老泉集蘇洵
欒城集蘇轍
高子勉集荷
胡五峰集宏
楊誠齋集萬里
王文成公集守仁
孫月峰集鑛
玉篇顧野玉

潘黄門集岳
顔延年集延之
王思晦集暕
張燕公集説
張正言集謂
柳河東集宗元
沈下賢集亞之
六一居士集歐陽修
東坡集蘇軾
王臨川集安石
朱子文集熹
王魯齋集柏
吴艸廬集澄
歸震川集有光
説文解字許慎
廣韻陸法言

景祐集韻 丁度等
禮部韻略 丁度等
類篇 司馬光
佩觿 郭忠恕
復古編 張有
三十六字母圖 僧守温
金壺字考 釋通之
韻補 吴棫
古音辨 鄭庠
增注禮部韻略 毛晃
壬子新刊禮部韻略 劉淵
六書正譌 周伯琦
中原音韻 周德清
論字説 蕭楚
切韻通攝 劉鑑
六書故 戴侗
洪武正韻 樂韶鳳等
韻學集成 章黼
書輯 陸深
轉注古音略 楊慎
説文長箋 趙宧光
漢隸分韻 李石疊
音論 顧炎武
唐韻正 顧炎武
古音表 顧炎武
韻補正 顧炎武
古韻綱 李因篤
古今通韻 毛奇齡
古今韻略 邵長蘅
箋注十二字頭
古史考 譙周
帝王世紀 皇甫謐

史通 劉知幾
資治通鑑 司馬光
通鑑前編 金履祥
通鑑綱目 朱熹
皇王大紀 胡宏
路史 羅泌
繹史 馬驌
中興會要 梁克家
宋稗類抄 潘永因
大明官制
昭明文選 梁太子統
賦苑 李鴻
古詩紀 馮惟訥
歷朝詩集 錢謙益
通典 杜佑
通志 鄭樵
文獻通考 馬端臨
玉海 王應麟
圖書編 章潢
稗編 唐順之
通雅 方以智
初學記 徐堅
合璧事類 謝維新
唐類函 俞安期
類林 于政立
月令廣義 馮應京
事文玉屑
集古録 歐陽修
國史經籍志 焦竑
皇極經世 邵雍
律呂新書 蔡元定
朱子語類

性理大全
日知録顧炎武
華嚴經
參同契魏伯陽
真源賦
幾何原本利瑪竇
寰有詮傅汎際
靈憲張衡
荆州占劉嚴
唐大衍曆議僧一行
山海經
水經桑欽
隋諸道圖經郎蔚之
宋圖經李昉等
一統志李賢等
輿地志顧野王

讀書分年日程程端禮
因本紀
化狄經
真誥陶弘景
玄中記郭氏
天主實義利瑪竇
星經甘公 石申
天文録祖暅
周髀算經趙君卿
西洋新法曆書湯若望
朝鮮記
太康地記
十道志梁載言
括地志蕭德言
方輿勝覽祝穆
廣輿記陸應暘

廬州府志
池州府志
寧國府志
九江府志
武昌府志
襄陽府志
安陸府志
漢陽府志
德安府志
荊州府志
岳州府志
長沙府志
常德府志
衡州府志
辰州府志
寶慶府志
沔陽州志
武崗州志
風土記 周處
岳瀆經
福地記
江記 庾仲雍
三輔黃圖
西京雜記 葛洪
雍録 程大昌
吴地記 陸廣微
南土志
荊州記 盛弘之
江陵記
湘中山水記 羅含
湘中山水記 張謂
成都古今記 范成大

蜀檮杌 張唐英
嶺海異聞
臨海異物志 沈瑩
邊州見聞録 陳聶恒
異域志
譯史紀餘 陸次雲
八紘荒史 陸次雲
遯甲開山圖 王琛
本草綱目 李時珍
儒棋格 魏肇
博經 鮑宏
琵琶譜 賀懷智
博物志 張華
瑞應圖 王伯齡
禽蟲述 袁達德
列士傳

南越志 沈懷遠
廣東新語 屈大均
凉州異物志
南詔録 徐雲虔
海外記 達奚洪
八紘譯史 陸次雲
遯甲經 胡乾
素問
古博經 許博昌
五木經 李翺
樗蒲經略 程大昌
竟山樂録 毛奇齡
續博物志 李石
物理小識 方以智
菊譜 史正志
列女傳 劉向

列仙傳 劉向
洞冥記 郭憲
西王母傳 桓驎
神仙傳 葛洪
異林 朱鬱儀
神異經 東方朔
拾遺記 王嘉
搜神記 干寶
述異記 任昉
獨異志 李亢
聞奇録
稽神録 徐鉉
梁四公記 梁載言
溟洪録
洽聞記 鄭常
大業拾遺記 顔籀
玉堂閒話 王仁裕
夢溪筆談 沈括
游宦紀聞 張世南
西溪叢話 姚寬
七修類藳 郎瑛
能改齋漫録 吴曾
聽雨紀談 都穆
丹鉛總録 楊慎
升庵雜刻 楊慎
齊東野語 周密
嘉話録 韋絢
青藤路史 徐渭
甲乙剩言〔一〕 胡應麟
少室山房筆叢 胡應麟
五侯鯖 焦竑
説楛 焦周

湘烟録 凌義渠
李給諫筆記 清
客中閒集
香祖筆記 王士禛
觚賸 鈕琇
檜榆雜録 毛宗旦
尚書大傳 伏勝
尚書傳 孔安國
詩故訓傳 毛萇
詩外傳 韓嬰
毛詩箋 鄭玄
禮記注 鄭玄
周禮注 鄭玄
儀禮注 鄭玄
春秋左傳注 杜預
公羊注 何休
爾雅注 郭璞
尚書正義 孔穎達
毛詩正義 孔穎達
禮記疏 賈公彦
周禮疏 賈公彦
爾雅疏 邢昺
詩經集注 朱熹
書經集傳 蔡沈
書集解 林之奇
詩草木鳥獸蟲魚疏 陸璣
詩集傳名物鈔 許謙
六帖 徐光啓
魯詩世學 豐熙
廣雅 張揖
釋名 劉熙
埤雅 陸佃

爾雅翼羅願
經典釋文陸德明
毛詩補音吴棫
讀詩拙言陳第
易音顧炎武
御纂周易折中
四書明辨録楊懷遠
莊子注郭象
山海經注郭璞
吕氏春秋注高誘
穆天子傳注郭璞
史記正義張守節
漢書注顔籀
三國志注裴松之
文選五臣注吕延濟等
路史注羅苹

五經文字張參
羣經音辨賈昌朝
毛詩古音考陳第
詩本音顧炎武
詩經古韻陳祖範
四書管窺史伯璿
國語注賈逵
荀子注楊倞
竹書注沈約
淮南子注高誘
史記索隱司馬貞
漢書訓纂姚察
後漢書注唐太子賢
文選李注善
水經注酈道元
通鑑問疑劉羲仲

楚辭章句王逸
重編楚辭晁補之
續楚辭晁補之
變離騷晁補之
楚辭補注洪興祖
楚辭集注朱熹
楚辭辨證朱熹
楚辭後語朱熹
楚辭聽直黄文炳
楚辭參疑毛晉
楚辭譯字毛晉
楚辭譯韻毛晉
楚辭疏陸時雍
離騷草木史周拱辰
楚辭詁錢澄之
飲騷賀寬
楚辭燈林雲銘
楚辭通釋王夫之〔一〕
屈辭洗髓徐焕龍
楚辭貫張詩
離騷九歌新説李光地
離騷辨朱冀
離騷彙訂〔二〕王邦采
楚辭評林
翠縷居説騷蔣金式

【校勘記】

〔一〕甲乙剩言，原作「甲乙剩考」，據中華書局甲乙剩言叢書集成初編本改。後文同例者不再出校。

〔二〕原文闕「之」字，據楚辭通釋補。

〔三〕訂，原作「注」，據離騷彙訂清廣雅書局本改。後文同例者不再出校。

屈原列傳

漢司馬遷

屈原者，名平，楚之同姓也。爲楚懷王左徒，博聞強志，明於治亂，嫻於辭令。入則與王圖議國事，以出號令；出則接遇賓客，應對諸侯。王甚任之。

上官大夫與之同列，爭寵而心害其能。懷王使屈原造爲憲令，屈平屬草藁未定，上官大夫見而欲奪之，屈平不與，因讒之曰：「王使屈平爲令，衆莫不知。每一令出，平伐其功，曰以爲『非我莫能爲』也。」王怒而疏屈平。

屈平疾王聽之不聰也，讒諂之蔽明也，邪曲之害公也，方正之不容也，故憂愁幽思而作離騷。離騷者，猶離憂也。夫天者，人之始也；父母者，人之本也。人窮則反本，故勞苦倦極，未嘗不呼天也；疾痛慘怛，未嘗不呼父母也。屈平正道直行，竭忠盡智以事其君，讒人間之，可謂窮矣。信而見疑，忠而被謗，能無怨乎？屈平之作離騷，蓋自怨生也。國風好色而不淫，小雅怨誹而不亂。若離騷者，可謂兼之矣。上稱帝嚳，下道齊桓，中述湯武，以刺世事。明道德之廣崇，治亂之條貫，靡不畢見。其文約，其辭微，其志潔，其行廉，其稱文小而其指極大，舉類邇而見義遠。其志潔，故其稱物芳。其行廉，故死而不容。自疏濯淖污泥之中，蟬蛻於濁穢，以浮游塵埃之外，不獲世之滋垢，皭然泥而不滓者也。推此志也，雖與日月爭光可也。

屈平既絀，其後秦欲伐齊，齊與楚從親。惠王患之，乃令張儀佯去秦，厚幣委贄事楚，曰：「秦甚憎齊，齊與楚從親，楚誠能絕齊，秦願獻商、於之地六百里。」楚懷王貪而信張儀，遂絕齊，使使如秦受地。張儀詐之曰：「儀與王約六里，不聞六百里。」楚使怒去，歸告懷王。懷王怒，大興師伐秦。秦發兵擊之，大破楚師於丹、淅〔一〕，斬首八萬，虜楚將屈匄，遂取楚之漢中地。懷王乃悉發國中兵，以深入擊秦，戰於藍田。魏聞之，襲楚至鄧。楚兵懼，自秦歸。而齊竟怒不救楚，楚大困。

明年，秦割漢中地與楚以和。楚王曰：「不願得地，願得張儀而甘心焉。」張儀聞乃曰：「以一儀而當漢中地，臣願請往如楚。」如楚，又因厚幣用事者臣靳尚，而設詭辯於懷王之寵姬鄭袖。懷王竟聽鄭袖，復釋去張儀。是時屈平既疏，不復在位，使於齊，顧反，諫懷王曰：「何不殺張儀？」懷王悔，追張儀不及。

其後諸侯共擊楚，大破之，殺其將唐眛。時秦昭王與楚婚，欲與懷王會。懷王欲行，屈平曰：「秦虎狼之國，不可信，不如無行。」懷王稚子子蘭勸王行：「奈何絕秦歡！」懷王卒行。入武關，秦伏兵絕其後，因留懷王，以求割地。懷王怒，不聽。亡走趙，趙不內。復之秦，竟死於秦而歸葬。

長子頃襄王立，以其弟子蘭爲令尹。楚人既咎子蘭以勸懷王入秦而不反也。

屈平既嫉之，雖放流，睠顧楚國，繫心懷王，不忘欲返，冀幸君之一悟，俗之一改也。其存君興國而欲反覆之，一篇之中三致志焉。然終無可奈何，故不可以反，卒以此見懷王之終不悟也。人君無愚智賢不肖，莫不欲求忠以自爲，舉賢以自佐，然亡國破家相隨屬，而聖君治國累世而不見者，其所謂忠者不忠，而所謂賢者不賢也。懷王以不知忠臣之分，故內惑於鄭袖，外欺於張儀，疏屈平而信上官大夫、令尹子蘭。兵剉地削，亡其六郡，身客死於秦，爲天下笑。此不知人之禍也。易曰：「井渫不食，爲我心惻，可以汲。王明，並受其福。」王之不明，豈足福哉！

令尹子蘭聞之大怒，卒使上官大夫短屈原於頃襄王，頃襄王怒而遷之。

屈原至於江濱，被髮行吟澤畔，顏色憔悴，形容枯槁。漁父見而問之曰：「子非三閭大夫歟？何故而至此？」屈原曰：「舉世混濁而我獨清，衆人皆醉而我獨醒，是以見放。」漁父曰：「夫聖人者，不凝滯於物而能與世推移。舉世混濁，何不隨其流而揚其波？衆人皆醉，何不餔其糟而啜其醨？何故懷瑾握瑜而自令見放爲？」屈原曰：「吾聞之，新沐者必彈冠，新浴者必振衣。人又誰能以身之察察，而受物之汶汶者乎！寧赴常流而葬於江魚腹中耳，又安能以皓皓之白而蒙世之温蠖乎！」

乃作懷沙之賦。其詞曰：

陶陶孟夏兮，草木莽莽。傷懷永哀兮，汩徂南土。眴兮窈窕，孔靜幽墨。冤結紆軫兮，離愍之長鞠。撫情效志兮，俛詘以自抑。

刓方以爲圜兮，常度未替。易初本繇兮，君子所鄙。章畫職墨兮，前度未改。內直質重兮，大人所盛。巧匠不斲兮，孰察其揆正？玄文幽處兮，矇謂之不章。離婁微睇兮，瞽以爲無明。變白而爲黑兮，倒上而爲下。鳳凰在笯兮，雞雉翔舞。同糅玉石兮，一概而相量。夫黨人之鄙妒兮，羌不知吾所臧。

任重載盛兮，陷滯而不濟。懷瑾握瑜兮，窮不得余所示。邑犬羣吠兮，吠所怪也。誹俊疑傑兮，固庸態也。文質疏內兮，衆不知吾之異采。材樸委積兮，莫知余之所有。重仁襲義兮，謹厚以爲豐。重華不可悟兮，孰知余之從容？古固有不並兮，豈知其故也？湯禹久遠兮，邈不可慕也。懲違改忿兮，抑心而自强。離湣而不遷兮，願志之有象。進路北次兮，日昧昧而將暮。含憂虞哀兮，限之以大故。

亂曰：浩浩沅湘兮，分流汩兮。修路幽拂兮，道遠忽兮。曾唫恒悲兮，永歎慨兮。世既莫吾知兮，人心不可謂兮。懷情抱質兮，獨無匹兮。伯樂既沒兮，驥〔二〕將焉程兮？人生有命兮，各有所錯兮。定心廣志，余何畏懼兮？曾傷爰哀，永嘆喟兮。世溷不吾知，心不可謂兮。知死不可讓兮，願勿愛兮。明以告君子兮，吾將以爲類兮。

於是懷石，遂自投汨羅以死。

屈原既死之後，楚有宋玉唐勒景差之徒者，皆好辭而以賦見稱。然皆祖屈原之從容辭令，終莫敢直諫。其後楚日以削，數十年竟爲秦所滅。

自屈原沉汨羅後百有餘年，漢有賈生，爲長沙王太傅，過湘水，投書以弔屈原。

太史公曰：余讀離騷天問招魂哀郢悲其志。適長沙，觀屈原所自沉淵，未嘗不流涕，想見其爲人。及見賈生弔之，又怪屈原以彼其材，游諸侯，何國不容，而自令若是。讀服鳥賦，同死生，輕去就，又爽然自失矣。

【校勘記】

〔一〕淅，原作「浙」，據史記本傳改。

〔二〕「驥」字原闕，據史記本傳補。

屈原外傳

唐沈亞之

昔漢武愛騷，令淮南作傳。大概屈原已盡於此，故太史公因之以入史記。外有一二三逸事，見之雜紀方志者尤詳。

屈原瘦細美髯，丰神朗秀，長九尺，好奇服，冠切雲之冠。性潔，一日三濯纓。事懷襄間，蒙讒負譏，遂放而耕，吟離騷，倚耒號泣於天。時楚大荒，原墮淚處獨産白米如玉，江陵志有玉米田，即其地也。

嘗遊沅湘，俗好祀，必作樂歌以樂神，辭甚俚。原因棲玉笥山，作九歌，托以風諫。至山鬼篇成，四山忽啾啾若啼嘯，聲聞十里外，草木莫不萎死。又見楚先王廟及公卿祠堂圖畫天地、山川、神靈，琦瑋僪佹，與古聖賢、怪物行事，因書其壁，呵而問之。時天慘地愁，白晝如夜者三日。晚益憤懣，披蓁茹草，混同鳥獸，不交世務，採栢實，和桂膏，歌遠遊之章，托遊仙以自適。

王逼逐之，於五月五日遂赴清泠之水，其神遊於天河，精靈時降湘浦。楚人思慕，謂爲水仙，每值原死日，必以筒貯米，投水祭之。至漢建武中，長沙區回白日忽見一人，自稱三閭大夫，謂曰：「聞君嘗見祭，甚善，但所遺並蛟龍所竊。今有惠，可以楝樹葉塞上，以五色絲轉縛之，此物蛟龍所憚。」回依其言。世俗作糉并帶絲葉，皆其遺風。

晉咸安中，有吴人顔珏者，泊汨羅。夜深月明，聞有人行吟曰：「曾不知夏之爲丘兮，孰兩東門之可蕪！」珏異之，前曰：「汝三閭大夫耶？」忽不見其所之。

江陵志又載原故宅在姊歸，鄉北有女嬃廟，至今擣衣石尚存。時當秋風夜雨之際，砧聲隱隱可聽也。嘻，異哉！

原以忠死，直古龍比者流，何以没後多不經事？特千古騷魂，鬱而未散，故鬻熊雖久不祀，三閭之跡，猶時彷彿占斷於江潭澤畔、蒹葭白露中耳。

楚世家節略

孟子曰：「誦其詩，讀其書，不知其人，可乎？是以論其世也。」漢史傳原，既多略而不詳，余倣林西仲本，復輯楚世家懷襄二王事蹟著於篇，因兼採諸書，附以所見，將使讀屈子之文者，有所參考。又以知楚之治亂存亡，繫於屈子一人，而爲萬世逆忠遠德者大戒也。若林氏取原賦二十五篇，鑿空而分注之，則吾豈敢。

懷王名槐，威王子，在位三十年。

元年，張儀始相秦惠王。

四年，秦惠王初稱王。

六年，楚使柱國昭陽攻魏，破之襄陵，今山西平陽府有襄陵縣。得八邑。又移兵攻齊，齊患之。陳軫爲齊説昭陽，引兵去。秦使張儀與楚齊魏盟齧桑。史記正義曰：「在梁與彭城之間。」

按，張儀傳：秦使儀與齊楚大臣會齧桑，歸而免相，相魏以爲秦。儀所至結交權貴，左右賣國如此，則是盟也，庸知非即與上官靳尚等相結，以預爲浸潤屈原之地乎？

十一年，蘇秦約從，六國共攻秦，楚爲從長。至函谷關，在今河南府靈寶縣。秦出兵擊六國，六國皆引歸。

按，戰國策齊助楚攻秦，取曲沃，當在是年之前後。蓋屈子爲懷王左徒，王甚任之，故初政精明如此。惜往日所謂「國富强而法立」也。

十六年，秦欲伐齊，患楚與齊親，使張儀約楚絶齊，許以商於地六百里。今鄧州内鄉縣有商於城。王大説，遂絶齊。秦不予地，王怒，興師伐秦。楚禍始此。

洪慶善補注引新序云：「秦欲吞滅諸侯，屈原爲楚東使齊以結强黨。秦患之，使張儀之楚，賂貴臣上官靳尚之屬。……内賂夫人鄭袖，共譖屈原。原放於外，乃作離騷。」當懷王之十六年，張儀相楚，集注遂謂屈原放在十六年。余按，結齊本屈子謀，屈子不去，儀必不敢行其詐。而屈子於王，受知有素，去之亦未易易也。味惜誦「致愍」，及離騷「九死未悔」之言，蓋始而見疎，既而去朝，固非一朝一夕之爲矣。然則儀之行賂譖原，豈俟十六年至楚之時？而原之得罪，亦豈必在十六年哉！本傳「屈平既絀，其後秦欲伐齊」云云，其非同時可知矣。

十七年，與秦戰丹陽。今荆州府歸州屈子本居。秦大敗我軍，斬甲士八萬，虜大將屈匄，遂取漢中郡。今陝西漢中府。楚悉國兵復襲秦，大敗於藍田。今陝西西安府。韓魏聞楚困，襲楚至鄧，今屬河南南陽府。楚引兵歸。張儀傳：「於是楚割兩城以與秦平。」

十八年，秦本紀：惠王「十四年，伐楚取召陵」當在是年。世家失載。秦約分漢中之半靳尚說鄭袖所謂「上庸六縣」也。以和楚。王曰：「願得張儀，不願得地。」儀至，王囚欲殺之。靳尚說鄭袖言於王，出之。儀因說王叛從約，與秦親。儀去，屈原使從齊來，諫曰：「何不誅張儀？」王悔，使人追儀，弗及。

按，張儀傳：秦要楚，欲得黔中地，以武關外易之。楚王曰：「願得張儀而獻黔中地。」儀使楚，楚用鄭袖言赦之，儀因說楚王事秦。楚王已得張儀而重出黔中地，許之。屈原曰：「前大王見欺於儀，儀至，臣以爲且烹之。今縱弗殺，又聽其邪說，不可。」王曰：「許儀而得黔中，美利也。」卒許儀，與秦親。其文與世家及原傳小異，當以儀傳爲允。蓋是時楚弱秦强，非欲易地，曷爲分漢中以求和？至其不殺張儀，固惑於鄭袖之言，亦緣重去黔中地耳。然則原諫王時，儀固尚在楚也。又按新序云：原既放於外，而張儀欺楚。楚王悔，復用原使齊。今考本傳曰：「王怒而疏屈平。」屈平「憂愁幽思而作離騷。」十八年亦曰屈平既疏，不復在位，是十八年之前，原第疏而不用，未嘗放於外也。觀離騷但言「齎怒」，言「窮困」，而不言「路阻」「居蔽」，可見矣。然本傳又云「雖放流」，「繫心懷王」，及抽思有「來集漢北」語，意者使齊之後，原復立朝，遂乘閒自申，故愈攖衆怒而遷之漢北歟？「茲歷情以陳辭」，「衆果以我爲患」，其明徵也。抽思思美人卜居諸篇，蓋皆十八年後作也。

二十年，齊湣王欲爲從長，惡楚與秦合，遺書楚王。王用昭睢議，復合於齊。

二十四年，倍齊而合秦。秦昭王初立，厚賂楚，楚往迎婦。

二十五年，與秦盟於黄棘，正義曰：「在房襄二州境。」秦復與楚上庸。今鄖陽府房州，亦漢中地。

二十六年，齊韓魏爲楚負從親，共伐楚。楚使太子質秦請救。秦兵至，三國引去。

二十七年，秦大夫與楚太子鬭。太子殺之，亡歸。

二十八年，秦與齊韓魏共攻楚，殺楚將唐眜，取重丘。在今東昌府。

四國連兵交伐，遂爲衆惡所歸矣。太史公特序入原傳者，甚其敗也。

二十九年，秦復攻楚。大破楚軍，死者二萬，六國年表作三萬。殺將軍景缺。綱目有「取襄城」句。襄城今屬河南開封府。王恐，乃復使太子質齊以求平。

按，此武關之釁所由啓也。是時秦所憚者，獨有一齊，故楚懷始與齊親，而張儀設詐以絶之；既合於齊，而秦復厚賂以要之。今之設質求平，蓋有以深中秦之忌矣。原始爲楚東結齊援，誠良策也。十八年使齊之行，殆以原素睦於齊，欲令謝過以復舊好，不幸又爲張儀連横之説所愚。自後倏合倏離，反覆無定，至於諸國交攻，喪師無日。使原立朝，豈容默默而已哉！益知諫釋張儀之後，當復以讒見放也。玆因秦伐而求平於齊，豈悔心之萌，而原所以復還也歟？

三十年，秦復伐楚，取八城。秦昭王遺楚書，欲會武關在今西安府商州。結盟。昭睢諫王毋行，王用子蘭言往會。秦閉武關，與王西至咸陽，朝章臺，如藩臣，要其割巫、黔中郡。巫今屬四川夔州。黔中，今湖廣常德府、辰州府。王怒，弗許。秦留之。楚太子自齊歸，立爲王。

屈原諫不載，蓋互文耳。

頃襄王名横，懷王子，在位三十六年。

元年，秦攻楚，大敗楚軍，斬首五萬，取析十五城。年表作十六城。括地志曰：「鄧州內鄉縣，本楚析邑。」

屈子遷於江南陵陽，當在是年仲春。

二年，懷王亡逃歸。秦覺之，遮楚道，乃從閒道走趙。趙不納，欲走魏，秦追至，遂復入秦，發病。

天下雖大，無所容身。讀大招「冥凌浹行」、「魂無逃只」二語，可勝悲慟！

三年，懷王卒於秦，秦歸其喪於楚。秦楚絶。

六年，秦遺楚書，約決戰。王患之，復與秦平。

七年，楚迎婦於秦。

十四年，與秦昭王好會於宛，今河南南陽府。結和親。

十六年，與秦好會於鄢。楚惠王徙都處，今襄陽府宜城縣。秋，復與秦會穰。今河南南陽府。

黄維章謂原死於頃襄十年，林西仲謂死於十一年，皆以哀郢有「九年不復」之言故耳。然豈必哀郢甫成，即投淵死哉？今考哀郢在陵陽已九年，其後又涉江入辰、溆，又由辰、溆東出龍陽，遇漁父，遂往長沙，作懷沙，其秋又有悲回風「任石何益」之言。後以五月五日，畢命湘水，則在長沙亦非一載也。故約略其死，當在頃襄十三四年，或十五六年。若王薑齋論哀郢，謂指襄王徙陳，則爲時太遠，未必及見矣。且其時長沙曾爲秦取，原尚得晏然安身其地乎？

十八年，楚人有以弋説王報怨於秦者，王遣使諸侯，復爲從。

十九年，秦伐楚。楚軍敗，割上庸、漢北地予秦。正義謂割上庸房、金、均三州，及漢水之北與秦。蓋懷王時原所遷之地，爲秦有矣。

二十年，秦將白起拔我西陵。綱目：赧王三十六年，白起攻楚，取鄢、鄧、西陵。鄢、鄧注見前。西陵，綱目注：即後所燒之夷陵。余按，秦本紀徐廣注云：「西陵屬江夏。」正義曰：「西陵故城在黄州黄山西。」其説爲是。若夷陵有西陵之稱，乃孫吴所改，不足爲據。

二十一年，秦將白起遂拔郢，今荆州府江陵縣。燒先王墓夷陵。今荆州府夷陵州。自是楚都及屈子秭歸故居，皆爲秦有。白起列傳〔一〕又有「遂東至竟陵」句，竟陵，今安陸府。楚兵散，不復戰，東北保於陳城。綱目：楚徙都陳。今開封府陳州。

二十二年，秦復拔巫、黔中郡。巫、黔中注並見前。黔中即漁父歌滄浪，及涉江所遷辰陽、溆浦之地。

按，原死骨肉未寒，而國勢土崩瓦解如此。戰國策載白起語云：楚王恃其國大，不恤其政，羣臣相妒以功，諛諂用事，良臣斥疏，百姓心離，故得引兵深入，多倍城邑，以有功也。嗚呼！國以一人興，以一人亡，敵國知之矣。

二十三年，王收東地兵十餘萬，復西取秦所拔江旁十五邑爲郡，距秦。

按，韓非曰：「秦與荆戰，大破荆，襲郢，取洞庭、五渚、江南。」則是時屈子自沉之長沙，亦入秦矣。其後始皇制曰：「荆王獻青陽以西。」青陽即長沙地，其即此所復取之十五邑乎？

二十七年，復與秦平，入太子爲質於秦。

三十六年，王病，太子亡歸。秋，王卒，太子完立。

襄王子考烈王立，二十五年卒。子幽王立，十年卒。子哀王立，二月，兄負芻弑之。負芻立五年爲秦所滅。

【校勘記】

〔一〕列傳，原作「年表」，據史記改。

楚辭地圖

余所考訂楚辭地理，與屈子兩朝遷謫行踪，既散著於諸篇，猶恐覽者之未察其詳也，次爲圖如左：

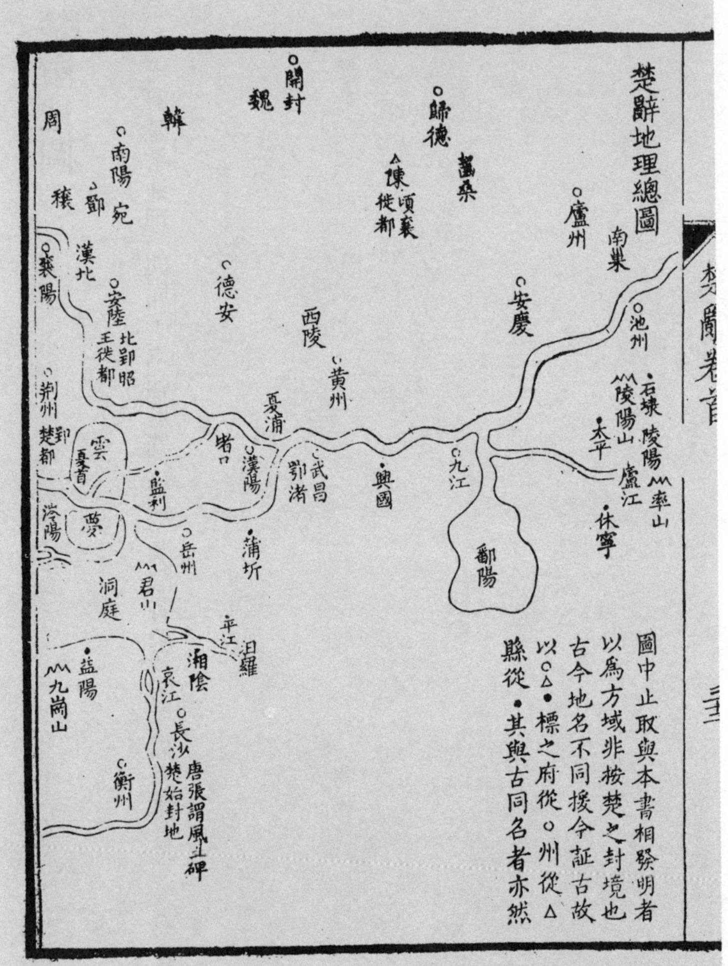
楚辭地理總圖
圖中止取與本書相發明者以爲方域非按楚之封境也古今地名不同援今証古故以○△●標之府從○州從△縣從●其與古同名者亦然
楚辭卷首
開封
魏
歸德
韓
周
南陽
鄧
宛
穰
陳
頃襄徙都
南巢
廬州
漢北
襄陽
安陸
北郢昭王徙都
德安
西陵
安慶
池州
黃州
夏浦
荆州
郢楚都
雲
夏首
堵口
漢陽
武昌
鄂渚
興國
九江
石埭
陵陽
陵陽山
太平
盧江
率山
休寧
鄱陽
夢
監利
蒲圻
岳州
君山
洞庭
平江
汨羅
湘陰
益陽
九嶷山
袁江
長沙
楚始封地
唐張謂風土碑
衡州

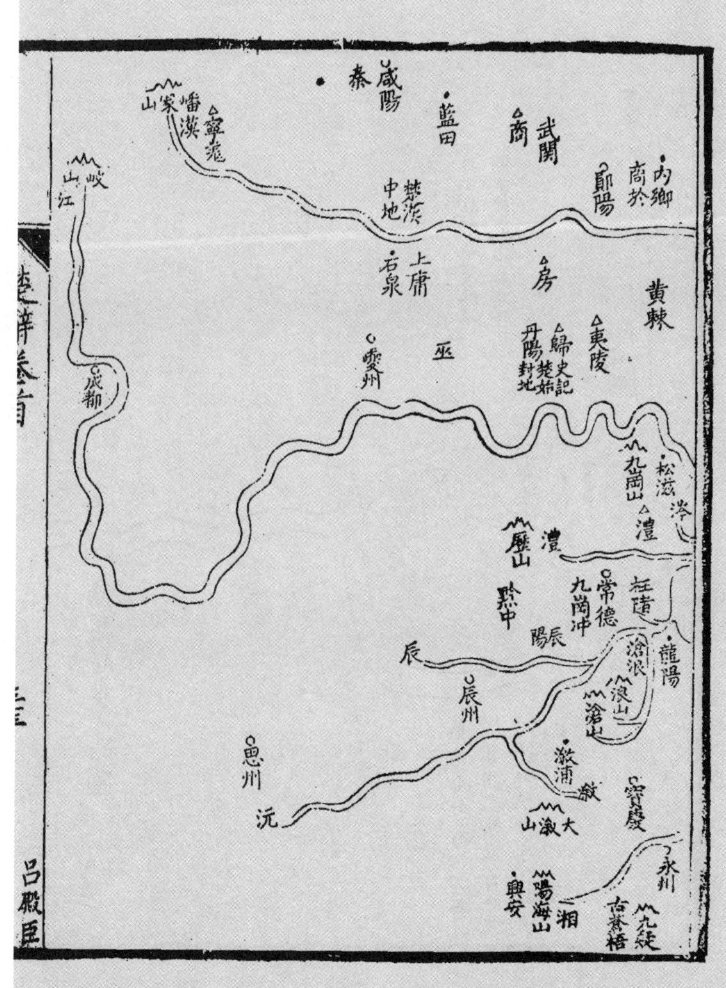
咸陽
秦
藍田
商
武關
嶓冢山
漢
寧羌
岷山
江
內鄉
商於
鄖陽
楚漢中地
上庸
石泉
房
黃棘
巫
夔州
東陵
丹陽
成都
九岡山
松滋
涔
澧
歷山
澧
常德
九岡沖
枉渚
黔中
辰陽
辰
龍陽
滄浪
滄山
辰州
溆浦
敘
寶慶
大溆山
恩州
沅
永州
陽海山
興安
湘
九疑
古蒼梧

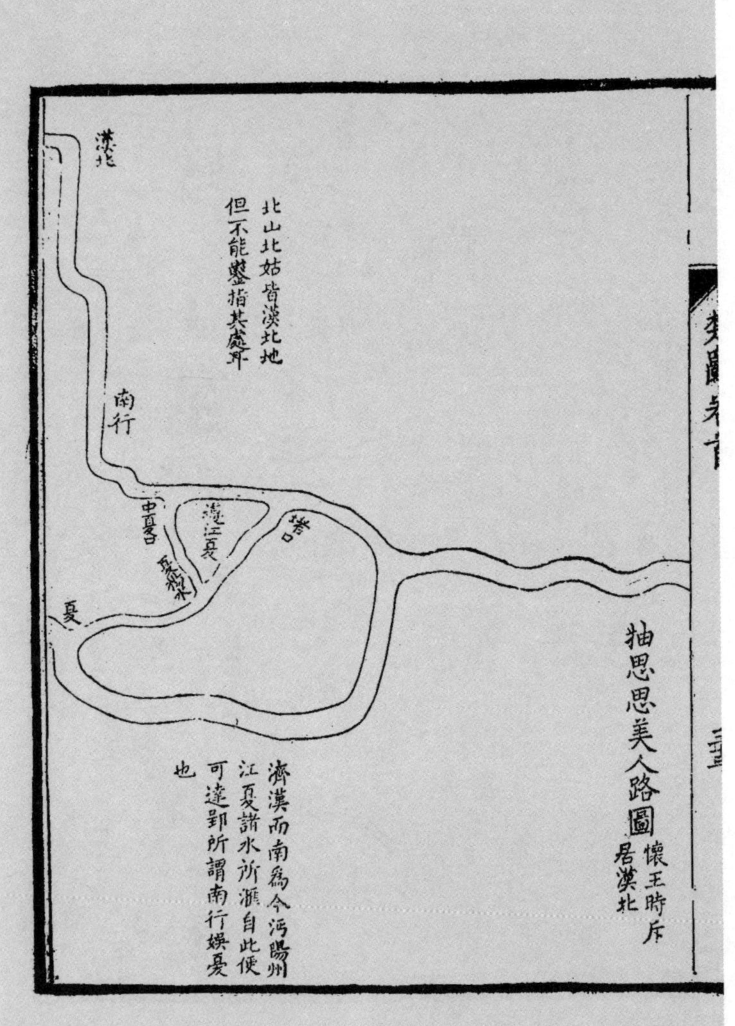
抽思思美人路圖
懷王時斥居漢北
漢北
北山北姑皆漢北地
但不能鑿指其處耳
南行
中夏口
堵口
夏
濟漢而南爲今沔陽州
江夏諸水所滙自此便
可達郢所謂南行娛憂
也

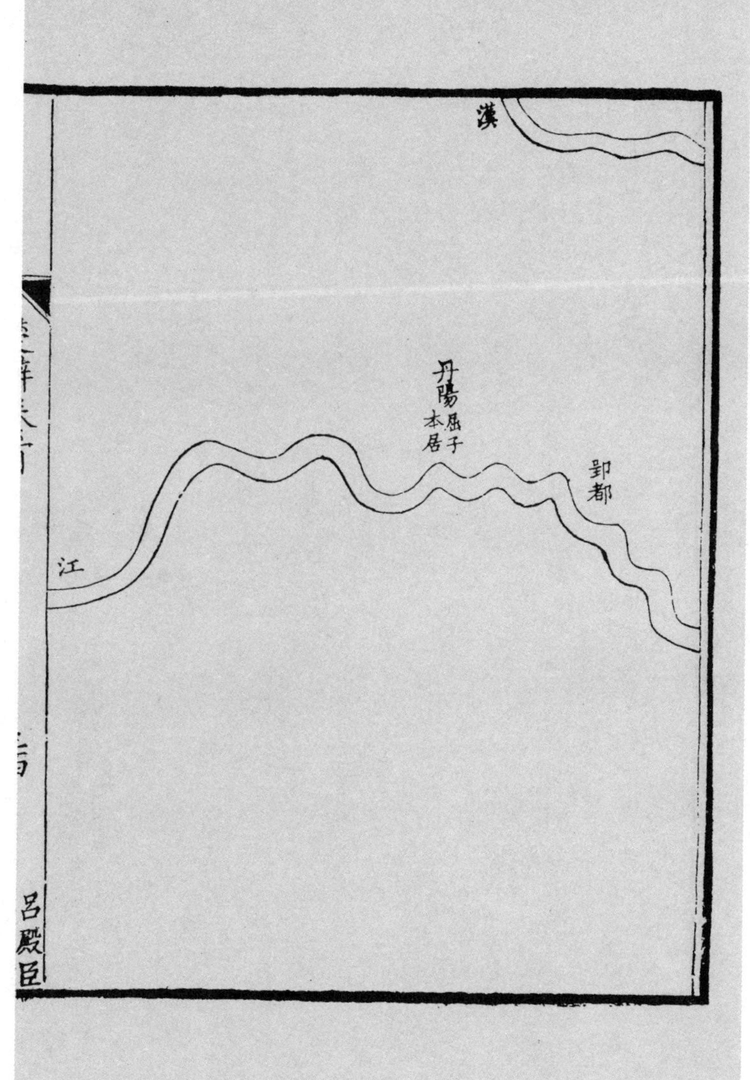
漢
丹陽
屈子本居
郢都
江
呂殿臣

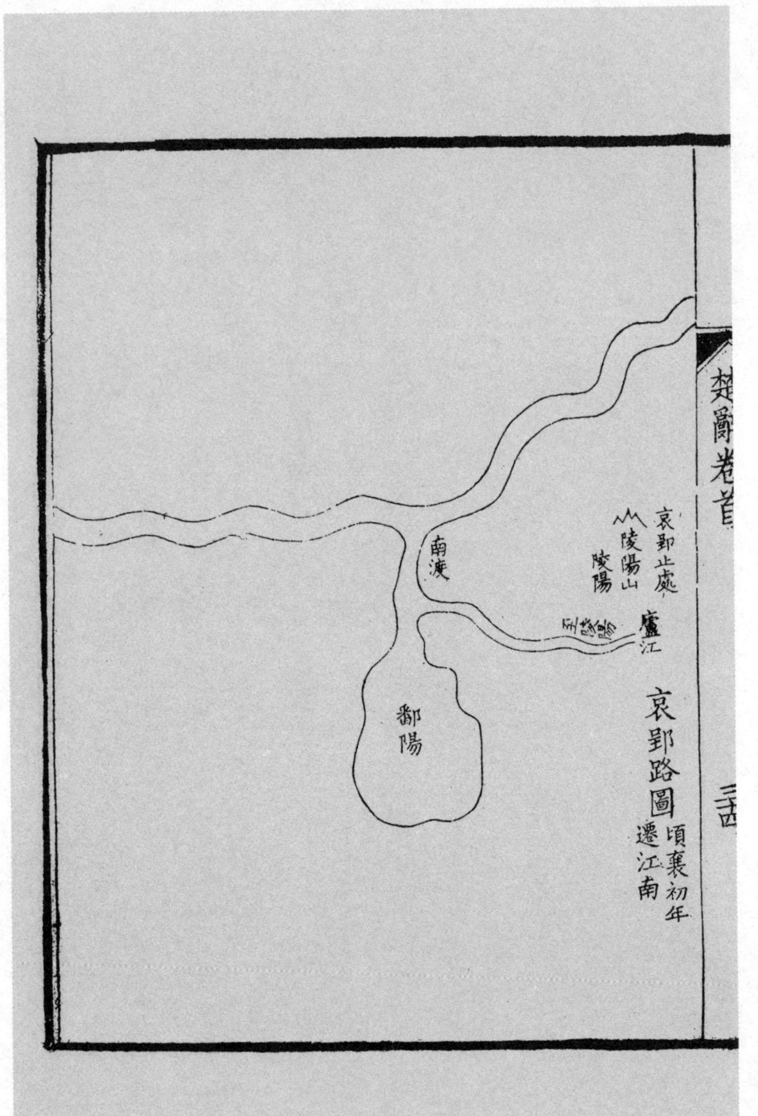
楚辭卷首
哀郢路圖
頃襄初年遷江南
哀郢止處
陵陽山
陵陽
廬江
南渡
鄱陽

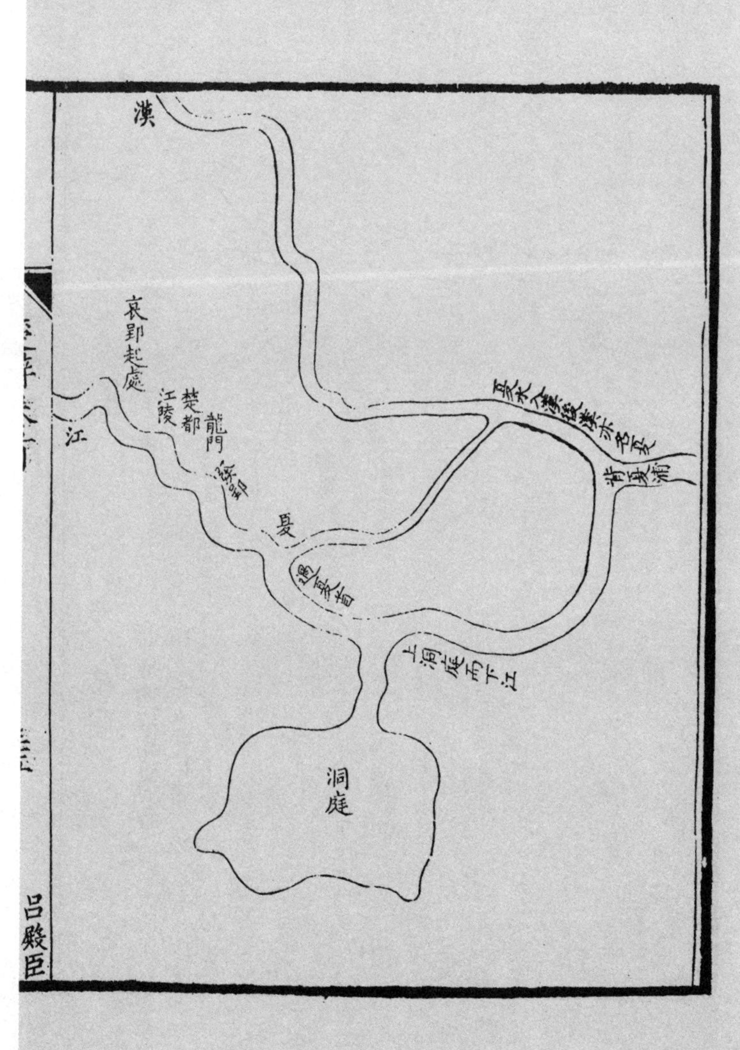
漢
江
哀郢起處
楚都江陵
龍門
紀郢
夏
過夏首
夏水入漢處漢亦名夏
背夏浦
上洞庭而下江
洞庭
呂殿臣

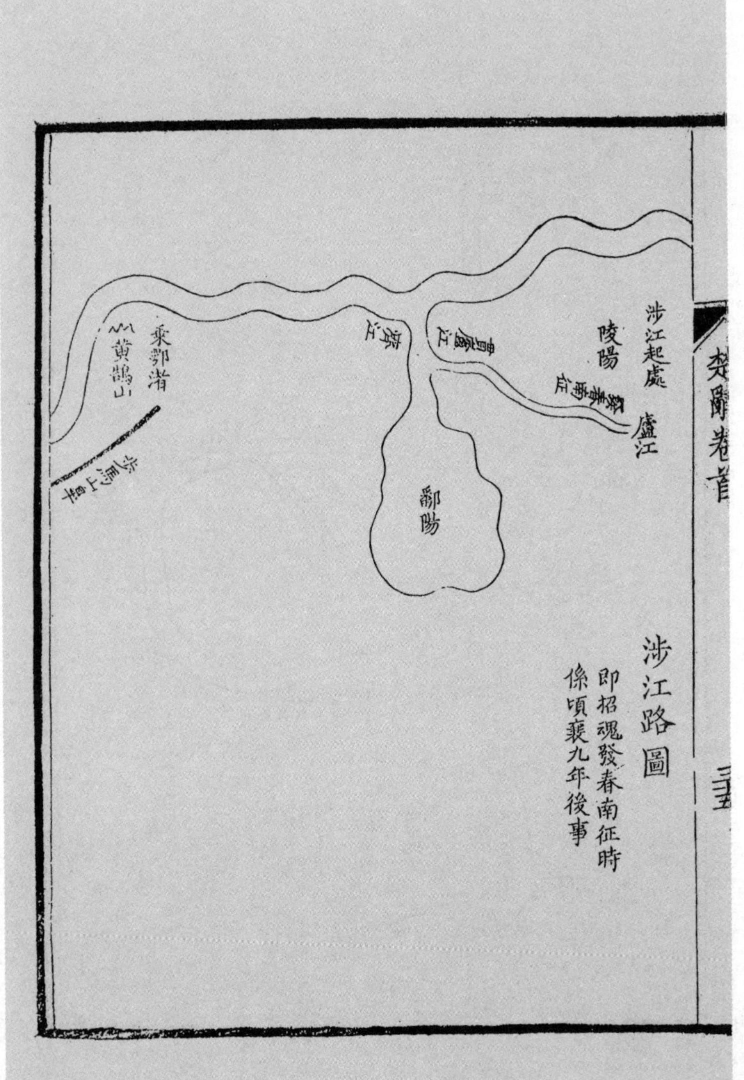
涉江起處
陵陽
發春南征
盧江
鄱陽
乘鄂渚
黃鶴山
步馬山皋
涉江路圖
即招魂發春南征時
係頃襄九年後事
楚辭卷首

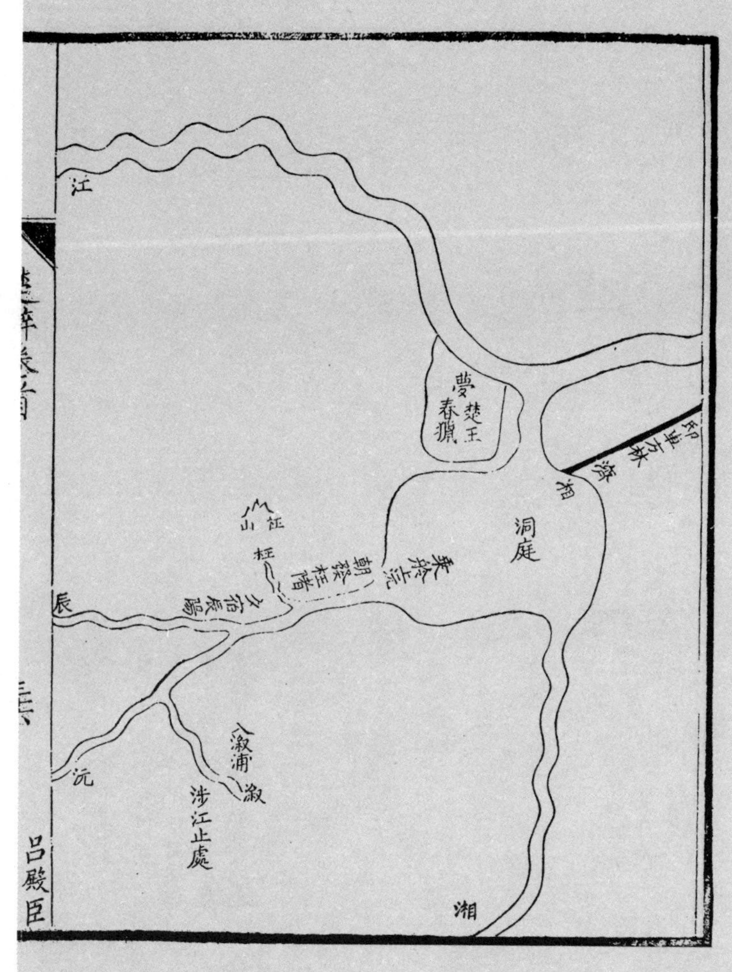
江
夢
楚王春獵
東方林
濟
湘
洞庭
乘於上沅
朝發枉渚
枉山
枉
夕宿辰陽
辰
沅
入漵浦
漵
涉江止處
湘
吕殿臣

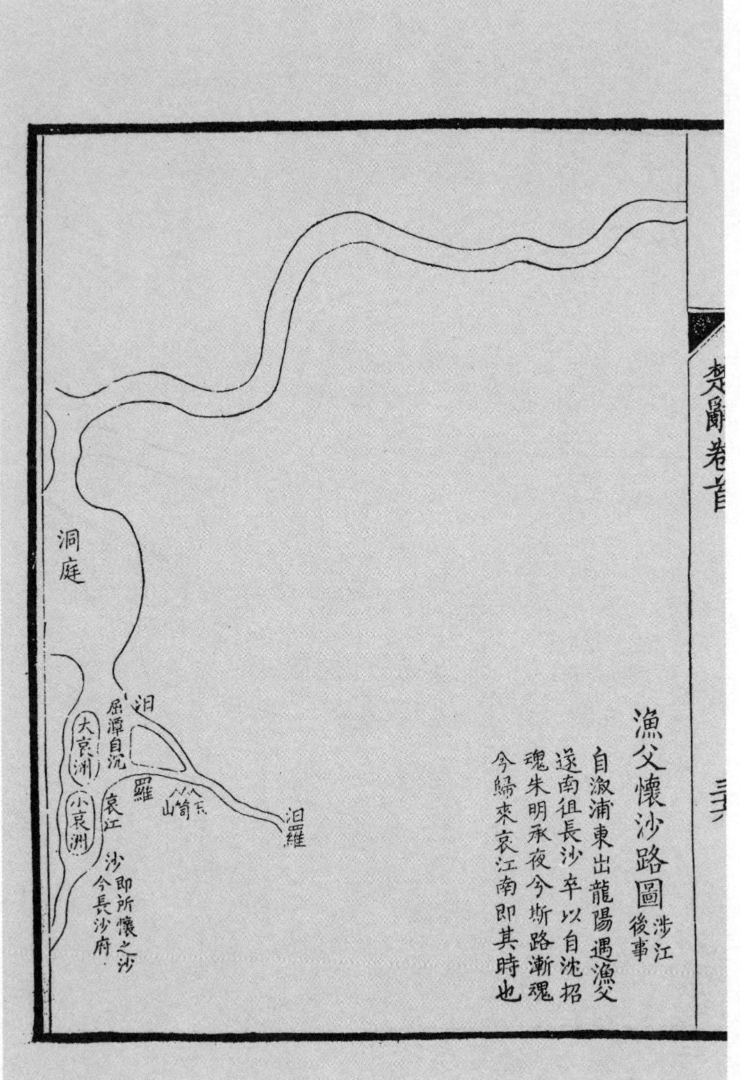
楚辭卷首
漁父懷沙路圖
涉江後事
自溆浦東出龍陽遇漁父
遂南徂長沙卒以自沈招
魂朱明承夜今斯路漸魂
今歸來哀江南即其時也
洞庭
汨羅
屈潭自沉
大哀洲
小哀洲
哀江
玉笥山
汨羅
沙即所懷之沙
今長沙府

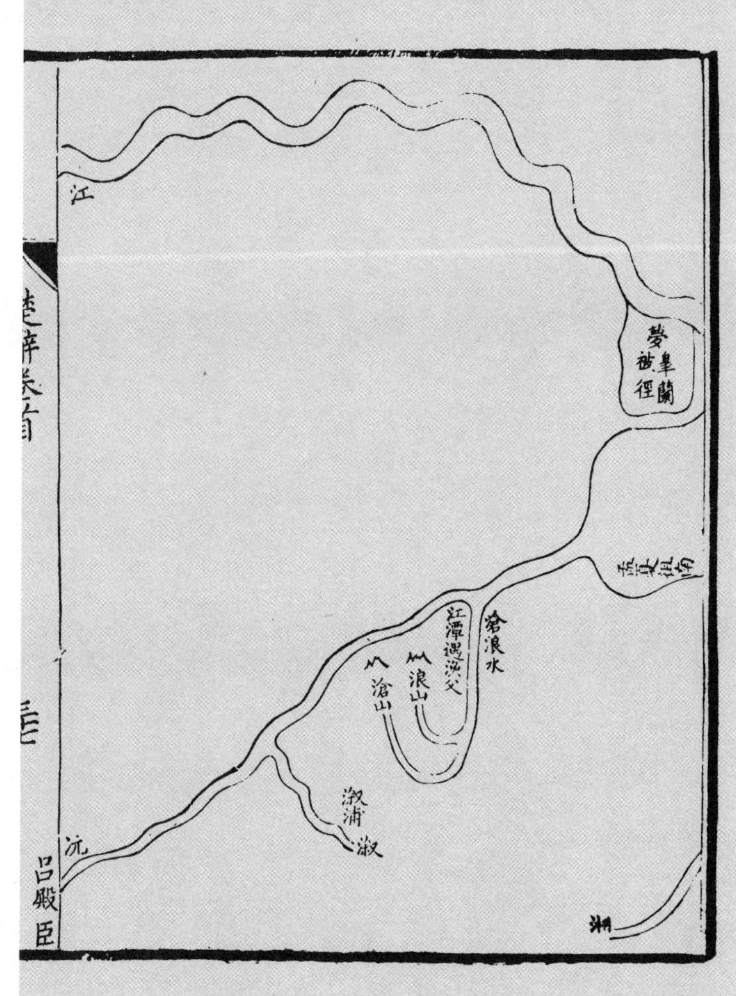
江
夢
皐蘭被徑
江潭遇漁父
滄浪水
浪山
滄山
溆浦
溆
沅
湘

楚辭篇目

楚　屈平著　清　蔣驥注

大招

宋洪慶善、朱晦庵考定原賦，止於漁父篇。余採黄維章、林西仲語，并載招魂大招，以正漢志二十五篇之數。説見招魂餘論。然大招自漢以來，已相傳爲原作，而招魂篇名，具見史記屈原傳贊，則固非二子創論也。其作文次第，年代幽遠，無可參核。竊嘗以意推之，首惜誦，次離騷，次抽思，次思美人，次卜居，次大招，次哀郢，次涉江，次漁父，次懷沙，次招魂，次悲回風，次惜往日，終焉。初失位，志在潔身，作惜誦。已而決計爲彭咸，作離騷。十八年後，放居漢北，秋作抽思。逾年春，作思美人。其三年，作卜居。此皆懷王時也。懷王末年，召還郢。頃襄即位，自郢放陵陽。三年，懷王歸葬，作大招。居陵陽九年，作哀郢。已而自陵陽入辰漵，作涉江。又自辰漵出武陵，作漁父。適長沙，作懷沙、招魂。其秋，作悲回風。逾年五月，沉湘，作惜往日。蓋察其辭意，稽其道里，有可徵者。故列疏於諸篇，而目次則仍其舊，以存疑也。若九歌、天問、橘頌、遠遊，文辭渾然，莫可推詁，固弗敢强爲之説云。武進蔣驥。

楚辭卷一

蔣驥注

離騷

離，别。騷，愁也。篇中有「余既不難離别」語，蓋懷王時初見斥疏，憂愁幽思而作也。

帝高陽之苗裔兮，朕皇考曰伯庸。攝提貞於孟陬兮，惟庚寅吾以降。皇覽揆余于初度兮，肇錫余以嘉名。名余曰正則兮，字余曰靈均。

高陽，顓頊有天下之號。顓頊之後，有熊繹者，事周成王，封於楚。傳國至武王熊通，生子瑕，受屈爲卿，因以爲氏。苗者，根所生。裔者，裾之末。故以爲遠末子孫之稱。朕，我也。

皇，美也。考，父也。伯庸，字也。首敘己與楚同姓而爲世臣，橘頌所謂「受命不遷，生南國」者也。太歲在寅曰攝提格。貞，正也。正月爲陬。庚寅，日辰也。降，生也。蓋原之生，年月日皆在寅也。皇，父。覽，觀。揆，度也。初度，初年之器度。正，平。則，法。靈，明。均，齊。蓋平與原之義也，因其少有令德，而予以美名，下文所謂「内美」也。

紛吾既有此内美兮，又重之以脩能。扈江離與辟僻同芷兮，紉尼銀切秋蘭以爲佩。汩聿余若將不及兮，恐年歲之不吾與。朝搴阰毗之木蘭兮，夕攬覽洲之宿莽模上聲。

紛，盛貌。内美，指有正則靈均之德言。脩能，脩治之能。内美天工，脩能人力。「扈江離」以下，皆喻脩能之實也。扈，被也。江離，芎藭之葉大似芹者。辟，幽也。芷，白芷，根長尺餘，色白。紉，結也。蘭，一名蕑。李東璧曰：蘭草生下溼處，紫莖素枝，赤節緑葉，八九月開花，紅白色，中有細子。汩，水疾流貌。搴，取也。阰，山名。木蘭，香木，辛夷之白者。攬，采也。宿莽，卷葹也。木蘭去皮不死，宿莽拔心不死，皆香之不變者。所脩無已，善行乃日進而不可變，此立身之本，而致君之源也。篇中言脩皆本於此。

日月忽其不淹兮，春與秋其代序。惟草木之零落兮，恐美人之遲暮。不撫壯而棄穢兮，何不改乎此度。椉乘同騏驥以駝馳同騁兮，來吾道夫扶，篇內自末章「僕夫」外並倣此。先路。

言欲以其脩能，與君及時圖治也。淹，留也。美人，美好之人，謂君也。撫壯棄穢，謂及壯盛之年，棄其穢惡之行也。騏驥，駿馬，以喻賢德。來，相招之辭。道，引也。

昔三后之純粹兮，固衆芳之所在。雜申椒與菌桂兮，豈維紉夫蕙茝尺亥切。彼堯舜之耿介兮，既遵道而得路。何桀紂之昌猖同被披同兮，夫惟捷徑以窘掘允切步。惟黨人之偷樂洛兮，路幽昧以險隘。豈余身之憚殃兮，恐皇輿之敗績。忽奔走以先去聲後兮，及前王之踵武。荃不揆余之中情兮，反信讒而齎劑怒。

承上道路而言，序其以忠而遇讒也。三后，見呂刑，謂伯夷禹稷也。衆芳，言其德之備也。申，地名。椒，木實之香者。菌桂，筒桂，花白，蘂黃，正圓如竹。椒桂皆辛物，喻直節也。蕙，一名薰，葉如麻，莖方，七月開花。茝，芷之別名。耿，明。介，守也。遵道得路，言堯舜知明而守固，能遵用三后之道而致太平。原蓋以三后自比，而望其君爲堯舜也。昌被，衣不帶貌。捷徑、窘步，言不由正道，自致窮蹙也。黨人，謂靳尚、上官、子蘭、鄭袖之屬。武，迹也。荃，與蓀同，似石菖蒲而葉無脊。蓋亦香草，故以喻君。齌，疾怒也。言己狂奔疾走，犯黨人之所忌，以回君於正道，猶三后椒桂之節也。君反信讒而怒之，其視堯舜之耿介何如哉？

余固知謇謇几偃切之爲患兮，忍而不能舍去聲也。指九天以爲正兮，夫唯靈脩之故也。曰黄昏以爲期兮，羌欺羊切中道而改路。初既與余成言兮，後悔遁而有他。余既不難夫離别兮，傷靈脩之數入聲化。

此惜君德之無成也。謇謇，直言貌。舍，止也。九天，説詳天問。正，平也。靈，明；脩，長；美君之稱也。靈脩之故，言欲進君於善也。黄昏，古親迎之期。羌，發語辭，一曰乃也。成言，謂成其要約之言。以婚姻之無信，比君心之合而復離也。數化，志意更變也。

余既滋蘭之九畹苑兮，又樹蕙之百晦古畝字。畦留夷與揭車兮，雜杜衡與芳芷。冀枝葉之峻茂兮，願竢時乎吾將刈。雖萎絶其亦何傷兮，哀衆芳之蕪穢。

此惜羣賢之無主也。三十畝曰畹，百步爲畝。畦，隴種也。留夷、揭車，皆香草。揭車，一名乞輿，黄花白葉。杜衡，似葵而香。刈，穫也。以香草喻己所薦拔之士。萎絶何傷，若自悔其滋樹，而貽人踐踏之具者，亦憤激之辭。

衆皆競進以貪婪勒含切兮，憑不厭乎求索。羌内恕己以量平聲人兮，各興心而嫉妒。忽馳鶩以追逐兮，非余心之所急。老冉冉其將至兮，恐脩名之不立。朝飲木蘭之墜露兮，夕餐秋菊之落英。苟余情其信姱誇以練要去聲兮，長顑克闇切頷合闇切亦何傷。擥覽木根以結茝兮，貫薜敝荔例之落蕊如壘切。矯菌桂以紉蘭兮，索胡繩之纚纚昔以切。謇吾法夫前脩兮，非世俗之所服。雖不周于今之人兮，願依彭咸之遺則。

此以下，序遇讒而不改其脩也。憑，滿也。言雖盛滿而所求無厭也。恕己量人，謂以己度人，亦疑其競進，故妒之也。興，生也。馳鶩追逐，指競進之人言。脩名，脩治之名也。英，華也。飲露餐英，清貧之況。信，實。姱，美也。練，精熟也。顑頷，食不飽而面黄之貌。木，木蘭。薜荔，香草，緣木而生。蕊，花心也。矯，舉也。胡繩，亦香草，莖葉可作繩索。纚纚，長垂貌。茝，即芷也。前言扈芷，此更以木根之堅勁者結之，益以薜荔而貫之。蕙，亦蘭屬也。前言佩蘭，此更以菌桂之辛烈者紉之，益以胡繩而貫之，申上「雜申椒」二語之意，明摧折之後，所脩加勵也。謇，語詞，通作蹇。前脩，前代脩德之人。周，合也。彭咸，殷大夫，諫君不用，投水死者。知所脩之必不合於時，則惟法彭咸之死諫而已。爲彭咸乃屈子本旨，故於得罪之始特著之。

長太息以掩涕兮，哀民生之多艱。余雖好去聲脩姱以鞿結衣切羈兮，謇朝誶息印切而夕替。既替余以蕙纕襄兮，又申之以攬茝。亦余心之所善兮，雖九死其猶未悔。

此歷序遇讒之後，得罪衆多也。民，人也，原自謂。下「民心」同。馬韁在口曰鞿，革絡頭曰羈，皆拘束之意。言因好脩被疏而致拘束也。誶，訴。替，廢也。纕，佩帶也。申，重也。蕙茝，皆其所脩而取廢之具也。既羈之矣，又訴之，又廢之，而所以廢之之故，不一而足，皆好脩之爲累，然而其志不悔也。

怨靈脩之浩蕩兮，終不察夫民心。衆女嫉余之蛾眉兮，謠諑琢謂余以善淫。固時俗之工巧兮，偭規矩而改錯措。背倍同繩墨以追曲兮，競周容以爲度。忳特痕切鬱邑悒同余侘詐傺次兮，吾獨窮困乎此時也。寧溘死以流亡兮，余不忍爲此態也。鷙鳥之不羣兮，自前世而固然。何方圜圓同之能周兮，夫孰異道而相安。屈心而抑志兮，忍尤而攘詢詬同。伏清白以死直兮，固前聖之所厚。

極言讒人之禍，非徒廢其身，又并其脩名而污之也。浩蕩，無思慮貌。君終不能察人之心，故讒言益肆。衆女，喻黨人。蛾眉，眉之纖曲如蛾也。謡，流言也。如北齊祖珽以謡言殺斛律光之類。諑，譖。偭，背也。錯，置也。繩墨，引繩彈墨以取直者。追，隨。度，法也。忳，憂貌。侘傺，失志貌。鷙鳥，鷹鸇之屬。方圜，謂方鑿圜枘也。周，合。尤，罪也。攘，取爲己有也。忍尤攘詢，則名之不立，亦非所計矣。自古忠臣不愛死而愛名，而邪臣之害之也，必以惡名污之，亦非必文致其惡也。時不興善，己獨由之，凡其善者，即世之所謂惡也。從之則身與名榮，否則身名并滅。然寧負世之惡名而死，以求合於前脩，則可謂貞之至矣。自「衆皆競進」至此，歷言讒人之禍日甚，而己之脩愈堅，以明願爲彭咸之意。

悔相去聲道之不察兮，延佇乎吾將反。回朕車以復路兮，及行迷之未遠。步余馬于蘭皋兮，馳椒丘且焉止息。進不入以離尤兮，退將復脩吾初服。製芰及異切荷以爲衣兮，雧古集字芙蓉以爲裳。不吾知其亦已兮，苟余情其信芳。高余冠之岌岌兮，長余佩之陸離。芳與澤其雜糅柔上聲兮，惟昭質其猶未虧。忽反顧以游目兮，將往觀乎四荒。佩繽紛其繁飾兮，芳菲菲其彌章。民生各有所樂去聲兮，余獨好去聲脩以爲常。雖體解吾猶未變兮，豈余心之可懲。

上既以死自誓矣，又念殺身無益，不若退而自全，又於退息之中，轉生一念，欲相君于四方。然其好脩，卒不敢廢也。相，視也。延，引領。佇，跂足也。復，亦反也。澤曲曰皋。步，徐行也。步余馬，止椒丘，所謂回朕車以復路也。止息，歸隱之意。離，遭也。初服，未仕時之服也。芰，菱也。蓮葉爲荷，其花已發爲芙蓉。苟，誠也。岌岌，高貌。佩，玉佩也。陸離，燦爛之貌。芳以衣裳言，澤以佩言。糅，亦雜也。四荒，舉天下而言。繽紛，盛貌。樂，喜好也。體解，支解也。懲，刱艾也。「民生」四句，總承篇首至此之意而結之，以起下文，實一篇之樞紐也。蓋始之事君以脩能，其遇讒以脩姱，其見廢而誓死則法前脩，即欲退以相君，亦脩初服，固始終一好脩也。自此以下，又承往觀四荒，而以好脩之有合與否，反覆設辭，而終歸于爲彭咸之意。

女嬃須之嬋蟬媛爰兮，申申其詈力異切予。曰鮌鯀同婞直以亡身兮，終然殀乎羽之野。汝何博謇而好去聲脩兮，紛獨有此姱節。薋茲菉葹師以盈室兮，判獨離而不服。衆不可户説兮，孰云察余之中情。世並舉而好去聲朋兮，夫何煢獨而不予聽。

女嬃，原姊。嬋媛，眷戀意。申申，繁絮貌。鯀，堯臣。婞，狠也。不盡天年謂之殀。羽，羽山。博謇，博學而好直言也。薋，蒺藜。菉，王芻。葹，枲耳。皆惡草也。判，别也。世者，承上「四荒」而言。上「余」，爲原言也；下「予」，嬃自謂。女嬃之言止此，蓋謂舉世無好脩者，雖往觀四方，必無所合，以諷其變節也。

依前聖以節中兮，喟憑心而歷茲。濟沅元湘以南征兮，就重平聲華而敶古陳字辭：啟九辯與九歌兮，夏康娱以自縱。不顧難去聲以圖後兮，五子用失乎家衖巷同。羿淫遊以佚畋兮，又好去聲射夫封狐。固亂流其鮮終兮，浞朱握切又貪夫厥家。澆逆要切身被服强圉兮，縱欲而不忍。日康娱而自忘兮，厥首用夫顛隕。夏桀之常違兮，乃遂焉而逢殃。后辛之菹醢兮，殷宗用之不長。湯禹儼而祗敬兮，周論道而莫差。舉賢才而授能兮，循繩墨而不頗。皇天無私阿兮，覽民德焉錯措輔。夫維聖哲之茂行去聲兮，苟得用此下土。瞻前而顧後兮，相去聲觀民之計極。夫孰非義而可用兮，孰非善而可服。阽亦淹切余身而危死兮，覽余初其猶未悔。不量平聲鑿而正枘兮，固前脩以葅醢。曾增歔欷余鬱邑兮，哀朕時之不當。攬茹蕙以掩涕兮，霑余襟之浪浪平聲。

節，制也。喟憑心而歷兹，自嘆初時志意盛滿，而所歷如此之窮也。沅水，出今思州府施溪長官司，東北至常德沅江縣入洞庭。湘水，出今廣西興安縣，北至長沙湘陰縣入洞庭。重華，舜號也。舜葬九嶷山，今跨衡永二府之界，在沅湘南。因女嬃之言而自疑，故就前聖以正之。又以鯀爲舜所殛，而九嶷于楚爲近，故正之於舜也。啟，禹子。九辯九歌，禹樂名。九辯，謂九州之物，皆可辯數；九歌，謂九功之德，皆有次序可歌。禹象功而作樂，啟能承繼之而有其功，故歸之啟也。夏康，啟子太康。五子，皆太康之弟。巷，宮中永巷。失乎家巷，言國破家亡，書所謂「徯於洛汭」也。羿，有窮君名，本夏諸侯而篡夏者。封，大也。浞，寒浞，羿臣也。貪厥家，謂殺羿而取其妻。澆，浞子，即奡也。强圉，多力也。縱欲，如淫於女岐之類。厥首顛隕，事見天問。違，背道也。后辛，紂也。葅醢，謂殺賢人而醢之。周，謂文武也。頗，偏也。此爲舜言之，故所言皆舜以後事。錯，置。苟，誠也。下土，下土之人也。極，標準也。服，行也。阽，臨危也。危死，猶言幾死。初，指始之以好脩事君言。鑿，穿孔也。枘，刻木以入鑿者。量鑿正枘，喻賢人擇君而事也。言天生有德，本置爲人君之輔，而惟聖哲之君，誠能得人而任之。故上下古今，觀民謀慮之準，舍義善之外，更無可爲。余雖獲罪幾死，然非好脩之過，特未能擇君而事，故不免前人菹醢之患耳。然則世固未必並舉好朋，而余之好脩，亦豈可以鮌之婞直亡身爲例哉！曾，累。當，值。茹，柔也。浪浪，流貌。又自歎未遇賢君，遭此煢獨也。

跪敷衽以陳辭兮，耿吾既得此中正。駟玉虬及由切以椉鷖衣兮，溘埃遏孩切風余上征。朝發軔於蒼梧兮，夕余至乎縣元圃。欲少留此靈瑣兮，日忽忽其將暮。吾令平聲羲和弭節兮，望崦一鹽切嵫兹而勿迫。路曼曼其脩遠兮，吾將上下而求索。飲去聲余馬于咸池兮，總余轡乎扶桑。折若木以拂日兮，聊逍遥以相羊徉同。前望舒使先驅兮，後飛廉使奔屬。鸞皇爲去聲余先戒兮，雷師告余以未具。吾令平聲鳳鳥飛騰兮，繼之以日夜。飄風屯其相離兮，帥雲霓而來御。紛總總其離合兮，班陸離其上下。吾令平聲帝閽開關兮，倚閶闔而望予。時曖曖其將罷兮，結幽蘭而延佇。世溷魂去聲濁而不分兮，好去聲蔽美而嫉妒。

此以下，承「量鑿正枘」之說，而觀於四荒以求賢君，此節設言觀之天上也。衽，裳際也。

中正，理之不偏邪者，指守其所脩以擇君言。龍無角曰虬。鷖，鳳屬。埃，塵也。蒼梧，舜葬處，在今零陵。縣圃，在崑崙之上。瑣，門鏤也。山海經：崑崙山，帝之下都，面有九門，百神之所在，故曰靈瑣。羲和，日御也。弭，止也。節，行車進退之節。崦嵫，山名，日入處。言使望日所入之山而弗附近，蓋不使遽暮也。求索，求賢君也。上下求索，兼下叩閽求女而言。咸池，日浴處。扶桑，木名，日出其下。若木，亦木名，在崑崙西，其華光照下地。拂日者，拭之使益明也。相羊，徜徉也。言但使羲和弭節，尚恐其行難緩，故又身就日所浴所出之處，而拂拭其光，且語之曰：汝其逍遥相羊，勿遽疾馳乎！蓋叮寧日神之詞也。望舒，月御。飛廉，風神也。前望舒，後飛廉，欲天神輔己以道達叩閽之意也。鸞，鳳之多青色者。瑞應圖曰：鳳佐也。皇，雌鳳。先戒，謂先期告誡望舒飛廉也。雷師，雷神。具，備也。使鳳之佐匹前戒，而雷師猶謂其使未備，故又使鳳鳥親行，而後諸神畢至也。飄風，回風，蓋飛廉所爲者。屯，聚也。霓，雌虹也。御，迎也。總總，衆貌。班，行列也。帝閽，天帝司門之人。閶闔，天門也。曖曖，則日終暮矣。將罷，意不欲前也。蘭草多生深林幽澗中，故曰幽蘭。司閽者雖未顯然見拒，而其意漠不相親，故延佇而不入也。溷，亂也。朱子謂此求大君之比。

朝吾將濟於白水兮，登閬風而緤馬。忽反顧以流涕兮，哀高丘之無女。

溘吾遊此春宮兮，折瓊枝以繼佩。及榮華之未落兮，相去聲下女之可詒。吾令豐隆蘂雲兮，求虙伏妃之所在。解佩纕以結言兮，吾令蹇脩以爲理。紛總總其離合兮，忽緯呼回切繣劃其難遷。夕歸次於窮石兮，朝濯髮於洧盤。保厥美以驕傲兮，日康娛以淫游。雖信美而無禮兮，來違棄而改求。覽相去聲觀於四極兮，周流乎天余乃下。望瑶臺之偃蹇兮，見有娀之佚女。吾令平聲鴆爲媒兮，鴆告余以不好。雄鳩之鳴逝兮，余猶惡去聲其佻巧。心猶豫而狐疑兮，欲自適而不可。鳳皇既受詒兮，恐高辛之先我。欲遠集而無所止兮，聊浮游以逍遥。及少去聲康之未家兮，留有虞之二姚。理弱而媒拙兮，恐導言之不固。世溷濁而嫉賢兮，好去聲蔽美而稱惡。

此又設言觀於天下也。朝者，承「時曖曖」言，蓋明晨也。白水出崑崙山。閬風，臺名，在崑崙山上。緤，繫也。高丘，即指閬風。女，神女，喻賢諸侯也。春宮，東方青帝宮。瓊枝，樹名，高百二十仞，以琳琅爲實。下女，指下虙妃諸人，對高丘言，故曰下。豐隆，雲師，使之求者，以雲行最疾也。虙妃，洛神也。蹇脩，人名。理，媒使也。緯繣，乖剌也。言蹇修持佩帶以通言，而神女之意，始猶離合未定，終至乖剌而不遷移也。次，舍也。窮石，山名，在張掖。洧盤，水名，出崦嵫山。四極，四方極遠之地。瑶，玉之美者。偃蹇，高踞貌。佚，美也，謂高辛妃簡狄。吕氏春秋曰：有娀氏有美女，爲高臺以飲食之。鴆，毒鳥，其羽瀝酒殺人。雄鳩，鶻鳩，多聲。猶，犬子也。豫，豫在人前以待人也。猶性多豫，狐性多疑。高辛，帝嚳有天下之號。鳳皇受詒，則既獲良媒矣，而恐高辛玄鳥之詒，已在我先，又中輟也。少康，夏后相之子。有虞，國號，姚姓，以二女妻少康。弱則其言不力，拙又不善爲辭，蓋未及遣行，而已知其無用矣。朱子謂此節求賢伯之比也。按，此與上節「世溷濁」二句，皆往觀既畢而遥度之之辭，以證合「並舉好朋」之言也。

閨中既以邃遠兮，哲王又不寤。懷朕情而不發兮，余焉𢔁能忍而與此終古。

閨，宫中小門。閨中，統指上所求言。邃，深也。閨中邃遠，以無媒之故也。哲王，謂楚懷。終古，古之所終，言來日之無窮也。遍觀天下，倀倀無之，反觀宗國，惛惛靡極。是女嬃之言，有時而信，而中正之旨，未可盡憑，不得不决之於卜矣。按，上天未嘗身入閶闔，虙妃則己不樂從，高辛先我，導言不固，皆曰恐，亦意度而自止之辭。蓋本游目往觀而言，既非謂寔無賢君，亦未嘗作意求之而不合。特嘗試觀覽以覘其能合與否，而覺嫉惡好脩，是處皆然，雖有賢君，無由作合。思欲息心於楚，則又以懷王之不寤爲憂，故徙倚狐疑，而靈氛以無懷故宇導之也。

索藑渠營切茅以筳廷篿專兮，命靈氛爲去聲余占之。曰：「兩美其必合兮，孰信脩而慕之？思九州之博大兮，豈惟是其有女？」曰：「勉遠逝而無狐疑兮，孰求美而釋女？汝何所獨無芳草兮，爾何懷乎故宇？」

藑茅，靈草。本草謂之旋覆花。筳，小折竹也。結草折竹以卜曰篿。靈氛，古善占者。兩美必合，喻良臣必遇明君，占吉之詞也。言兩美雖必有合，然楚則無信其脩而慕之者，宜以時去也。是，指楚言。女，謂賢君也。再言曰者，叮嚀之詞。何所獨無芳草，言隨處有賢士見用也。靈氛之言止此。蓋上言閨中邃遠，即狐疑之意；言哲王不悟，其意未忍忘楚，即懷故宇之意。故以靈氛言決之，大意謂好脩者必有合，然於楚則萬無望也。

世幽昧以昡曜兮，孰云察余之善惡。民好去聲惡去聲其不同兮，惟此黨人其獨異。户服艾以盈要古腰字兮，謂幽蘭其不可佩。覽察草木其猶未得兮，豈珵美之能當？蘓糞壤㠯以同充幃兮，謂申椒其不芳。

此原自念之辭。蓋因靈氛之言，眷顧楚國而覺其真不可留也。「幽昧」四句，言世情暗惑，固未必能察余之善惡，然其好惡，容或不齊，未有如楚人之舉國相似，獨異於世也。「服艾」以下，證楚無芳草意。艾，白蒿。珵，美玉，指瓊佩言。當，合也。蘓，取也。幃，香囊。

欲從靈氛之吉占兮，心猶豫而狐疑。巫咸將夕降兮，懷椒糈而要平聲之。百神翳其備降兮，九疑繽其並迎。皇剡剡炎上聲其揚靈兮，告余以吉故。曰：「勉陞降以上上聲下兮，求榘矱活惡切之所同。湯禹儼而求合兮，摯咎繇古皋陶字而能調。苟中情其好去聲脩兮，又何必用夫行媒。說悅操築於傅巖兮，武丁用而不疑。吕望之鼓刀兮，遭周文而得舉。甯戚之謳歌兮，齊桓聞以該輔。及年歲之未晏兮，時亦猶其未央。恐鵜鴂之先鳴兮，使夫百草爲去聲之不芳。」

巫咸，殷中宗時神巫。椒，香物，所以降神。糈，精米，所以享神。翳，蔽也。九疑，山有九峰相似，遊者疑焉，故名。並迎者，前「量鑿正枘」之言，固重華所默啟，而九疑居楚南，若地主然，故山神迎衆神並降以告原也。皇，謂神。剡剡，光也。揚靈，發其光靈也。陞降，上下，即前「上下求索」之意。榘，矩同。矱，所以度長短者。榘矱所同，言君與我合德者。摯，伊尹名。咎繇，舜士師，禹立而授之政。調，和也。行媒，喻左右之先容者。傅巖，在虞虢之閒。說以罪操築傅巖，殷高宗武丁感夢，肖形而得之，因立作相。呂望屠牛朝歌，文王出獵，遇之而以爲師。甯戚，衛人，賈齊東門外。桓公夜出，戚飯牛叩角而歌。桓公命車載之，用爲客卿。該，備也。獨舉三人者，皆無媒而合者也。晏，晚。央，盡也。鵜鴂，鶗也。秋至則鳴而草枯，以喻讒人構禍，而賢士將罹其害也。巫咸之言止此。上節已知楚不可爲，而猶以前此上天下地，無媒作合，故尚狐疑，而巫咸盛言好脩作合之易，無俟於媒，又惕以行之少遲，患害將及，以勸其速往。蓋視靈氛語加迫矣。

何瓊佩之偃蹇兮，衆薆愛然而蔽之。惟此黨人之不諒兮，恐嫉妒而折之。時繽紛以變易兮，又何可以淹留？蘭芷變而不芳兮，荃蕙化而爲茅。何昔日之芳草兮，今直爲此蕭艾也。豈其有他故兮，莫好去聲脩之害也。余以蘭爲可恃兮，羌無實而容長。委厥美以從俗兮，苟得列乎衆芳。椒專佞以慢慆兮，樧殺又欲充夫佩幃。既干進而務入兮，又何芳之能祗？固時俗之流從兮，又孰能無變化？覽椒蘭其若茲兮，又況揭車與江離？

此下又爲原自言。瓊佩，根折瓊枝以繼佩言，蓋以自況也。偃蹇，亦高倨之意。薆，蔽盛貌。繽紛，亂也。茅、蕭艾，皆賤草。莫好脩之害，言莫如好脩者之被害也。容長，猶言虛有其表也。苟，苟且也。慆，淫也。榝，茱萸。爾雅云：「椒榝醜」，亦香草也。干進務入，兼椒與榝言。祇，敬守也。言二物皆隨俗競進，豈復能敬守其芳乎？流從，謂前者流，後者從，並趨於下也。言椒蘭者，舉椒以概榝也。好脩之士，前爲人所嫉者，今且與之俱化，則黨人之構禍日亟也。蓋鶗鴂之鳴已久，而百草之不芳，亦已甚矣！巫咸勸駕之詞，固已甚迫，而深觀世變，更有迫於巫咸所言者，於是行計決矣。

惟兹佩之可貴兮，委厥美而歷兹。芳菲菲而難虧兮，芬至今猶未沫昧。和調去聲度以自娱兮，聊浮游而求女。及余飾之方壯兮，周流觀乎上下。靈氛既告余以吉占兮，歷吉日乎吾將行。折瓊枝以爲羞兮，精瓊爢糜以爲粻張。爲去聲余駕飛龍兮，雜瑤象以爲車。何離心之可同兮，吾將遠逝以自疏。邅傳上聲吾道夫崑崙兮，路脩遠以周流。揚雲霓之晻藹兮，鳴玉鸞之啾啾即由切。朝發軔於天津兮，夕余至乎西極。鳳皇翼其承旂兮，高翱翔之翼翼。忽吾行此流沙兮，遵赤水而容與。麾蛟龍以梁津兮，詔西皇使涉予。路脩遠以多艱兮，騰衆車使徑待。路不周以左轉兮，指西海以爲期。屯余車其千乘去聲兮，齊玉軑迭異切而並馳。駕八龍之蜿蜿兮，載雲旗之委蛇夷。

抑志而弭節兮，神高馳之邈邈。奏九歌而舞韶兮，聊假日以媮樂。陟陞皇之赫戲兮，忽臨睨夫舊鄉。僕夫悲余馬懷兮，蜷局顧而不行。

前言「委厥美」者，指蘭自棄其美言，此言瓊佩之美爲人所棄也。沬，已也。調，格調。度，器度也。求女，即求賢君也。余飾，謂瓊佩及前章冠服之盛。方壯，本「年未晏」言。周流上下，即靈氛所謂遠逝，巫咸所謂陞降上下也。吉占，指「兩美必合」言，舉靈氛以概巫咸也。歷，選也。羞，致滋味也。靡，屑也。粻，糧也。不復言餐英者，惡衆芳之易變也。象，象牙。一以吉占而行，承「靈氛」「巫咸」兩節意；一以離心而逝，承「世幽昧」與「何瓊佩」兩節意。邅，遲留也。水經云：「崑崙墟在西北，去嵩高五萬里。」雲霓，蓋以爲旗也。鸞，鈴之在衡者。天津，天漢，在箕斗之閒。翼，敬也。交龍爲旂。翼翼，和也。流沙，今西海居延澤。赤水，出崑崙東南隅。容與，回翔貌。西皇，少皞也。不周，山名，在崑崙西北。期，會也。言使衆車先越徑路而相待，己則自不周山左行，俱會西海之上，蓋欲周流無不徧也。軑，車轄也。蜿蜿，龍動貌。九歌，禹樂。韶，舜樂。奏之舞之，義取君臣泰交之盛也。皇，天也。赫戲，光明貌。舊鄉，楚也。蜷局，不行貌。本欲周流上下，而但身歷西隅，蓋戀楚而中輟也。前言上下求索，特覬望之詞，此真沛然往矣。楚必不可留，往必無不合，行色甚壯，志意甚奢，好脩之士於是可一竟其用。而忽焉反顧宗國，蹶然自止，朱子所謂「仁之至，義之盡」也。

亂曰：已矣哉，國無人兮，莫我知兮！又何懷乎故都？既莫足與爲美政兮，吾將從彭咸之所居。

亂，樂之卒章也。何懷故都，承上「懷舊鄉」而言。本以戀楚而輟行，而楚實不可一日留，則舍彭咸之所居何適矣！

按，篇中云退脩初服，又云往觀四荒，皆見疏時始願如此。既重自念宗國世臣，義不返顧，遂決計爲此篇以章志節，定猶豫。其末章大聲疾呼而著之曰：「吾將從彭咸之所居」，蓋自是終原之世，志不少變矣。悲回風曰：「夫何彭咸之造思兮，暨志介而不忘。」「介眇志之所惑兮，竊賦詩之所明。」其斯之謂歟？首尾二千四百九十言，大要以好脩爲根柢，以從彭咸爲歸宿。蓋寧死而不改其脩，寧忍其脩之無所用而不愛其死，皦皦之節，可使頑夫廉，拳拳之忠，可使薄夫敦。信哉！百世之師矣。

楚辭卷二

蔣驥注

九歌

本祭祀侑神樂歌，因以寓其忠君愛國、眷戀不忘之意，故附之離騷。或云楚俗舊有辭，原更定之，未知其然否也。總十一篇，而目爲九，説見餘論。

吉日兮辰良，穆將愉兮上皇。撫長劍兮玉珥，耳璆及由切鏘鳴兮琳琅。

首言蠲吉之誠也。日，謂甲乙。辰，謂寅卯。沈存中曰：吉日辰良，蓋相錯成文者。穆，深遠也。將，殆也，謙若不敢知之詞。愉，悦也。上皇，謂太一。珥，劍鐔也。璆、鏘，皆玉聲。琳琅，玉名，謂佩也。二語言神歆人之祀，而盛容飾以臨祭所也。

瑶席兮玉瑱鎮同，盍將把兮瓊芳。蕙肴蒸兮蘭藉，奠桂酒兮椒漿。

席，神位也。瑱，讀作鎮，見周禮天府注。玉瑱，所以壓席者。盍，合也。將把，言所合之多，幾成把也。瓊芳，香草之可貴如玉者。肴，骨體。蒸，進也。言以蕙裹肴而蒸之，又藉以蘭也。漿，周禮四飲之一。桂、椒，皆所以爲釀也。此備言陳設饗薦之豐潔也。

揚枹兮拊鼓，疏緩節兮安歌，陳竽瑟兮浩倡。靈偃蹇兮姣服，芳菲菲兮滿堂。五音紛兮繁會，君欣欣兮樂康。

歷舉聲歌之盛以娛神也。枹，鼓槌。拊，擊也。疏，希也。擊鼓而希緩其節，與安歌相應，蓋樂之始作也。竽，笙類，三十六簧。瑟，琴類，二十五弦。倡，歌也。此樂之從也。凡言靈者，皆指神言。偃蹇，安肆貌。霏霏、滿堂，神之精氣與衆芳雜糅而發見也。繁會，錯雜也，此樂之亂也。君，謂神。

右東皇太一

史記封禪書：天神貴者太一。章句曰：祠在楚東，故稱東皇。封禪書亦云：古者祭太一東南郊。

九歌所祀之神，太一最貴。故作歌者但致其莊敬，而不敢存慕戀怨憶之心，蓋頌體也。亦可知九歌之作，非特爲君臣而托以鳴冤者矣。朱子以爲全篇之比，其説亦拘。

浴蘭湯兮沐芳，華采衣兮若英。靈連蜷兮既留，爛昭昭兮未央。謇將憺淡兮壽宮，與日月兮齊光。

此節序神降也。首二句言神之芳潔華美。若英，猶言如花也。連蜷，長曲貌。既留者，雲之在天，行游無定，至於祭所而留滯不前，蓋來享之意也。爛，光貌。央，盡。憺，悦也。壽宮，供神之處。至此則神降於室矣。

龍駕兮帝服，聊翱遊兮周章。靈皇皇兮既降，猋必腰切遠舉兮雲中。覽冀州兮有餘，横四海兮焉烟窮。思夫扶君兮太息，極勞心兮慞慞觸翁切。

言神去也。帝服，即若英之服。周章，急遽貌。言神駕龍車，服衮衣，暫得翱游祭所，而行色又甚急也。「靈皇皇兮既降」，承上起下之辭，言明明已見神之下，而倏忽之閒，又遠舉雲中，不能測其所極也。猋，疾也。冀州，中國之總名，見福地記及淮南注。夫君，謂神。忡忡，心動貌。因神之急去而情未盡，故勞思而嘆息也。

右雲中君

雲神也。見史記封禪書。

此篇皆貌雲之辭。

君不行兮夷猶，蹇誰留兮中洲？美要去聲眇兮宜脩，沛吾乘兮桂舟。令平聲沅湘兮無波，使江水兮安流。望夫扶君兮未來，吹參尺深切差尺尸切兮誰思？

此迎神而未至之辭。君，謂湘君。夷猶，如犬子之蹲踞也。蹇，難行貌。中洲，水中可居之地。要眇，静好貌。宜，猶善也。言容質既美，又善脩飾也。沛，行貌。吾，主祭者自稱之詞。舟以桂爲之，取其香也。沅湘在洞庭南，皆謂之江。待神不來，故以舟往迎，而祝其行之無阻也。夫君，亦謂湘君。參差，洞簫，舜所作，其形參差不齊，象鳳翼也。迎之而仍不來，見其吹簫如有所思，而未測其爲誰也。

駕飛龍兮北征，邅吾道兮洞庭。薜荔拍博兮蕙綢，蓀橈饒兮蘭旌。望涔岑陽兮極浦，横大江兮揚靈。揚靈兮未極，女嬋媛兮爲去聲余太息。横流涕兮潺湲，隱思君兮陫尾側。

此言神之降而不能久留也。飛龍，湘君所駕。北征，由沅湘而歷祭所也。邅，遲留貌。道，引也。神少遲留，而人導之至洞庭也。洞庭，湖名，中有君山，在今岳州巴陵縣，會合沅湘諸水，北入大江。山海經云：洞庭山，帝之二女居之，常遊江湘〔一〕澧沅之閒。此蓋求神於沅湘，而設祭於洞庭也。拍，周禮醢人注：「與膊同」，肩也。又短袂衣亦曰膊，以護膊而名，猶以絡胸爲膺也。綢，束也。以薜荔爲短袂衣，而以蕙纏束之，或指駕舟之服也。橈，小楫。旌，舟麾也。承「桂舟」而言，詳道神之飾也。涔，水名，今澧州有涔陽浦，在洞庭大江之閒。大江，以别於楚南諸江而名。横，充滿也。言己被芳潔，乘桂舟，道神至洞庭，於時神既來格，而彌望涔浦大江之遠，皆神之光靈所充滿而發揚也。女，湘君侍女。知神不能久留，憐祭者之誠而爲之嘆息也。隱，痛也。君，湘君。陫，隱也。側，不安也。

桂櫂巢去聲兮蘭枻西一切，斲冰兮積雪。采薜荔兮水中，搴芙蓉兮木末。心不同兮媒勞，恩不甚兮輕絶。石瀨兮淺淺，飛龍兮翩翩。交不忠兮怨長，期不信兮告余以不閒閑。

神去而自嘆也。櫂，楫也。枻，船旁板也。神已去矣，桂舟欲追而不及，如斲冰於積雪中也。「薜荔」二語，喻所求之不得也。媒，蓋指太息之女言。瀨，湍也。石瀨，已舟所由，淺淺則行難矣；飛龍，湘君所駕，翩翩則去遠矣。

鼂朝同騁騖兮江臯，夕弭節兮北渚。鳥次兮屋上，水周兮堂下。捐余玦決兮江中，遺去聲余佩兮澧浦。采芳洲兮杜若，將以遺去聲兮下女。旹古時字不可兮再得，聊逍遥兮容與。

騁，狂奔也。渚，水涯。神已越江北去，而慕戀無已，朝馳夕宿，不敢暫離江上也。鳥次水周，江邊寥落之景。玦，玉佩，如環而有缺。遺，贈也。澧水，出澧州慈利縣西，至岳州華容縣入洞庭。芳洲，芳草所生之洲。杜若，葉似薑，味辛。下女，即前太息之女。捐其玦佩，將以遺神，而又不敢直致，因侍女向有哀我之情，贈芳草以託其代達。周禮以沈祭川澤，此蓋借其事以喻意也。時不可再得，言此時一失，則萬萬無望，故雖知未必返駕，而姑逍遥以俟之。

右湘君

舜妃娥皇也。列女傳：舜二妃死於江湘。

帝子降兮北渚，目眇眇兮愁予。嫋嫋兮秋風，洞庭波兮木葉下。

帝子，謂夫人。神雖降而在北渚，則未臨乎祭所也。眇眇愁予，見神之遠立凝視，其目纖長，有情無情，皆未可測，故其心振蕩而不怡也。嫋嫋，長弱貌。秋風木葉，即所見而賦之。山海經所謂帝女出入，必以飄風暴雨也。

登白薠兮騁望，與佳期兮夕張去聲。鳥何萃兮蘋中，罾增何爲兮木上？

薠，水草，似莎而大。佳，佳人，謂帝子。期，約也。張，陳設也。蘋，水草。罾，魚網。鳥不棲蘋，罾不施木，比神意之乖，必不能來也。

沅有芷兮，澧有蘭，思公子兮未敢言。荒忽兮遠望，觀流水兮潺湲。麋何爲兮庭中，蛟何爲兮水裔？

沅則有芷，澧則有蘭，言神之無定在也。公子，亦謂夫人，帝子而又曰公子，猶秦已稱皇帝，而所生猶曰公子公主，古人質也。荒忽，思極而神迷也。裔，涯也。思而不敢言，幾絶望矣。麋來庭中，蛟出水裔，比神意又似與人相親者，以起下「佳人召予」之意。欲親之則遠引，絶望矣而忽來，蓋美人之情狀也。

朝馳余馬兮江皋，夕濟兮西澨。聞佳人兮召予，將騰駕兮偕逝。

澨，水涯。佳人，謂夫人也。言朝馳夕濟，不敢憚勞，蓋欲乘佳人之召，與之同往夕張之所也。

築室兮水中，葺之兮荷蓋。蓀壁兮紫壇善，匊古播字芳椒兮成堂。桂棟兮蘭橑老，辛夷楣兮葯房。罔網同薜荔兮爲帷，擗披亦切蕙櫋密延切兮既張。白玉兮爲鎮，疏石蘭兮爲芳。芷葺兮荷屋，繚力杳切之兮杜衡。合百草兮實庭，建芳馨兮廡武門。九嶷繽兮並迎去聲，靈之來兮如雲。

此極序夕張之盛也。水，指洞庭。築室水中，蓋築於君山以設祭者。葺，蓋也。紫，紫莀草。壇，中庭。匊，布也。蘭，木蘭。橑，椽也。辛夷，樹大合抱，其花北人呼爲木筆。楣，門上橫梁。葯，亦芷之別名。罔，結。擗，折也。櫋，聯屬之意。張，蓋設以爲席也。鎮，壓席者。疏，布陳也。石蘭，即山蘭。爲芳，爲供具也。繚，束也。謂前荷蓋之屋，復葺以芷，而四圍又以杜衡縈束之也。廡，廊也。「葯房」以上，言築室之具；「罔薜荔」四句，言室中所陳；「芷葺」以下，又言室上下內外之裝束也。九嶷並迎，舜所遣也。佳人至矣，夕張具矣，而九嶷山神紛然迎歸，則此恨何極矣。湘君自南而北，夫人自北而南，立言之變也。

捐余袂兮江中，遺去聲余褋牒兮澧浦。搴汀洲兮杜若，將以遺去聲兮遠者。時不可兮驟得，聊逍遥兮容與。

袂，衣袖。褋，襜襦也。意與前篇同，然玦佩貴之，而袂褋親之也。汀，平也。遠者，兼指並迎之神言。驟，疾也。不可驟得，則非不可再得也，然情弗能待也。

右湘夫人

舜次妃女英。韓愈曰：娥皇正妃爲湘君，女英自宜降稱夫人也。

廣開兮天門，紛吾乘兮玄雲。令飄風兮先驅，使涷東雨兮灑塵。君迴翔兮以下，踰空桑兮從女汝。紛總總兮九州，何壽夭兮在予？

言迎神也。天門，紫微宫門也。司命陽神在天，故本天以言之。吾，祭者自稱也。玄雲，因下風雨而言。飄風，疾風。涷雨，暴雨。灑塵，以清道也。君與女，皆指神，君尊而女親也。回翔，盤旋貌。以下，從天門而下也。空桑，山名，一在莘陝之閒，一在兖地。予者，代神自稱之詞。壽夭在予，言人之壽夭，皆制於司命也。觀天門之開，而知神之將下，故乘雲清道以迎之。然神之下，本奉帝命以巡覽九州，非因祭者而至，故不敢直致其迎，而又惟恐失之，但升高遠從，以窮其所向。而見九州人民，皆在統攝之中，因絶歎其威權之盛也。

高飛兮安翔，乘清氣兮御陰陽。吾與君兮齊速，導帝之兮九坑岡。靈衣兮被被，披玉佩兮陸離。壹陰兮壹陽，衆莫知兮余所爲。

此節言神降也。陰陽，氣之闔闢也。齊速，齊其神速也。導，通達也。之，往也。坑，崗同。今荆州府松滋縣及長沙府益陽縣皆有九崗山，又常德府有九崗冲，皆屬楚地，未知孰指。被被，長貌。一陰一陽，言神之在位，其氣發揚變化，若洛神賦所謂「神光離合，乍陰乍陽」也。余，祭者自謂。言司命憑神御氣，不疾而速，而從之者常與之齊，須臾之閒，則見神已宣導帝命，至於九崗。因引之來祭所，而容飾精氣，儼然如在焉。衆人但知神之降，而豈知求之者若即若離，極所爲之妙而能然乎？

折疏麻兮瑶華，將以遺去聲兮離居。老冉冉兮既極，不寖近兮愈疏。

此向神自訴之辭。疏麻，神麻。寖，漸也。神以巡覽而至，知其不可久留，故自言折此麻華，將以備别後之遺。以其年既老，不及時與神相近，恐死期將及，而益以疏闊也。蓋訴而寓祈之意。

乘龍兮轔轔，高駝兮冲天。結桂枝兮延竚，羌愈思兮愁人。愁人兮奈何，願若今兮無虧。固人命兮有當去聲，孰離合兮可爲？

言神去也。轔轔，車聲。若今無虧，因老之既極而言。年已邁矣，感今别之易，慮後會之難，故愈思愈愁，而祈其自今以往，長得與神相遇於承祭之時，無有虧損也。當，主也。人命至大而神主之，其尊甚矣，其離與合，人孰敢參預其閒哉？

右大司命 周禮及祭法皆有司命。

秋古秋字蘭兮麋蕪，羅生兮堂下。緑葉兮素枝，芳菲菲兮襲予。夫扶人兮自有美子，蓀荃同，後倣此。何以兮愁苦？

麋蕪，芎藭苗也。爾雅翼云：芎藭有二種，一種大葉似芹，名江離；一種小葉如蛇床，名麋蕪。羅生，並列而生也。夫人，猶言人人，見考工記。美子，言種類之善者，指下滿堂之美人言。蓀，謂司命也。以香草之羅生，興善類之衆多，言人人之中，各有善類，任君之取，不煩憂慮也。

秋蘭兮青青，緑葉兮紫莖。滿堂兮美人，忽獨與余兮目成。

青青，盛貌。滿堂美人，指與祭之人言。目成，以目定情也。於衆芳中獨取蘭，興衆美中獨取余，蓋指王甚任之之時也。

入不言兮出不辭，乘回風兮載雲旗。悲莫悲兮生別離，樂莫樂兮新相知。

神既見顧，而忽入忽出，言辭莫通，故生別之悲，新知之樂，交集於中，而未卜所歸也。

荷衣兮蕙帶，儵而來兮忽而逝。夕宿兮帝郊，君誰須兮雲之際。

帝，天帝。須，待也。神既逝矣，然遲留雲際，猶似有情。曰「誰須」者，妒之又幸之也。

與女汝遊兮九河，衝風至兮水揚波。與女沐兮咸池，晞女髮兮陽之阿。望孅美同人兮未徠來同，臨風怳兮浩歌。

九河：徒駭、太史、馬頰、復鬴、胡蘇、簡、潔、鉤磐、鬲津也。衝，遂也。天文志：咸池三星，在天潢南〔二〕。晞，乾也。女、孅人，皆指司命。怳，失意貌。以其猶似有情，故望而招之，言欲上天下地，與之相逐，以極新知之樂，而神卒不來，故失意而悲歌也。

孔蓋兮翠旍旌同，登九天兮撫彗星。慫竦同長劍兮擁幼艾，蓀獨宜兮爲民正。

孔蓋，以孔雀尾爲車蓋。翠旍，以翡翠羽爲旌旗。登九天，則不復居帝郊矣。撫，按止之也。彗星，妖星，以喻凶穢。擁，護也。幼艾，猶言老少，以喻良民也。正，長也。神雖去而情不能自已，遥指而贊嘆之，猶樂府「東方千餘騎」一章之意。

右少司命

大司命之辭肅，少司命之辭昵，尊卑之等也，其寓意則一而已。

暾吞將出兮東方，照吾檻兮扶桑。撫余馬兮安驅，夜晈晈皎同兮既明。

此迎日也。暾，日將出時，光明温暖之貌。檻，欄楯也。日已上矣，故安驅以迎之。篇中凡言「余」、「吾」者皆祭者自謂。

駕龍輈兮乘雷，載雲旗兮委蛇。長太息兮將上上聲，心低佪兮顧懷。羌聲色兮娱人，觀者憺兮忘歸。

言神降也。「龍輈」二語，指日神。輈，轅也。龍形曲以爲轅，雷氣轉以爲輪，各因其似也。長太息，《訂》所謂「如聞太息之聲」也。將，殆也。上，升神座也。言神之上而顧懷，以下文所陳聲色之盛，足以娱人而忘歸故也。

緪格恒切瑟兮交鼓，簫鐘兮瑶簴掘禹切。鳴鯱池兮吹竽，思靈保兮賢姱。翾虚圓切飛兮翠曾翻同，展詩兮會舞。應律兮合節，靈之來兮蔽日。

神既降矣，因極音容歌舞之盛以樂之也。絙，急張弦也。交，對擊也。簫鐘，與簫聲相應之鐘。瑤簴，懸鐘之木，以玉飾之也。篪，以竹爲之，長尺四寸，圍三寸，一孔上出，横吹之。靈保，猶言神保，謂尸也。賢以德言，姱以貌言，美尸以美神也。翾，飛貌。翠，鳥名。曾，舉也。狀舞容也。展，陳。會，合也。律，謂十二律。節，樂之節奏。言歌舞與音樂相應也。靈之來，即「九疑繽兮並迎」之意，言歌舞未畢，而從官衆多，遽翼蔽之而去也。

青雲衣兮白霓裳，舉長矢兮射天狼。操余弧兮反淪降，援北斗兮酌桂漿。撰余轡兮高駝翔，杳冥冥兮以東行。

此因日去而升高以送之。衣雲裳霓，言己之升於極高也。天文志：狼一星，在東井東〔三〕南，主侵掠。弧矢九星，在狼東南，天弓也，主備盜賊。矢常向狼，天狼以喻小人，射之者，惡其因日入而見也。反，還也。淪降，日西沉也。操弧反之，猶揮戈以回日也。北斗七星，在紫宮南，其形似酒器。酌漿者，日既不反而餞之。撰，持也。送日極西，而復持轡東行，長夜冥途，與之相逐，蓋又以迎來日之出也。三閭大夫豈能一日而離君哉！日已出而迎之者安驅，日方降而迎之者高馳，緩急之情異也。

右東君 日神也。禮：天子朝日於東門之外。漢志亦有東君。

與女汝遊兮九河，衝風起兮横波。乘水車兮荷蓋，駕兩龍兮驂螭。

此序其初願。言欲迎衝風而駕龍螭，與河伯馳騁於九河之廣也。横波，言游車横絶中流也。水車，車之激水而行者。南詔録：螭魚，四足，長尾，鱗五色，頭似龍，無角。

登崑崙兮四望，心飛揚兮浩蕩。日將暮兮悵忘歸，惟極浦兮寤懷。

崑崙，山名，河之所從出。寤，覺。懷，思也。此言遍求不得，而又不能舍之而去也。

魚鱗屋兮龍堂，紫貝闕兮朱宮，靈何爲兮水中？

龍堂，以龍鱗爲堂也。闕，門觀也。貝，海介虫。紫貝，紫質黑文，貝之貴者。朱宮，以朱塗宮也。寤懷之後，忽見河伯，而訝其漠不相接，故呼而曉之。蓋亦自悼其懷石之志矣。

乘白黿兮逐文魚，與女汝遊兮河之渚，流澌斯紛兮將來下。

大鼈爲黿，白則其類之異者。逐，從也。文魚，魚有文者。西山經：觀水多文鰩魚，魚身，鳥翼，夜飛。或即其類也。小洲曰渚。流澌，冰解也。雖遇河伯而日已暮，故不復駕龍，但乘白黿，不暇游於九河，但與之游於河渚，而流水紛然驟至，又不能久留。甚言其見之難而別之易也。

子交手兮東行，送美人兮南浦。波滔滔兮來迎，魚隣隣兮媵孕予。

此送神也。子、美人，皆指河伯，子尊之，美人親之也。交手，握手爲别也。東行，承「流澌」言，蓋順流而去也。南浦，以在大河之南，故名。隣隣，多貌。媵，從也。言魚從人以送神也。予，祭者自謂。魚常逆波而上，故波爲迎，魚爲送。言此以壯别時之色而寄其情。

右河伯

黄河之神。伯，其爵也。詳天問注。

若有人兮山之阿，被薜荔兮帶女羅。既含睇兮又宜笑，子慕予兮善窈窕。乘赤豹兮從文貍，辛夷車兮結桂旗。被石蘭兮帶杜衡，折芳馨兮遺所思。

此篇亦爲主祭者之辭。若有人，山鬼也。阿，曲隅，蓋山鬼所居之處。女羅，兔絲也。睇，微盼貌。子，亦指山鬼言。鬼以悦人之故，而善其窈窕之容也。篇中凡言「余」、「我」者，皆祭者自謂。「乘赤豹」三句，山鬼之儀從也。赤豹，豹之尾赤而文黑者。文貍，貍毛黄黑相雜也。薜荔、女羅，皆緣木蔓生，故借爲山鬼衣服之喻。蘭、衡，則被帶於車旗者也。芳馨，指蘭衡言，言鬼欲折此芳馨以遺人也。此節遥擬山鬼容飾之工，情意之厚，下文所謂「靈脩」也。

余處幽篁皇兮終不見天，路險難兮獨後來。表獨立兮山之上，雲容容兮而在下。杳冥冥兮羌晝晦，東風飄兮神靈雨。留靈脩兮憺忘歸，歲既晏兮孰華予。

此下皆祭者自序之辭。幽，深也。篁，竹叢。余處幽篁，涉江所謂「深林杳以冥冥」也。祭鬼神當於質明之候，不見天則起晚，路險難則行遲，是以後來而向鬼自訴也。時已近晝，故云覿下晝晦可見。表，特也，升高特立，如植標然，使鬼易赴也。山上，蓋設祭之所。容容，雲出貌。神靈雨，鬼之精靈至而雨作也。山海經：流波山獸名夔，似牛，蒼身無角，一足，出入則必風雨。又光山多木神，人身龍首，出入有飄風暴雨。蓋此類也。靈脩，謂山鬼。憺忘歸，敘相遇之樂也。歲晏，言老之將至也。年邁幽獨，絕意榮華，甘與山鬼作緣矣。

采三秀兮於山閒，石磊磊蔓兮葛蔓蔓木寒切。恐公子兮悵忘歸，君思我兮不得閒閑。

芝草一歲三華，故曰三秀。采之者，指人而言。公子與君，蓋思人之通稱，皆指山鬼也。或曰：五岳視三公。山鬼，山之所出，故曰公子。倏忽之閒，但見石葛，無復鬼矣，故怨之。然猶諒其思我，而或但以不得閒而去也，故遲歸以俟之。

山中人兮芳杜若，飲去聲石泉兮蔭松柏，君思我兮然疑作。

山中人，人自謂也。飲泉蔭松，有所待也。然，轉語辭。作，起也。山中之人，芳潔若此，而所待者卒不來，乃知見疑之甚矣。

靁古雷字填填兮雨冥冥，猨啾啾兮又宜作狖，音又夜鳴。風颯颯斯合切兮木蕭蕭，思公子兮徒離憂。

此節自敘其歸境。啾啾，小聲。狖，似猿，仰鼻長尾。離憂，離别而憂也。時已夜矣，待而不來，惟憂思而獨歸耳。

右山鬼

此篇蓋涉江之後，幽處山中而作。

操吴戈兮被犀甲，車錯轂兮短兵接。旌蔽日兮敵若雲，矢交墜兮士争先。

敘戰之始也。戈，平頭戟，吴人工爲之，若考工記所謂吴粤之劍也。犀甲，以犀皮爲鎧。錯，交也。短兵，刀劍也。士，兼兩國之戰士言。

凌余陣兮躐余行杭，左驂殪兮右刃傷。霾兩輪兮縶執四馬，援玉枹兮擊鳴鼓。天時懟兮威靈怒，嚴殺盡兮棄原壄古野字。

言戰敗也。躐，踐。殪，死也。車右主擊刺，故以刃言。霾，車輪不動若埋也。玉枹，玉飾枹也。擊鼓，以作士之氣也。懟，怨也。曰嚴者，若有監督之者然。雖當戰敗，其氣彌鋭，而天方盛怒，必使盡殺而止，固非戰之罪也。國殤所祀，蓋指上將言，觀「援枹」「擊鼓」之語，知非泛言兵死者矣。

出不入兮往不反，平原忽兮路超遠。帶長劍兮挾秦弓，首雖離兮心不懲。

此言死後之勇。忽，一往之意。平原忽兮路超遠，謂身棄平原，神欲歸而去家遠也。秦弓者，秦有南山檀柘，可爲弓幹。帶劍挾弓，猶不舍武也。

誠既勇兮又以武，終剛強兮不可淩。身既死兮神以靈，魂魄毅兮爲鬼雄。

勇，稱其氣也。武，稱其藝也。勇武，以戰時言。剛強，以死後言。總承上文以明設祀之意。

右國殤 謂死於國事者，不成喪曰殤。

按，古者戰陣無勇而死，葬不以翣，不入兆域，故於此歷敘生前死後之勇，以明宜在祀典也。懷襄之世，任讒棄德，背約忘親，以至天怒神怨，國蹙兵亡，徒使壯士橫尸膏野，以快敵人之意。原蓋深悲而極痛之，其曰「天時懟兮威靈怒」，著衂兵之非偶然也。嗚呼！其旨微矣。

成禮兮會鼓，傳芭葩同兮代舞，姱女倡唱兮容與。春蘭兮秋鞠菊同，長無絶兮終古。

成禮，備祭祀之禮也。鼓，擊也。會鼓，聚衆聲也。芭，香草。代，迭也。女，女樂也。倡，歌也。容與，舞有態度也。春祠以蘭，秋祠以鞠，即所傳之芭也。

右禮魂

禮魂，蓋有禮法之士，如先賢之類，故備禮樂歌舞以享之，而又期之千秋萬祀而不祧也。

【校勘記】

〔一〕湘，山海經四部叢刊景明成化本作「淵」。

〔二〕南，原作「内」，據晋書天文志改。

〔三〕「東」字原闕，據晋書天文志補。

楚辭卷三

蔣驥注

天問

舊序云：原放逐山澤，見楚先王廟及公卿祠堂，圖畫天地神靈，古聖賢怪物行事，呵而問之，以渫憤懣。其言是矣。又云原辭止書於壁，而楚人論述成篇，則未必然。

曰：遂古之初，誰傳道之？

遂，往也。周禮訓方氏：誦〔一〕四方之傳道。道，言也。世多言渾沌未分時事者，故首舉爲問。

上下未形，何繇考之？

上下，謂天地。廣雅：太初生於酉仲，清濁未分也。太始生於戌仲，清者爲精，濁者爲形也。太素生於亥仲，已有素朴而未散也。至於子仲，剖判分離，輕清者上爲天，重濁者下爲地。邵子經世：天開於子，地闢於丑，人生於寅。問人生則有天地矣，何由知有天地未形之時乎？

冥昭瞢闇，誰能極之？

冥昭，晝夜也。瞢闇，見周禮十煇。冥昭瞢闇，指晝夜未分時言。淮南子云：未有天地，窈窈冥冥。極，窮也。問人生則有晝夜矣，何由知有晝夜未分之時乎？

馮憑翼惟像，何以識之？

馮翼，絪緼浮動之意。淮南子云：天地未分，馮馮翼翼。又曰：未有天地，惟像無形。此問何由知其狀乎。按，宋胡五峰曰：一氣大息，震蕩無垠，海宇變動，舊跡全滅，是謂洪荒之世。明章本清云：天地無終始，特有一明一暗耳。戌亥之時，純陰無陽，日月晦黑，萬物不生，然天地形質，未嘗敗壞，至子時陽生而天復開。此昔人論渾沌異同之大概也。

明明闇闇，惟時何爲？

明明，明而又明。闇闇，闇而又闇。猶言日夜相代也。時，是也。何爲，言孰主其事也。大荒東經：月母之國，有人名鳧，處東極以止日月，司其短長。歸藏：空桑之蒼蒼，八極之既張，乃有羲和，是主日月，職出入以爲晦明。

陰陽三合，何本何化？

穀梁傳云：獨陽不生，獨陰不生，獨天不生，三合然後生。按，天者，理而已矣。本者，化之原；化者，本之發。又素問云：陰陽者，變化之父母，生殺之本始。三陰三陽，三合爲治。厥陰風氣主之，少陰熱氣主之，太陰濕氣主之；少陽相火主之，陽明燥火主之，太陽寒氣主之。此亦一說。此上皆問造化以前之事。

圜則九重平聲，孰營度入聲之？惟兹何功，孰初作之？

圜，指天形。則，法也。孰營，言誰爲經始也。何功，言誰爲致力也。初作，謂於何重而首事也。方密之通雅云：太玄經：九天，曰中天、羡天、從天、更天、睟天、廓天、咸天、沈天、成天。此虛立九名耳。吴草廬始謂天體寔九層，至利山人入中國而暢言之，自地而上爲月天、水天、金天、日天、火天、木天、土天、恒星天，至第一層爲宗動天。九層堅寔相包，如葱頭也。按，此説與朱子精氣旋轉之説乖異。徐文長青藤路史亦云：天本堅牢之物，故星隕爲石，非至地始化也。其旨略同。

斡骨宛切維焉煙。篇内不在句末者，並倣此。繫？天極焉加？

斡，車轂之内，以金爲筦而受軸者。維，繫物之縻。天極，南北極也。北極五星在紫微垣，出地三十六度，其近北一星爲天樞紐星，居所不移。南極入地三十六度，常隱不見。天體繞極旋轉，而極星不移，譬則車之軸也。凡轂必有所繫，然後軸有所加，故問天之斡維，繫於何處，而天極之軸，何所加乎。

八柱何當？東南何虧？

章句：「天有八山爲柱」，余意即淮南子所謂八極也。東北，方土山。東，東極山。東南，波母山。南，南極山。西南，編駒山。西，西極山。西北，不周山。北，北極山。當，值。虧，陷也。淮南子：「地不滿東南，故水潦塵埃歸焉。」問天有八柱承之，其柱何所當值乎？東南亦有柱，又何云虧陷乎？

九天之際，安放上聲安屬燭？隅隈多有，誰知其數？

際，邊。放，至。屬，附。隈，涯也。圖書編：天周一百七十萬二千一百十三里。續博物志：天周一百七萬一千里〔二〕。廣雅：天周六億十萬七百里二十五步。周髀算經：日光四極，周二百四十三萬里。淮南子：天有九野，九千九百九十九隅。

天何所沓，十二焉分？

沓，雜也，合也。天何所沓，指日月星之雜合言。作曆者必推上元至朔均齊，並無餘分，而又歲月日時，適會甲子，以爲布算之始。是時日月如合璧，五星如聯珠，俱沓合於子，所謂曆元也。漢太初曆四千六百十七年爲一元，唐大衍曆四千五百六十年爲一元。十二，自子至亥十二辰也。曆家以二十八宿分天體爲十二辰，一歲日月十二會焉，如十一月辰在星紀，十二月辰在玄枵之類。日月星麗乎天，有總會者以爲曆數之元，有常會者以爲歲月之紀，故承天體以立問，而下遂及日月列星也。

日月安屬燭？列星安陳？

問日有中道，月有九行，誰爲附屬乎？列星有躔度、分野、動定之不齊，又誰爲排列乎？

出自湯陽谷，次於蒙汜寺上聲。自明及晦，所行幾里？

此言日也。次，舍也。汜，水涯。山海經：湯谷在黑齒國北，以谷中水熱而名，即虞書暘谷也。爾雅：日所入爲大蒙。渾天儀：日一晝夜，行周天赤道一百七萬四千里。淮南子：日出暘谷，至蒙水之浦，凡九州七舍，有五億萬七千三百九里。周髀算經：夏至日運内衡，周七十一萬四千里；冬至往外衡，周百四十二萬八千里；春秋分在内外衡之閒，周一百七萬一千里。

夜光何德，死則又育？厥利維何，而顧菟兔同在腹？

夜光，月也。按，釋名云：朔，蘇也。晦，灰也。即死育之意。靈憲曰：月者，陰精之宗，積而成獸，象菟。顧，眷戀也。言月何利於兔而常繫於腹乎。又埤雅云：天下兔皆雌，惟顧兔爲雄，故皆望之以亶氣，是以顧兔爲月兔之名矣。按，顧兔在腹，指月中微黑處，説者謂是地之影。蘇子瞻詩：「九州居月中，有似蛇蟠鏡。妄言桂兔蟆，俗語皆可屏。」是也。又西域傳汎際云：月體中虚寔不一，寔故受日光，虚則光出不返，所以闇影斑駁也。倪綏甫云：月中黑闇，乃本體渣滓，不受日彩。或謂外入之影，則月有高下東西，影當有變，何以隨在不殊乎？二説與前又各不同。

女岐無合，夫扶。篇内自妖夫外，並倣此。焉取九子？伯强何處？惠氣安在？

女岐，神女，無夫而生九子。伯强，周孟侯注：禺强也。山海經：北方禺强，人面鳥身，珥兩青蛇，踐兩黄〔二〕蛇。女岐、伯强，皆天神也。惠氣，瑞氣也。荆州占：一曰卿雲，似雲非雲，紛郁輪囷；二曰歸邪，赤彗上向，有蓋下連；三曰昌光，赤如龍狀。皆堂中所繪而附於天者，故言天而類及之。

何闔而晦？何開而明？

按，晦明無常，以日之出没不齊故耳。北地骨利斡夜短晝長，羊脾未熟而曉；西徼莫斯哥夜長晝短，冬至日止二時。鐵勒之國無夜，河婁之國無日。兩極之中，四時晝夜常平；兩極之下，半年晝半年夜。方密之物理小識云：地相去四萬五千里，則東爲午，西爲子。普天下時曉時昏，時午時夜，何閤闢之可定哉！若稽神録：契丹地正晝忽冥，名笪却之日。輿地志：萊子國夜半日出，立不夜之城。此或謬悠之談，未足深信也。

角宿昔幼切未旦，曜靈安臧藏同？

角，東方之宿。朱子云：角宿隨天運轉，不常在東。此蓋借以言東方也。余按，言天文者，數起角亢，列宿之長，或亦舉首以概其餘耳。曜靈，日也。光曜而有神靈，故名。此以上皆問天之事。自古言天者多矣。天如蓋笠，地如覆盆，皆中高外隤，北極居天頂中，日月繞地腰匝行，而四方晝夜因之相易，此周髀之説也。而釋典所謂四大天下環須彌山，意亦相似。天了無質，仰瞻無極，故蒼蒼然；日月列星，浮生虛空，須氣而行，故逝止疾徐，任情無定，此宣夜之説也。天包地外，如卵裹黄，圓如彈丸，南北極斜持兩端，而天與七曜繞地側轉，日出地而明，入地而晦，此渾天之説也。天圓九重，皮皆堅硬，日月列星，如木節在板，各居一重，繞地而運，以天體明無色，故其光通透如琉璃，此大西之説也。外有吴姚信之軒天，晉虞喜之安天，虞聳之穹天，其説紛綸，不可究詰。朱子論天體主渾天，而言天有氣無形，日月列星乃氣之精光，自然發越，初無營作、繫加、際限、屬陳之可言，則與宣夜之旨相符。然他日復云天應有軀殼甚厚，則又自戾其説矣。黄帝書言水寔浮天，而朱子云天外無水。又，朱子取沈存中筆談之説，謂月本無光，曜日而明。而史文璣云：月體如鏡，面光背暗，其近日遠日而光有虧盈者，蓋常面日而不敢背也。世無凌雲御風之人，誰與正之哉！余備列其説，亦多聞闕疑之意也。

不任汨鴻，師何以尚之？僉曰：何憂？何不課而行之？

莊子郭注：回洑而涌波者，汩也。汩鴻，言湧溢爲鴻水也。不任，猶言不能當也，指鮌言。師，衆。尚，舉也。事詳堯典。不課而行，謂衆人第曰試可，而堯遂任之九載也。

鴟龜曳銜，鮌何聽焉？順欲成功，帝何刑焉？

鴟龜曳銜，周孟侯云：鮌障水法也，蓋覩鴟龜曳尾相銜，因築長堤象之，猶張儀依龜跡，作蜀城之類。徐友雲云：語意似言有形如鴟鳥之龜，曳尾銜物以導之耳。余按，山海經怪水、毫水皆有旋龜，鳥首虺尾。嶺海異聞：海龜鷹吻，大者徑丈。南越志：寧縣多鵂龜，鵝首嚙犬。則徐説信矣。順欲成功，言順鮌之意，未必無成功，帝何爲而刑之乎？

永遏在羽山，夫何三年不施？

遏，禁絶也。羽山，在今淮安府贛榆縣。又，登州蓬萊縣亦有羽山。路史：鮌遏羽山，三年而死。朱子云：施，謂刑殺之。不施，囚而不殺也。按，漢馬季長、孔子國皆以殛鮌爲殺，故釋「施」爲舍，而宋儒謂但拘苦之，未知孰是。

伯禹腹鮌，夫何以變化？

腹，懷抱也。變化，謂父凶而有聖子也。傅子曰：禹十二爲司空。

纂就前緒，遂成考功。何續初繼業，而厥謀不同？

考，謂鮌也。國語：禹以德修鮌之功。則禹非創改其前也，特所以行水者異耳，故曰纘，曰成，曰續，曰繼。

洪泉極深，何以寘填同之？

淮南子：禹以息壤填洪水，土不減耗，掘之益多。按，洪氏補注引此，朱子斥其無稽，謂此但言洪水泛濫，何以填而平之耳？然洪泉非洪水，泛濫逆行，非極深之謂，且又何填之可言哉。歷考溟洪録及玉堂閒話續博物志遊宧紀聞江陵圖經羅氏路史，蘇子瞻詩、高子勉序，皆言息壤在荆州南門。又，王阮亭香祖筆記云：康熙元年，荆州大旱，掘南門外堤數尺，有狀如屋。

啓而入，一物正方，非土非木，亦非金石，有文如篆。土人云：「息壤也。」急掩之，大雨四旬，江水泛溢，幾壞城。故知息壤非妄說矣。然秦盟甘茂有息壤，柳子永州龍興寺亦有息壤，又隆州籍縣南有息壤，則所填或非一處也。真誥曰：玄帝四行天下，諸有洞臺之山，皆移安息之石，封而鎮之。

地方九則，何以墳之？

則，表則也。墳，高也。經世曆：禹受命於神宗，分九州九山。國語：禹「封崇九山。」蓋增高之以爲九州表則也。通雅云：禹貢九山刊旅。史記正義以汧、壺口、砥柱、太行、西傾、熊耳、嶓蒙、内方、岷爲九山。問禹平水土，有九山以爲地方之表則，何以墳而高之乎？

應平聲龍何畫？河海何歷？

有翼曰應龍。又，虬龍千年謂之應龍。大業拾遺記：禹治水，應龍以尾畫地，導決水之所出。嶽瀆經：堯九年，巫支祈爲孽，應龍驅之龜山足下。其後水平，禹乃放應龍於東海。問聖人治水，何乃借力於龍乎？其所經歷而畫之者，又何在乎？一說「河海何歷」指禹言，呂氏春秋：禹東至榑木、日出、九津、青羌之野，南至丹粟、沸水之際，西過三危之阨、巫山之下，北至人〔四〕正之谷、夏海之窮，未嘗懈息。

鮌何所營？禹何所成？

鮌之治水障之，禹之治水行之，此營與成之大概也。

康回憑怒，墜古地字何故以東南傾？

蛙螢子：共工，姜之異，爲太昊黑龍氏。蕘，子康回襲黑龍氏，亦曰共工。憑，盛也。列子：共工與顓頊争帝，怒觸不周山，天柱折，地維缺，天傾西北，地陷東南。按，傳稱共工氏爲水害，雜見女媧、顓頊、帝嚳、堯舜之世。太古荒忽，記載混淆，不足深辨。考竹書，堯十九年命共工治河，六十一年命崇伯鮌治河。又，國語云：鮌稱遂共工之過。然則康回蓋亦堯時治水無功者耳，天傾地陷之說，殆因其墮高堙卑以害天下，而附會之歟？問天之後，未及問地，而先言禹者，禹有平地之功。又，爾雅釋地至九河，皆禹所名，而鼎象之鑄，山經之作，諸言遻異者，多托之禹，故先地而致問也。

九州安錯措？

周禮疏：神農以上，有大九州，黄帝乃於神州内分九州。世紀云：冀兖青徐揚荆豫梁雍九州，顓頊所建。堯遭洪水，增幽并營爲十二州。禹平水土，還爲九州。安錯，言置於何所也。按，九州之錯，周髀、渾天之説，其形各異，後之論者多主渾天，然其説亦各不同。朱子云：地束於勁風旋轉之中，故甚久而不墮。又云地是水載，蓋已不能一其説矣。利西江謂地渾淪一球，上下四旁，皆生齒所居。史文璣又謂天之在地下者，皆水與土所滿，地有根著，當在南樞不動之處。雖有聖人，烏能折其衷乎？

川谷何洿？

水注海曰川，注川曰谿，注谿曰谷。周語：天地成而疏爲川谷，以導其氣。洿，深也。按，圖書編云：地體如肺。易象化機云，地如空瓠。物理小識云：石之上拔者，其根皆空。蓋地之爲物，外寔内虚，故陽氣升降於其中，無所障礙。川谷之洿，特其顯著者耳，又何疑焉。

東流不溢，孰知其故？

列子：渤海之東有大壑，寔維無底之谷，名曰歸墟。八紘之水，莫不注之而無增減焉。合璧事類：沃焦在碧海東，有石闊四萬里，居百川下，水沃之則焦竭，亦名尾閭。隋志：陽精炎熾，一夜入海，所經燋竭，百川歸注以相補。柳子天對：「東窮歸墟，又環西盈。……器運漱漱，又何溢爲？」朱子云：天地之化，往者消，來者息。水流東極，氣盡而散耳。余按，諸説不同，並列之。

東西南北，其脩孰多？南北順墮，其衍幾何？

脩，長也。墮，狹而長也。衍，餘也。淮南子：禹使大章步自東極，至於西極，二億三萬三千五百里七十五步；使豎亥步自北極，至於南極，二億三萬三千五百里七十五步。吕春秋：

四極之内，東西五億九萬七千里，南北亦五億九萬七千里。天文録：天地南北二億三萬三千五百里七十五步，東西短減四步。詩含神霧：天地東西二億三萬三千里，南北二億一千五百里。此二條，蓋周髀之説。又春秋命歷序：四海東西九十萬里，南北八十一萬里。河圖括地象：八極之廣，東西二億三萬三千里，南北二億三萬一千五百里。靈憲：八極之維，徑二億三萬二千三百里，南北短減千里。利西江地球：東西南北，各七萬二千里。按，諸説之中，半出於曆算，而不同如此，則其不足據依也明矣。若較其修短之數，則南北多狹於東西。他如騶衍之八十一洲，釋典之四大洲，華藏莊嚴世界一百一十一香水海，其言絶異，所不敢知也。

崑崙縣平聲圃，其凥居同安在？增城九重平聲，其高幾里？

水經注：崑崙山三級，下曰樊桐，二曰玄圃，三曰增城，是爲大帝之居。穆天子傳：春山之澤，所謂縣圃，百獸所聚。桓驎西王母傳：崑崙之圃，有城千里，其下弱水九重，非飈車羽輪不能到。淮南子：層城九重，高萬一千里百十四步二尺六寸。化狄經：崑崙山九重，重相去九千里。拾遺記：崑崙山有九層，層相去萬里。天對：增城之里，萬有三千。凥，與居同。一説，臀尾所坐處爲凥。縣圃，神人之圃，下無所係，懸空而居，故問其所坐何處也。增城又在其上，則愈高而愈奇矣。

四方之門，其誰從焉？西北辟闢啓，何氣通焉？

山海經：崑崙，帝之下都，面有九門，門有開明獸守之。淮南子：崑崙有四百四十門，門閒四里，北門開以納不周之風。誰從，言誰人從此出入也。

日安不到，燭龍何照？

海外北經：鍾山之神，人面蛇身，赤色，身長千里。視爲晝，瞑爲夜，是燭九陰，是謂燭龍。淮南子：燭龍在雁門北，其國蔽於委羽之山，不見日。其神人面龍身，無足。詩含神霧：天不足西北，無陰陽消息，故有龍銜火精，往照天門中。洞冥記：東方朔遊北極鍾火山，日月不照，有青龍銜燭照山四極。按，此豈即海外北經之鍾山也歟？

羲和之未揚，若華何光？

羲和，注見前「明明闇闇」下。又，大荒南經：東南海外有女子，名羲和。帝俊之妻，生十日。香祖筆記：羲和，二國名。每日出，二國人爲御，推升太虛。揚，起也。大荒北經：洞野之山，有赤樹，青葉赤花，名若木。庾子山齊王碑：「若木一枝，旁蔭數國。」淮南子：若木末有十日，其花照下地。事文玉屑：西北之國，日未出時，有若木赤花照地。

何所冬煖？何所夏寒？

大明官制：黑齒，寅之極也，厥土惟易；彿菻，申之極也，厥土慘肅；飲米，巳之極也，風俗囂酷；流鬼，亥之極也，風俗何陰。戟手懸度辰東，則惟熱沖沖而已；漏天戌西，則惟寒凄而已；五臺丑北，炎月積雪而六月尤寒；象臺未南，歲際納涼而季冬尤熱。又，陸次雲八紘譯史：百爾西亞極熱，人常坐卧水中；阿路索極寒，六月有僵凍者。滿剌伽四時皆裸，莫斯哥盛夏重裘。皆其概也。按，利西江山海圖：東西中線，上爲北，下爲南。近中線處，半月爲一季，一年兩冬夏春秋，南北方則春夏秋冬相反，皆因日輪遠近以爲燠寒。又月令廣義云：寒暑之故，半出於天，半出於地。地薄理疏，則氣升多暑；地厚理密，則氣斂多寒。異域志：陰山沙漠北萬餘里，有地四時皆春，草木不凋。正爲地有厚薄疏密，不全係於天也。

焉有石林？何獸能言？

李長吉注：海外紀：石林山在東海之東，有石如木，挺立數仞，亦開花，朱色，爛然滿山，故名。有獸色白，九尾善飛，能言。列子：蓬萊之山，珠玕之樹。抱朴子：崑崙有琅玕碧瑰之樹、玉李、玉瓜、玉桃，每風起則枝條花葉互相叩擊。拾遺記：須彌山第六層，有五色玉樹，蔭翳五百里。方丈之山，玉瑶爲林，七修類藁普安山有石樹二株，一則緑幹紅花之桃，一則青幹白花之李。道書：崑阜生瑶笋，千年一芽，鬱然成林。又沈休文符瑞志：孫皓時，臨海郡吏伍曜在海際得石樹，高三尺餘，枝莖紫色。洽聞記：唐永昌中，臨海馮文得白石連理樹三株。獸之能言者，狌狌、巂巂、昆蹏、白澤、角端、山魈之類皆是。又譯史：哈烈有肉角馬，能人語。神異經：西南大荒中，有獸如兔，人面能言，言常欺人，其名曰詭。

焉有龍虬，負熊以遊？

說文：龍有角曰虬。熊似豕，山居，冬蟄。按，龍負熊無考，豈非類而合者，若莊浪鳥鼠、粵西牛蛇之類耶？抑即拾遺記所云鮌沈羽淵，玄魚黄熊，神化不一，常與蛟龍跳躍而出耶？抑隨巢子載禹自化爲熊，而抱朴子復有禹乘二龍之説，此固合而圖之耶？柳天對云：「有蛇逶迤，不角不鱗，嬉夫玄熊，相待以神。」

雄虺九首，儵忽焉在？

海外北經：共工臣曰相柳，九首人面，蛇身而青，食於九土，所抵即爲澤谿，禹殺之。儵忽，急疾貌。按，相柳，大荒經作相繇，其爲原所問無疑。然山海經載之北土，而招魂又列之南方，蓋其身食九土，往來無定，亦正儵忽之明驗也。

何所不死？長人何守？

天對：「員丘之國，身民後死。」又，古書載不死者，龍伯民、阿姓國、三面人、毗騫王、無脊、三蠻、白民、祈淪、頻斯、軒轅、驩兜、移池諸國，西北方玉饋井旁人，不可勝紀。蓋此言不死，乃其國俗本然，下言「延年不死」，則仙家服食之功也。何守，本家語「防風何守」而言。舊注：防風氏守封禺山，在今湖州武康縣。又，招魂「長人千仞，惟魂是索」，或舉之與不死反對也。按，古來長人之説不一，唐類函集列子河圖龍文神異經所載，至「西北海人長三千里」止矣。而凉州異物志又云：有大人在丁零北，長萬餘里。爲大之言，何所不至哉！吾友陳曾起邊州聞見録云：康熙二十六年，有從滇南航海者，遥望浮圖峙雲表，俄即之，人也。欠伸而起，捉七人啖之，還坐如浮圖。衆潛走奔船，其人舉足即至，曳船，衆斧之，斷指，長二尺有奇，歸獻制府范公。或曰此獨人國也。

靡蓱平九衢，枲華安居？

靡，蔓也。蓱，水草。九衢，猶山海經言四衢五衢，言其枝交錯九出，象九衢之路也。按，家語：楚王渡江，得萍寔，大如斗。豈其類耶？枲，廣韻曰：麻有子者。玉篇云：麻無子者。未詳孰是。李陳玉曰：枲與九衢之蓱同舉，下文又云蛇吞象，似皆至小爲大之意也。余按，焦茂孝説楛云：疏麻大二圍，高四丈，四時結寔，無衰落。九歌「折疏麻兮瑶華」，則李氏之言，信有徵矣。又，朝鮮記：鹽長之國有建木，玄華黄寔，其實如麻，百仞無枝，下有九枸。枸與衢，古字相通，所謂枲華者，豈即建木之謂耶？又，月令：「孟夏之月，靡草死。」則靡蓱或二物也。

靈蛇吞象，厥大何如？

象，獸之最大者。海内南經：巴蛇食象，三歲出其骨。郭注云：其長千尋。庾仲雍江記：羿屠巴蛇於洞庭，其骨若陵，故曰巴陵。有象暴骨，爲象骨山。朝鮮記：朱卷國，黑蛇青首，食象。聞奇録：有書生遊番禺山中，見氣高丈餘，如煙。鄉人曰：「此蛇吞象也。」

黑水玄趾，三危安在？延年不死，壽何所止？

西山經：崑崙西北隅，黑水出焉。玄趾，承黑水言。路史餘論注：黑水染足，涉者其色黝黑入膚。是也。通鑑前編：沙州燉煌縣卑羽山，三峰峭絶，人以爲三危。延年不死，本黑水、三危而言。山海經：黑水之前，有大山曰崑崙，有人戴勝，虎齒豹尾，穴處，名西王母。三危山，三青鳥居之，爲西王母取食。朝鮮記：黑水之閒，有不死之山。穆天子傳：黑水之阿，爰有木禾，食者得上壽。拾遺記：勃鞮國人，壽千歲，食黑河水藻。淮南子：「三危之國，石城金室，飲氣之民，不死之野。」

鯪陵魚何所？魁及移切堆焉處？

南越志：鯪魚，鯉也。形似蛇而四足，能陸能水，尾大能穿穴。又，臨海異魚贊：吞舟之魚，其名曰鯪，背腹有刺，如三角菱。又，禽蟲述：「陵魚，手足人面而魚身。」東山經：北號山有鳥，狀如雞，白首鼠足，虎爪，食人，名鬿雀。楊誠齋天解云：堆，當作雀。李給諫筆記：崇禎甲戌，鳳陽有鳥數萬，兔頭雞身，鼠足，味美，犯其骨立死。考其狀，疑即鬿堆也。

羿焉彃日？烏焉解羽？

羿，有窮之君，善射。彃，射也。世紀：大荒中暘谷上有扶桑，九日居下枝，一日居上枝，皆載烏。王注：淮南言堯時十日並出，草木焦枯，命羿仰射，中其九日，日中烏盡死，墮其羽翼。今按，廣輿記謂潞安府三峻山。即羿射烏處，然淮南子無「烏死墮羽」之文，蓋叔師增飾之辭也。又，柳子厚云：烏，當作鳥。大荒北經「有大澤方千里，羣鳥所解」，則與上句各一事也。又，拾遺記：堯時祇支國獻重明鳥，狀如雞，音如鳳，時解落毛羽，以肉翮飛，能搏逐妖惡獸。或因射日同在堯時而類問之歟？余按，以上皆舉地上之遐異者以窮之。焉彃、焉解，皆問其地也。

禹之力獻功，降省下土方。焉得彼嵞塗山女，而通之於台桑？

力獻功，謂勤力獻進其功也。下土方，用商頌語。塗山在今鳳陽府懷遠縣。世紀：塗山氏合昏於台桑之野。太康地紀：塗山西南，台桑地也。問禹方經營水土，何暇合昏於台桑乎？通，謂昏姻之禮也。

閔妃匹合，厥身是繼。胡爲嗜不同味，而快鼂朝同飽？

閔，憂也。吴越春秋：禹年三十未娶，自恐時暮，祝曰：「娶必有應。」乃有白狐九尾造焉，於是娶於嵞山。吕春秋：禹娶嵞山女，自辛至甲四日，復往治水。同，齊一也。不同味，言所嗜不齊，頃刻而變也。言禹憂無妃匹而野娶者，急爲後嗣計耳，胡爲又止四日而别，如食味者所嗜忽變，但快一朝之飽乎？

啟代益作后，卒然離蠥孽同。何啟惟憂，而能拘是達？皆歸䠶射同鞠鞫，而無害厥躬。何后益作革，而禹播降？

益，禹賢臣。此段文義多不可曉。按，通釋云：竹書紀年：益代禹立，拘啟禁之，啟反殺益，以承禹祀。離，去。蠥，害也。卒然離蠥，言忽然攻益而去其害也。憂，憂思也。能拘是達，言被拘而能出也。䠶，彈射也。鞠，訊鞫也。作，起。播，傳。降，下也。言啟之黨，皆爲益之所排擊，而不能爲害於啟，何益已革夏命，而禹之統緒，復能流傳於下乎？

啟棘賓商，九辯九歌。何勤子屠母，而死分竟地？

大荒西經：啟上三嬪於天，得九辯九歌以下。朱子云：棘，當作夢。商，當作天。蓋篆文相似之誤。謂啟夢上賓於天，而得帝樂以歸也。隨巢子：禹治水自化爲熊，以通轘轅之道。塗山氏見而慙，遂化爲石。禹曰：「歸我子。」於是石破北方而生啟。穆天子傳注：啟母在嵩山，化爲石，今有啟石。問啟能通於天爲聖王，何生而屠疈其母乎？

帝降夷羿，革孽夏民。胡䠶石夫河伯，而妻去聲彼雒嬪？

夷，羿氏也。朝鮮記：帝俊賜羿彤弓素繒，羿是始恤下地之百艱。革，除。孽，害也。抱朴子：馮夷以八月上辛溺河，上帝署爲河伯。洛嬪，如淳曰：伏羲女，溺洛而死，爲洛水神。

章句云：傳曰：河伯化爲白龍，遊於水旁，羿射之，眇其左目。羿又夢與洛神交。言帝本使羿除民害，何乃多行不義乎？又按，竹書：夏帝芬十六年，雒伯用與河伯馮夷鬭。蓋河洛皆古諸侯國名。伯，其爵；嬪，其妃耳。

馮憑珧遥利決，封狶希是䠶。何獻蒸肉之膏，而后帝不若？

馮，引滿也。爾雅：弓以蜃者謂之珧。決，象骨爲之，著右大指以鉤弦者。孫子：羿得寶弓，犀質玉文，曰珧弧。隨巢子：奚祿山崩，天賜玉決於羿宮。淮南子：堯使羿禽封狶於桑林。蒸，一作烝，冬祭也。獻膏，以豕膏祭天也。若，順也。問封狶食人，羿射殺之，正除民害者，何獻肉而帝反不順乎？又按，路史注以封豕爲樂正夔之子，則獻膏殆宋公用人之意，故帝弗順歟？

浞娶純狐，眩妻爰謀。何羿之䠶革，而交吞揆之？

按，路史：浞，寒君伯明氏之讒子弟也。羿篡夏自立，任以爲相。浞烝取羿室純狐，内媚外賂，娛羿於畋，因與家衆共殺羿。又，湘煙録緯書：嫦娥，小字純狐。則眩妻爰謀，蓋言浞本惑愛羿妻而造謀，故殺羿而取其妻也。射革，猶言貫革。交吞揆，謂並進而吞謀之。

阻窮西征，巖何越焉？化爲黄熊，巫何活焉？

左傳：堯殛鮌羽山，其神化爲黄熊，入於羽淵。十道志：羽潭東有羽山。羽淵固在山之西也，言鮌永遏之後，已絶西行之路，何復能越山而入羽淵乎？黄熊，國語作黄能。能，鼈之三足者，舊謂熊獸非入水之物，故是能也。按，汲冢瑣語：晉平公夢朱熊窺屏，子産曰：共工之卿浮游，自沉於淮，其色赤，狀如熊。則水之有熊久矣。又，述異記：熊，神獸入水，陸居曰熊，水居曰能。蓋一物也。又，江淮中有鮲名熊，蛇之精，冬化爲雉，春復爲蛇。巫，神醫也。活，指化熊言。按，山海經：靈山有十巫，百藥爰在。窫窳，蛇身人面，爲貳負之臣所殺。帝憐其無罪，使六巫夾其尸，摻不死之藥以距之。窫窳復活，變爲龍首，居弱水中。由此推之，鮌之變化，意亦巫之所爲，故以爲問歟？

咸播秬巨黍，莆蒲同雚丸是營。何由并投，而鮌疾脩盈？

秬，黑黍也。黍，禾屬而粘者。蒲，水草，有脊，可爲席。雚，方莖白花，一名益母，一名萑。疾，咎。脩，長。盈，滿也。言鮌欲使民播種，故於雚蒲之地，營築爲堤，其心非有不善，何與四凶並投，而咎罰又特重乎？然則巫之活之，蓋有由矣。按，詳此二節，則殛當從殺爲是。一説西征并投，指三苗言。蓋舜誅四凶，以輕重爲序，此舉其重者以相較也。言舜阻絶有苗於極西之地，何以踰三危之嶮而過乎？殺鮌於羽山之地，巫何以從而活之乎？三苗志在作亂，而鮌志在救民，何與三苗并竄而罰更重乎？以上皆問夏事。

白蜺嬰茀，胡爲此堂？

蜺，螮蝀也。赤白爲虹，青白爲蜺。海外東經：虹虹在君子國北，各有兩首，蓋虹神也。按，古書載：飲薛愿之酒，淫陳濟之妻。又，客中閒集：伍均澤行隴閒，見雙虫出樹下，首尾皆蛇，腹如鱉，四足。並行至樹巔，昂首嘘氣，一紅一緑，成虹亘天。有頃下樹，虹漸散。邊州聞見録紀白虹湖州寄書事。虹且有父子，則虹固寔有其物矣。嬰，縈繞也。茀，雲之逶迤似蛇者。堂，原所見之祠堂也。

安得夫良藥，不能固臧藏同？

謂月神也。淮南子：羿請不死之藥於西王母，姮娥竊以奔月，悵然無以續之。靈憲：嫦娥，羿妻也。竊藥將奔月，枚筮之於有黄，吉，遂托身於月爲蟾蜍。通雅：陰宗之精爲蟾蜍，三足，司太陰之行度。

天式從足翁切横，陽離爰死。大鳥何鳴？夫焉喪去聲厥體？

西山經：鍾山之神曰鼓，與欽䲹殺葆江於崑崙之陽，天帝戮之。欽䲹化爲大鶚，音如晨鵠，鼓亦化爲鵕鳥，其音如鵠。式，法也。言天之法令，縱横莫禦，陽神一離則死矣，何復化爲大鳥而不能亡其身乎？舊注自「白蜺嬰茀」至此，引列僊傳：泰山崔文子學仙於王子喬。子喬化爲蜺，持藥與之，文子驚，引戈擊蜺，墮其藥，俯視之，子喬尸也，須臾化爲大鳥飛去。按，其文與此八句曲折相符，疑子政因此而設爲之。

蓱號平聲起雨，何以興之？

此雨師也。搜神記：雨師，一曰屏翳，一曰號屏。郁離子：「蓱號行雨。」按，此則蓱號皆雨師名。金樓子：雨師，龍也。開山圖：雨師似蛹，又如蛭。詩云：「興雨祁祁。」

撰體脅鹿，何以膺之？

謂風伯也。後漢書：明帝迎飛廉并銅馬置上西門外。三輔黃圖：飛廉，鹿身，頭如雀，有角，蛇尾豹文，能致風氣。撰，具。脅，腋也。膺，受其形也。

鼇戴山抃，何以安之？釋舟陵行，何以遷之？

鼇，巨龜。抃，拊手也。玄中記：巨靈之龜，背負蓬萊山而抃。列子：東海五山，相去七萬里，隨潮往來，不得暫峙，仙聖毒焉。帝命禺强使巨鼇十五，舉首戴之，五山始峙。俄而龍伯之國有大人焉，一釣而連六鼇，合負而歸，於是岱輿員嶠二山，流於北極，沉於大海，仙聖之播遷者巨億計。按，此節疑指此事而言。舟，喻鼇之在水負山，如舟之載物也。陵，山也。行，移也。釋舟陵行，謂鼇去而山移也。遷，播遷也。二之字，皆指仙聖言。問既爲仙聖，何以待鼇而後安？何以去鼇而遂遷乎？自「白蜆嬰茀」至此，此物類之神者，錯見於斯，豈以鮌神化黃熊，寔爲夏郊而以類圖之，故遞以爲問乎？

惟澆在户，何求於嫂？何少去聲康逐犬，而顛隕厥首？女岐縫裳，而館同爰止。何顛易厥首，而親以逢殆？

澆，寒浞因羿室所生者。女岐，澆嫂也。沈休文竹書注：少康使女艾諜澆。初，浞娶純狐氏，有子，早死，其婦曰女岐，寡居。澆往至其户，陽有所求，女岐爲之縫裳，同舍而宿。女艾夜入，襲斷其首，則女岐也。艾乃田獵，放犬逐獸，因嗾澆顛隕，斬之。蓋亦因此文而附會之辭。殆，危也。澆已幸免而卒誅，女岐誨淫而先死，此又天道之最靈者矣。

湯謀易旅，何以厚之？覆舟斟尋，何道取之？

朱注：湯字蓋康字之誤，謂少康也。史記：禹後分封，有斟尋氏，在今山東登州府。左傳：夏后相失國，依於二斟。浞使澆殺斟灌以伐斟尋，滅夏后相。后緡方娠，逃歸有仍，生少康，長爲虞庖正。有田一成，有衆一旅，能布其德而兆其謀，收二國之燼，卒滅浞澆。竹書：相二十七年，澆及斟尋大戰於濰，覆其舟，滅之。問康始爲一旅之主，今欲易而爲王，何以厚集其衆乎？斟尋之國久已覆滅，何復能取其衆而用之乎？此兩節終前羿浞之事。

桀伐蒙山，何所得焉？妹嬉何肆？湯何殛焉？

蒙山，國名。妹嬉，桀妃。列女傳：桀日夜與妹嬉飲酒，聽用其言，忤喜者死。世紀：湯伐桀，桀敗，與妹嬉浮海奔南巢之山以死。舊注：桀伐蒙山，得妹嬉，因肆其情意，而爲湯所殛，故指而問之。一説，竹書：帝癸十四年，伐岷山，得二女，曰琬曰琰，愛之而棄其元妃妹嬉於洛，以與伊尹交，遂亡夏。岷山，一名鴻蒙，豈蒙山所得，本指琬琰，而曰「何所得」「何肆」「何殛」，乃爲妹嬉釋冤乎？

舜閔在家，父何以鱞？堯不姚告，二女何親？

閔，憂也。鱞，本虞書「有鱞在下」而言。問舜孝如此，父何以不爲娶乎？姚，瞽瞍姓。二女，堯女娥皇女英也。問堯未告瞽瞍，何遂以二女妻舜乎？二節一以婦人而亡，一以婦人而興，故問之。

厥萌在初，何所意古億字焉？璜臺十成，誰所極焉？

億，度也。璜，美玉。成，重也。舊注：紂爲象箸，而箕子嘆曰：「彼爲象箸，必爲玉杯，玉杯必盛熊蹯豹胎。如此，則必崇廣宫室。」紂果作玉臺十成，以至於亡。問紂始有奢侈之萌，何遂能億之，而知其所極乎？世紀：紂作瓊室，飾以美玉，七年乃成，大十里，高千丈，多發美女以充之。十成之謂也。

登立爲帝，孰道尚之？女媧古華切有體，孰制匠之？

上二句謂女媧也。黄維章云：上先言初萌，後言十成，此先言登立，後言女媧，皆倒句也。路史：伏羲没，女弟妽媧立。三墳又云：伏羲后也。問自古無女子爲帝者，以何道而尊尚之乎？河圖挺佐輔：女媧，牛首，蛇身，宣髮玄中，一日七十化。釋文：黑白雜爲宣。匠，營治也。問女媧有奇異神變之體，誰制而造之乎？淮南子：黄帝生陰陽，上駢生耳目，桑林生臂手，女媧所以七十化也。二節一寵婦人行侈而亡，一尊婦人爲帝而王，故類舉之。

舜服厥弟，終然爲害。何肆犬豕，而厥身不危敗？

舊説：服，事也。言舜服事其弟，弟終欲殺之也。余按，文勢似謂象已服舜而猶謀害者，蓋指四岳薦舜，已言象蒸乂不格奸，而猶爲謨蓋之舉也。肆犬豕，指欲殺兄妻嫂而言。不危敗，謂不誅而封之有庳。一説，不危敗指舜言，謂焚廩掩井，終不能害也。

吴獲迄古，南嶽是止。孰期去斯，得兩男子？

舊説以兩男子爲太伯仲雍，今姑仍之。吴越春秋：古公病，泰伯仲雍知父欲立季歷，托名採藥於衡山，遂之荆蠻，斷髮文身，示不復用，自號勾吴。迄，及也。去，避也。言讓國乃唐虞古風，吴得近古之人，止於南岳，孰與期會而避地於此，使荒遠之地，得此兩男子乎？二節一以弟而殺兄，一以兄而讓弟，皆相形之辭。

緣鵠飾玉，后帝是饗。何承謀夏桀，終以滅喪去聲？

呂春秋：伊尹說湯以至味，湯曰：「可爲乎？」對曰：「君爲天子，然後可具。」獨異志：伊尹負鼎干湯，湯令調味，甚甘，得進見。湯問之，答曰：「使臣調國，亦如是矣。」遂以爲相。鵠、玉，皆鼎俎之飾也。承，進也。言與湯進謀夏桀而滅之也。后帝，謂湯。史記：夏商之君皆稱帝。

帝乃降觀，下逢伊摯。何條放致罰，而黎服大説悦？

帝，即湯。降觀，即後東巡也。不意中得一良相，故曰逢。摯，伊尹名。鳴條，在今解州安邑縣北三十里。史記：桀走鳴條，放而死。呂春秋：湯爲天子，夏人大説，如得慈親。黎，衆也。

簡狄在臺嚳科斛切何宜？玄鳥致貽女何嘉？

帝嚳，即高辛也。簡狄，嚳次妃。玄鳥，燕也。呂春秋：有娀氏二女，居九成之臺，帝令燕往視，二女愛而搏之，覆以玉筐。發之，燕遺卵北飛。符瑞志：簡狄從帝祀郊禖，浴於玄丘之水。有玄鳥遺卵墜地，吞之，生契。按，詳文義及思美人「高辛」「靈晟」二語，蓋謂狄在母家，帝遣玄鳥致聘而成妃匹，與呂春秋之説略符。世所傳吞卵孕契之事，皆非原指也。此因湯而及其先世也。

該秉季德，厥父是臧。胡終弊於有扈，牧夫牛羊？

洪注：有扈以禹傳子不義，伐啟，啟滅之，有扈遂爲牧豎。該，載。秉，持。季，末。臧，善也。夫禹以啟能秉持其德而傳以天下，胡終不能服有扈之心，至於甲兵頓弊，而僅乃得勝乎？有扈，夏同姓國，地在今西安府鄠縣。

干協時舞，何以懷之？平脅曼膚，何以肥之？

虞書：禹伐有苗，班師振旅，舞干羽於兩階，而有苗格。按，錢氏謂：此章指禹德言。舞干格苗，禹佐堯之事。脅平曼膚，狀民之肥。蓋文德誕敷之效。然則言此似形啟之未能持禹德也。弊兵，則遠不能懷，民不能肥矣。

有扈牧豎，云何而逢？擊牀先出，其命何從？

淮南子：有扈氏爲義而亡。云何而逢，嘆其所遭之不幸也。啟攻扈時，親擊之於牀上，而有扈已先出矣。問此何所逃其命乎？

恒秉季德，焉得夫朴牛？何往營班禄，不但還來？

按，「恒秉」承「該秉」言，則此節似亦謂啟也。竹書：啟六年，伯益薨，祠之。越絶書：益死後，啟歲善犧牲以祠之，故曰啟獻犧於益。朴，大。營，求。班，布。禄，福也。言啟常守禹薦益之德，故益雖死，猶歲以大牛往祠，此何從而得之乎。其往祠也，又必求其錫福，非徒祠畢而歸。生奪之，死祈之，又何説也？自「該秉季德」至此，皆據圖以問，而不著其名，故説者多異。今按，牧豎之説，與少康爲有仍牧正相合；擊牀先出，與女岐易首事相合。故朱子謂此篇所問扈浞事多混，而王叔師直以有扈爲澆國，或自有據也。嘗即此意推之：季，幼也；該秉季德，言少康幼有令德也。厥父是臧，黄氏云：美幹蠱也。有扈，謂澆。牧牛羊，謂牧正也。終，極也。言極爲有扈所困也。「干協」二句，言澆之凶暴，非干羽可懷也。平，駢通。澆才力勇武，故以駢脅曼膚目之。牧豎，指康言。云何而逢，言澆與康何地而相逢也。其命何從，謂擊牀而得女岐首，澆獨何從而出也？按，姚伯審訓纂云：户、扈、鄠，一也。故路史以有扈爲户氏，然則「惟澆在户」，殆即扈耳。朴，黄氏云：鞭朴也。朴牛，猶云牧牛。言少康常持其幼德而不變，可謂賢矣，然本由牧豎而興，未嘗問學，何以得此乎？往營班禄，指逐犬事言。錢氏云：古者田獵獲禽，三殺上供之外，餘皆比禽大小，班諸執事。言少康之畋，本以班禄而往，何遂能因以滅澆乎？不但還來，不但成獵事還也，並疏之以俟知者。按，夏初之事，篇中屢見，蓋以世道升降之原，惟此時爲甚，故三致意焉，又以爲湯武征誅起例也。

昏微遵迹，有狄不寧。何繁鳥萃棘，負子肆情？

章句：人循闇微之道，爲戎狄之行者，不可安其身。晉大夫解居父過陳，見婦人負子，欲與之淫。婦人引詩刺之曰：「墓門有棘，有鴞萃止。」言棘上有鴞，以愧之也。蓋因列女傳陳辨女之事而附會之，朱子固訾其迂曲無據矣。惟錢氏謂匹夫匹婦會於牆陰之事，似爲近之。昏微，黄昏隱微之地也。遵迹，謂相隨而行。有狄不寧，言夷狄禽獸之行，於理不安也。下二句，蓋淫佚之境，特無所考其事耳。

眩弟並淫，危害厥兄。何變化以作詐，而後嗣逢長？

此節亦未知何指。按，公羊傳魯公子慶父、公子牙，通於哀姜以脅公，與此絶相類。蓋二子皆莊公母弟，而有後於魯者。逢長，謂逢季友而立後也。言二子眩惑其嫂，並爲淫亂，既謀弑兄，又殺其兄之二子，何變詐多端若此，而猶得延其後乎？二節皆壁上所繪淫亂之事，如青藤路史所載蜃畫，蓋三代前已有之也，亦因同館擊牀之事，而類記之。

成湯東巡，有莘爰極。何乞彼小臣，而吉妃是得？

有莘，國名，今開封府陳留縣。極，至也。曰東巡者，湯居西亳，爲今河南府偃師縣，在有莘之西也。小臣，謂伊尹。世紀：湯夢人抱鼎俎，對己而笑，寤而求伊摯於有莘之野。其君留而不遣，湯乃求昏於有莘，遂嫁女於湯，以摯爲媵臣。列女傳：「有㜪之妃湯也，統領九嬪，……咸無妒媚，……卒致王功。」故曰吉妃也。

水濱之木，得彼小子。夫何惡去聲之，媵有莘之婦？

小子，謂伊尹。呂春秋：伊尹母居伊水上，孕，夢神曰：「臼出水，東走無顧。」明日視臼出水，告其鄰，東走十里，顧其邑，盡爲水，因化爲空桑。有女子採桑，得嬰兒空桑中，獻之有莘之君，命烰人養之，故曰伊尹。尚書大傳：伊尹母行汲，化爲空桑。父尋至水濱，見桑穴中有兒，取歸養之。惡之，謂有莘惡其從木中出，因以送女也。

湯出重平聲泉，夫何皋古罪字尤？不勝心伐帝，夫誰使挑之？

太公金匱：桀怒湯，用趙梁計，召而囚之均臺，置之重泉。湯行賂，桀釋之。前漢志：左馮翊有重泉。帝，謂桀也。不勝心伐帝，言伐桀非湯本心，有挑之者，謂尹也。

會鼂爭盟，何踐吾期？蒼鳥羣飛，孰使萃之？

會朝，本詩「會朝清明」而言，蓋羣后以師畢會之朝也。史記：武王伐紂渡江，諸侯不期而會孟津者，八百餘國。汲冢周書：武王曰：「自發生六十年，飛鴻滿野，天不享殷。」按，楊子雲方言：南楚謂鴻雁爲蒼鶬，即蒼鳥也。何踐吾期，指人心言；孰使萃之，指天事言。

列擊紂躬，叔旦不嘉。何親揆發，定周之命以咨嗟？

列，齊。揆，度也。叔旦，武王弟周公。發，武王名。列擊，指大會孟津言。洪注：六韜云：武王與周公旦望紂之陳，引軍止之。太公曰：「君何不馳？」周公曰：「天時不順，龜燋不兆，星變又凶，何可驅也？」故曰「叔旦不嘉」。余按，呂春秋：武王勝殷，恐懼流涕，命周公旦進殷遺老而問民所欲。又，韓詩傳：武王伐紂，太公曰：「咸劉厥敵，靡使有餘。」武王曰：「嗚呼！天下未定也。」周公曰：「使各度其宅，佃其田。」武王曰：「嗚呼！天下定矣。」豈所謂咨嗟定命者耶？

授殷天下，其位安施？反成乃亡，其罪伊何？

施，與也。言天始授殷以天子之位，安所見而予之乎？因其有罪，又反其所以成之者而亡之，其罪果何在乎？按，紂之罪明見下文，此虛作詰問者，蓋叮嚀感慨之意。

争遣伐器，何以行之？並驅擊翼，何以將之？

牧誓：「稱爾干，比爾戈，立爾矛」，所謂争遣伐器也。六韜：「翼其兩旁，疾擊其後」，詩云：「時維鷹揚」，所謂並驅擊翼也。何以行、何以將，微辭也，與所謂倒戈攻北者矛盾矣。一説，兵法：水戰有三翼舸。顔延年詩：「千翼泛飛浮。」擊翼，猶言擊檝，師尚父所謂「總爾衆庶，與爾舟檝」也。自成湯東巡至此，類舉放伐之事。

昭后成遊，南土爰底。厥利維何，逢彼白雉？

昭后，康王子，名瑕。成，遂。底，止也。利，言其心所貪也。竹書紀年集證〔五〕云：昭王末年，荆人卑詞致於王，曰：「願獻白雉。」乃密使漢濱之人，膠船以待，王遂南巡狩。抵漢，中流膠液船解，與祭公辛餘靡皆溺。

穆王巧梅每，夫何周流？環理天下，夫何索求？

穆王，昭王子，名滿。梅，貪也。竹書注：穆王北征流沙，西征崑崙，環履天下，億有九萬里。穆天子傳：天子大朝宗海，乃里西土之數。注：計其道里也。即環理之意。言穆王巧於貪求，其周流豈無故乎？環理天下，徒手而歸，何所索求乎？又，挴，王本作拇，徐友雲云：足指也。巧，好也。按此，則巧拇疑即利趾捷足之意。

妖夫曳衒眩，何號平聲于市？周幽誰誅，焉得夫褒姒？

幽王，名宮涅，宣王子。褒姒，幽王嬖妾。國語：夏之衰也，二龍止於庭，言曰：「余，褒之二君也。」夏后請其漦，藏於櫝。至周厲王末，發之，漦流於庭，化爲玄黿，入王後宮，童妾遭之孕，當宣王時，生女，棄之。先是童謡曰：「檿弧箕服，寔亡周國。」有夫婦鬻是器者，王執之，夜逸去，聞所棄女號，取之，奔褒。及幽王時，褒人有獄，入之，是爲褒姒。王嬖之，廢申后及太子宜臼，而立爲后，遂爲申侯犬戎所殺。褒，國名，姒姓，今爲漢中府褒城縣。曳衒，負物衒賣也。誰誅，言天之生此久矣，非人之罪也。

天命反側，何罰何佑？齊桓九合，卒然身殺弑。

齊桓，名小白。國語：桓公任管仲，兵車之會三，乘車之會六，九合諸侯，一匡天下。管子：管仲卒，桓公用易牙堂巫豎刁開方。期年作亂，圍公一室，飢不得食，渴不得飲，援幭裹首而絕。故曰身殺也。自「會鼂爭盟」至此，歷問周事。而春秋所最著者，莫如齊桓，故特舉焉。然桓公之死，蓋因不從輔弼之言，内多惑亂，外用讒諂故也，故下文紂之亂惑，因類及之。

彼王紂之躬，孰使亂惑？何惡去聲輔弼，讒諂是服？比干何逆，而抑沉之？雷開何順，而賜封之？

亂惑，即下文所云「殷有惑婦」也。比干，紂諸父。韓詩傳：紂爲炮烙刑，比干諫，紂殺之，剖其心。大紀：雷開進諛言，紂賜金玉而封之。按，紂以好色用讒棄賢而亡，此蓋原傷今懷古，痛哭流涕之言也。

何聖人之一德，卒其異方？梅去聲伯受醢，箕子詳佯同狂。

方，術也。史記：九侯有好女，入之紂，女不喜淫，紂殺之而醢九侯。鄂侯爭之彊，并脯鄂侯。梅伯，即鄂侯也。箕子，紂諸父。韓詩傳：比干諫死，箕子曰：「知不用而言，愚也；殺身而彰君惡，不忠也。」遂被髪佯狂而爲奴。按，史記本紀世家載箕子事，與比干死互有先後，未知孰是。

稷維元子，帝何竺竹之？投之於冰上，鳥何燠之？

史記：后稷名棄，母有邰氏，曰姜嫄，爲帝告元妃。出野，見巨人跡，踐之而孕，生稷。棄之冰上，飛鳥以翼覆之，以爲神，遂收養之。詩曰：「先生如達。」稷本元妃首生之子，故曰元子也。帝，帝告也。竺，一作篤。按，古竺、篤、毒三字通用，西域天竺亦曰天毒，書「天毒降災」，史記作「天篤下灾」。此文竺、篤宜皆從毒解。言稷爲元子，帝當愛之，何爲而毒苦之耶？

何馮憑弓挾矢，殊能將之？既驚帝切激，何逢長之？

月令：仲春玄鳥至之日，祀高禖。后妃率嬪御，乃禮天子所御，帶以弓韣，授以弓矢，於高禖之前，所謂馮弓挾矢也。史記：「稷爲兒時，屹如巨人之志，其游戲好樹麻菽，麻菽美。」所謂殊能也。馮弓，引滿也。將，予也。帝，亦謂嚳也。帝之棄稷，不一而足，非驚怪激切不至此。

逢長，如牛羊飼之之類，言所逢皆護惜長育之也。言馮弓挾矢，亦祈子之常，何遂有奇才以予之乎？驚帝見棄，濱死者數矣，何所至皆延長之乎？

伯昌號衰，秉鞭作牧。何令徹彼岐社，命有殷國？

伯，西伯也。昌，文王名。號衰，號令於殷衰也。周禮：冢宰施典於邦國，而建其牧。秉鞭，本牧義而言。竹書：文丁四年，命季歷爲牧師。文王蓋承季歷而爲牧伯也，説見孔叢子。徹，通也。岐，在今鳳翔府岐山縣。汲書：諸侯受命於周，乃建大社於周中。其壝東青土，南赤土，西白土，北驪土，中央疊以黄土。將建諸侯，鑿取其方之土，苞以黄土，苴以白茅，以爲土封，所謂通社於天下也。言文王秉鞭作牧，特爲商諸侯耳，何以能代商而通岐社於天下乎？

遷藏去聲就岐何能依？殷有惑婦何所譏？

吴越春秋：古公杖策去邠，邠人扶老攜幼，揭釜甑而從之。藏，府藏也。雍録：邠去岐二百五十餘里。易益四爻，利用爲依遷國。言太王遷府藏，就岐下，何所依倚而立國乎？惑婦，指妲己。何所譏，言有何事爲人所譏議也。

受賜茲醢，西伯上告。何親就上帝罰，殷之命以不救？

受，紂名。西伯，謂文王也。呂春秋：紂殺梅伯而遺醢文王，文王貌受以告諸侯。上告，未詳。舊説：紂以梅伯醢賜諸侯，文王以祭告上帝，乃親致紂之罰也。

師望在肆昌何識？鼓刀揚聲后何喜？

韓詩傳：太公屠於朝歌，天熱肉敗。章句：呂望鼓刀列肆，文王往問之。呂望曰：「下屠屠牛，上屠屠國。」文王喜，載與歸。揚聲，古者屠刀柄首有鈴也。

武發殺殷何所悒？載尸集戰何所急？

汲書：武王至紂死所，射之三發，擊以輕呂，斬以黃鉞，折其頭，縣大白之旗。尸子：武王親咋紂頭，手汙於血，不温而食，猶猛獸然。淮南子：武王伐紂，載尸而行。海内未定，故不爲三年之喪。悒，不快也。言何所恨怒而若此乎？何所急，蓋父死不葬，爰及干戈之意。前已類敘湯武放伐之事，自王紂至此，復取商周興廢之原而申問之，猶前言妹嬉簡狄之意也。

伯林雉經，維其何故？何感天抑墜古地字，夫誰畏懼？

舊説謂晉太子申生也。伯林，或曰地名，或曰申生字也。國語：申生雉經於新城之廟。釋名：屈頸閉氣曰雉經，如雉之爲也。抑，塞也。言其冤可以動天塞地，何所畏懼而不自明乎？王姜齋曰：申生之死，驪姬賊之也。篇中於女戎之禍三致意焉，蓋深痛鄭袖之禍楚也。余按，伯林之爲申生無據，且詳上下文勢，當指殷周之世言，不宜忽入晉事也。然未有所考，姑仍其舊。

皇天集命，惟何戒之？受禮天下，又使至代之？

言天集命與王者，何不常有以戒之？乃方爲王而受天下之禮，又使他姓至而代之乎？此綜三代之事而浩嘆之，又以哀後人也。

初湯臣摯，後茲承輔。何卒官湯，尊食宗緒？

史記：伊尹去湯適夏。既醜有夏，復歸於亳。承，進也。承輔，言進爲桀輔也。官湯，復爲湯臣也。尊食宗緒，言尹配享於商廟，如周書所謂「以功作元祀」也。世紀：沃丁八年，伊尹卒，葬以天子之禮，祀以太牢。吕春秋：湯祖伊尹，世世饗商。言伊尹已爲夏臣，何卒事湯而佐命乎？

勳闔夢生，少去聲離散亡。何壯武厲，能流厥嚴？

舊説：勳，功也。闔，吴王闔閭也。夢，闔閭祖壽夢。壽夢卒，闔閭之父太子諸樊立。諸樊傳弟餘祭夷眛及夷眛子僚，闔閭不得立，故曰少離散亡。離，罹也。伍子胥進專諸弑王僚，闔閭立，以子胥爲將相。三年，將吴兵復讐破楚。嚴，威嚴也。謂能任子胥而流播其威嚴也。壯者，對少而言。二節獨類言湯、闔者，皆用敵國之臣以立功也。賢才向背，爲天命去留之本，故承「皇天集命」之後而致意焉。

彭鏗斟雉帝何饗？受壽永多夫何長？

神仙傳：彭祖，名鏗，至殷末年，七百六十七歲而不衰。彭，國名，地在今徐州。方言：斟，協汁也。謂和協滋味也。舊説：鏗好和滋味，進雉羹於天帝，帝饗而錫以壽。一説，鏗斟雉羹，獻於帝堯，堯享之，壽百餘歲。則受壽永多，蓋指堯也。路史：彭祖以斟雉養性事放勳。

中央共牧后何怒？螽蛾古蟻字微命力何固？

列子：四海之齊，謂中央之國。帝王世紀：禹會諸侯於塗山，執玉帛者萬國。湯受命，存者三千餘國。周克商，封者凡千七百七十三國。春秋時有千二百國，至於戰國，存者十餘。埤雅：螽居如臺，蟻居如樓。抱朴子：蜂有兼弱之智，蟻有攻寡之計。通雅云：經傳多書蟻作蛾，省文也。言中央列土，共治其民，天何怒之而敗亡相續乎？蜂蟻至微，猶有戰守之方，而人反不如乎？二節言天意之不可知也。

驚女采薇鹿何祐？北至回水萃何喜？

陸元恪云：薇，莖葉味皆似小荳，蔓生，可作羹，亦可生食。回水，回疾之水也，亦見涉江。萃，聚也。章句：昔有女子採薇，有所驚而走，北至回水之上，止而得鹿，家遂昌熾。不知何據。按，譙允南古史考：夷齊采薇，有婦人謂之曰：「子不食周粟，此亦周之草木也。」於是餓死。類林：夷齊棄薇不食，有白鹿乳之。列士傳：夷齊隱首陽山，采薇而食，有王摩子入山難之曰：「君不食周粟而食周薇，奈何？」二人遂不食薇。七日，天遣白鹿乳之。此問夷齊采薇，驚聞女子之言，甘心餓死，何以得鹿而祐之乎？管子：齊桓北伐孤竹，去卑耳溪十里，有人長尺，右祛衣，走馬前。管仲曰：此登山神俞兒也，霸王之君興則見。走馬者，導也；右祛衣，示前有水，從右涉也。行至卑耳溪，左深及冠，右及膝，從右涉，果大濟。按，孤竹今爲永平府，地居北邊。疑因夷齊而類及之也，問桓公北渡回疾之水，何以遇神而見喜乎？

兄有噬犬弟何欲？易之以百兩去聲卒無祿。

章句：兄，秦景公也。弟，公子鍼也。秦伯有噬犬，鍼欲以百兩之車易之，秦伯不聽，遂逐鍼而奪其祿。二節言或以無意而遇之，或用意求之而不獲，人事之不可料者也。又因夷齊兄弟讓國而類及之。

薄暮雷電歸何憂？厥嚴不奉帝何求？

求，猶責也。此二句不知何指。按，金縢：周公居東二年，天大雷電以風，禾盡偃，大木斯拔，邦人大恐。越絶書：成王夜迎周公，涕泣而行。似與此合。言感天變而夜迎周公以歸，果何所憂懼乎？使成王不奉天之明威，而不還周公，天又將何所誅責之乎？此引成王以動君，而悼己之不得歸也。

伏匿穴處爰何云？荆勳作師夫何長？

此歷敘楚開國之賢君，見楚之可有爲也。左傳：楚先王熊繹辟在荆山，篳路籃縷，以處草莽。又，若敖蚡冒，篳路籃縷，以啟山林。所謂伏匿穴處也。云，稱也。言楚之先雖僻陋，而世有賢君，其可稱者何事乎？又，左傳：楚武王荆尸，授尸孑焉。杜注：尸，陳。孑，戟也。蓋楚始參用戟爲陳，所謂荆勳作師也。楚自武王始大，故曰荆勳，猶吴言勳闔之意。問武王用兵開國，其所長者何在乎？

悟過改更平聲，又何言吴光争國久余是勝？

左傳：吴入楚，昭王奔隨，藍尹亹不與王舟。及楚寧，王欲殺之，子西曰：子常惟思舊怨以敗，君何效焉？王使復其所，子西遷都於鄀，而改紀其政，所謂悟過改更也。言，楚人之言也。吴光，闔閭名。久，猶慣也。余，楚人自謂。左傳：吴師在陳，楚大夫皆懼曰：「闔閭惟能用其民，以敗我於柏舉，今聞其嗣又甚焉，將若之何？」所謂言吴光争國，久余是勝也。言楚既能知過而改其政，又何復以吴之常勝爲言而懼之乎？按，「又何言」至「是勝」爲一句，而於「争國」略讀爲是。舊本「又何言」爲句，非。

何環穿自閭社丘陵，爰出子文？吾告堵敖以不長。

左傳：鬬伯比淫於䢵子之女，生子文。䢵夫人使棄於夢中，虎乳之。䢵子田，見之，懼而歸。夫人以告，遂使收之。楚人謂乳爲穀，謂虎爲於菟，故名穀於菟，寔爲令尹子文。環穿，指䢵子至虎乳之所言。出，取之而出也。堵敖，楚文王子，在位三年，其弟成王弑之而自立。成王八年，以子文爲令尹。言䢵夫人棄子文隱僻如此，而卒不死，䢵子又深入其地而出之，則子文之爲天所啟久矣。而堵敖不用，有以知其不久也。上節望君之改過，此節悼君之棄賢。

何試上自予與同，忠名彌彰？

左傳：鬻拳强諫，楚文王弗從，臨之以兵，懼而從之，鬻拳遂自刖也。文王卒，鬻拳自殺。君子曰：鬻拳可謂愛君矣。試上，謂以兵嘗試其君也。自予，謂自是其言，强君以必從也。與吕春秋葆申笞王事略同。此蓋原自喻以死殉忠之意。又，通釋云：試上自予，謂試以上位自予也。指楚昭王奔隨，子西爲王服，國於脾洩之事言。忠臣苟利社稷，無不可爲，哀今王之信讒而多忌也。亦通。自「伏匿穴處」至此，蓋推究楚之故寔以寓意之辭。舊説直以爲原之自序，不復作詰問古先語，於文爲失體矣。

【校勘記】

〔一〕誦，原作「訓」，據周禮卷二十八夏官司馬改。

〔二〕一百七萬一千里，原作「一百七萬九百一千三里」，據李石續博物志卷一改。

〔三〕黄，山海經宋淳熙七年池陽郡齋刻本作「赤」，四部叢刊景明成化本作「青」。

〔四〕人，原作「太」，據吕氏春秋四部叢刊本、元至正刻本改。

〔五〕「集證」二字原闕，據竹書紀年集證卷四十九補。

楚辭卷四

蔣驥注

九章

原既得罪，觸事成吟。後人輯之，共得九章，合爲一卷，非必一時一地之言也。

惜誦以致愍兮，發憤以抒情。所非忠而言之兮，指蒼天以爲正。令平聲五帝以折中兮，戒六神與嚮服。俾山川以備御兮，命咎繇古皐陶字使聽直。

惜，痛也。誦，增韻：公言之也，通作訟。愍，即後篇「離愍」之愍，謂憂困也。蓋原於懷王見疏之後，復乘閒自陳，而益被讒致困，故深自痛惜，而發憤爲此篇以白其情也。所者，誓辭。正，謂平其是非也。五帝，五方之帝，太一之佐也。折中，辨析事理而取其中道也。六神，日月星水旱四時寒暑也。嚮，對。服，事也。言對質其事也。山川，山川之神也。御，侍也。聽直，聽其説之曲直也。原以自陳而獲罪，必有謂其不忠而讒之者，故因而誓之曰：使吾言而不忠，則天地鬼神，寔昭鑒之。憤極之辭也。

竭忠誠而事君兮，反離羣而贅肬尤。忘儇虛圓切媚以背倍衆兮，待明君其知之。

言與行去聲其可迹兮，情與貌其不變。故相去聲臣莫若君兮，所以證之不遠。吾誼先君而後身兮，羌衆人之所仇也。專惟君而無他兮，又衆兆之所讎也。壹心而不豫兮，羌不可保也。疾親君而無他兮，有招禍之道也。

離羣贅肬，蓋在朝而無職，如贅肉之無所用，而爲人所憎也。儇，輕利也。誼，與義同。怨偶曰仇。惟，思念也。讎，謂怨之當報者。不豫，不猶豫也。此一節蓋誦言之旨，而欲正之天神者。言始以盡忠而失職，皆因與衆異趨之故，所以欲誦之明君，而待其能知也。且人臣之言行情貌，莫逃君鑒，證而相之，豈難知哉！吾義先君，則盡力事君而與衆背矣，專惟君，則盡心事君而與衆背矣。惟專惟君，則其心果決而不猶豫，義先君，則其事急疾而不顧私。故身不可保而禍至無期，此皆言行情貌之可證，而冀明君之能知者也。

思君其莫我忠兮，忽忘身之賤貧。事君而不貳兮，迷不知寵之門。忠何辜以遇罰兮，亦非余之所志也。行去聲不羣以顛越兮，又衆兆之所咍黑哀切也。紛逢尤以離謗兮，謇不可釋也。情沉抑而不達兮，又蔽而莫之白也。心鬱邑余侘傺兮，又莫察余之中情。固煩言不可結而詒兮，願陳志而無路。退靜默而莫余知兮，進號平聲呼又莫余聞。由佗傺之煩惑兮，中悶瞀茂之忳忳。

莫我忠，不以我爲忠也。賤貧，指前已被疏而失禄位言。遇罰，即所謂致愍也。咍，嗍笑也。離，麗也。謇，語辭。煩言，煩亂之言。瞀，亂也。忳忳，憂貌。此節言致愍之寔也。言念君未知我之忠，故忘其被斥而乘閒自申。其所以事君者，不敢二心從俗，固非以爲邀寵之門也，然至於無罪被罰，亦豈所及料哉！蓋至罰至而顛隕失所，則益快衆心而共笑之矣。是以尤謗紛至，則禍不可解也；情志沉抑，又無人代言也；心之鬱邑，君又不察也；言之煩亂，已又無可陳也；進退無門，煩鬱轉甚，豈誦言之始念哉！按，呼號莫聞，則所謂致愍者，蓋非徒前此之失職，且斥之不復在朝矣。

昔余夢登天兮，魂中道而無杭。吾使厲神占之兮，曰有志極而無旁。終危獨以離異兮，曰君可思而不可恃。故衆口其鑠金兮，初若是而逢殆。懲熱羹而吹韲即伊切兮，何不變此志也？欲釋階而登天兮，猶有曩之態也。衆駭遽以離心兮，又何以爲此伴也？同極而異路兮，又何以爲此援去聲也？晉申生之孝子兮，父信讒而不好去聲。行婞婞同直而不豫兮，鮌功用而不就。吾聞作忠以造怨兮，忽謂之過言。九折臂而成醫兮，吾至今乃知其信然。

申言己之始終遇困，皆由於竭忠也。杭，航同。方，兩舟而並濟也。厲神，殤鬼，蓋死而附神於占夢者。極，至。旁，輔也。自「有志」至「不可恃」三句，皆占夢之辭。蓋以志有所至而無旁輔，示登天無航之象，而斷其終之無成。又戒以人臣之義，雖當一心念君，然不可專恃君恩而忘衆患也。再言「曰」者，叮嚀告戒之詞。衆口鑠金，美金見毀，衆共疑之，數被譖而銷鑠也。初，謂失職之始。殆，危也。凡醯醢所和，細切爲韲。羹熱而韲冷，人有爲熱羹所灼者，其心懲忩，見冷韲而猶吹之，畏禍而變志之喻也。釋階登天，謂不求援而自誦於君也。同極，猶言同至一處，謂同事一君也。原之始，本恃王之信任，而背衆竭忠，故被讒而見疏，然終不肯變志以從衆，而自誦於君，故衆益駭而莫爲之援，以致斯愍也。申生事詳春秋傳。九折臂而成醫，謂人九折臂，久歷方藥，則知所以療人也。今，指誦以致愍之後言。

矰弋機而在上兮，罻羅張而在下。設張辟以娛君兮，願側身而無所。欲儃氈佪以干傺兮，恐重患而離尤。欲高飛而遠集兮，君罔謂女汝何之？欲橫奔而失路兮，蓋堅志而不忍。背員膺牉判以交痛兮，心鬱結而紆軫。擣禱木蘭以矯蕙兮，繫昨申椒以爲糧。播江離與滋菊兮，願春日以爲糗芳。恐情質之不信兮，故重平聲著以自明。撟几杳切茲媚以私處兮，願曾增思而遠身。

此序抒情之由而歸於潔身以避患也。矰，射鳥短矢也。弋，繳射也。機，張機以待發也。罻羅，掩鳥網也。辟，開也，或云弩背也。言讒人陰設機械，張布開辟，以娛誘其君，使賢人欲避禍而無處也。儃佪，遲留貌。傺，方言：「逗也」，謂住也。干傺，求住也。重，增益也。遠集，謂遠適他國也。君罔謂汝何之，謂君得毋責其欲去而何往也。橫奔失路，從衆變志之喻。膺，胸也。牉，半分也。三者皆不可爲，則胸背一體而中分之，其交爲痛楚，有不可言者矣。擣，舂也。矯，猶糅也。糳，精細米也。播，種也。糗，乾飯屑也。春日新蔬未可食，以此芳香爲糗，言不變其守也。重著，承誦辭言，恐君終不信我之忠，故前誦言雖不見察，而復著此篇，以自抒其情也。撟，舉也。媚，愛也，謂所愛之道也。曾，重也。遠身，隱居以避禍也。

右惜誦

惜誦蓋二十五篇之首也。自騷經言「從彭咸之所居」，厥後歷懷、襄數十年不變，此篇曰「願曾思而遠身」，則猶回車復路之初願，余固知其作於騷經之前。而經所云「指九天以爲正」，殆指此而言也。舊解頗多謬誤，皆由未得「誦」字之意。余本抽思「歷情陳辭」、惜往日「陳情白行」之義疏之，通體似爲融貫。其末章曰「重著以自明」，未嘗不三復流涕也。夫身將隱矣，焉用文之？然必自明而後遠身，夫豈惟不欲以身之察察，受物之汶汶乎？蓋庶幾君之聞其言，證其行，而鑒其忠，則蓀美可完，猶誦之之意也。「指九天以爲正兮」，「夫惟靈修之故」，經固自言之矣。

余幼好去聲此奇服兮，年既老而不衰。帶長鋏夾之陸離兮，冠去聲切雲之崔嵬，被明月兮珮寶璐。世溷濁而莫余知兮，吾方高馳而不顧。駕青虬兮驂白螭，吾與重平聲華遊兮瑶之圃。登崑崙兮食玉英，吾與天地兮比壽，與日月兮齊光。

奇服，與世殊異之服，喻志行之不羣也。七十曰老。鋏，劍把也。切雲，高冠之名。在背曰被。明月，夜光珠也。璐，美玉名。玉英，玉苗也，仙家採爲服食。首序己志行高潔，遠追聖帝，足以光四表而垂萬世，以起下莫知之意也。

哀南夷之莫吾知兮，旦余將濟乎江湘。乘鄂渚而反顧兮，欸秋冬之緒風。步余馬兮山皐，邸余車兮方林。乘舲船余上上聲沅兮，齊吴榜去聲而擊汰。船容與而不進兮，淹回水而凝滯。朝發枉陼渚兮，夕宿辰陽。苟余心之端直兮，雖僻遠其何傷。入溆浦余儃佪兮，迷不知吾所如。深林杳以冥冥兮，乃猨狖又之所居。山峻高以蔽日兮，下幽晦以多雨。霰雪紛其無垠銀兮，雲霏霏其承宇。

南夷，斥楚人。濟江湘者，原自陵陽至辰溆，必濟大江而歷洞庭也。按，湘水爲洞庭正流，故水經以洞庭爲湘水，濟洞庭即濟湘也。鄂渚，今武昌府。濟江而西，道經武昌，其自陵陽可知。欸，唉同，歎聲。緒，餘也。謂初春而秋冬餘寒未盡，即招魂所謂「獻歲發春」也。邸，與抵同。史記河渠書「西邸瓠口爲渠」是也。方林，地名。此又舍舟登陸也。今自武昌陸行，過咸寧蒲圻至岳州，凡五百里。舲，舟有窗者。上，溯流而上也。沅水東入洞庭，而原西向，故溯而上之。齊，並舉也。榜，櫂也。吴人善爲櫂，故以爲名。汰，水波也。回水，水之湍急回流也。自方林以下，當復從舟入湘以達於沅。不言湘者，已見上文也。枉陼，地名，今屬常德府。辰陽、溆浦，亦地名，今並屬辰州府。水經云：沅水東逕辰陽縣，合辰水，又東歷小灣，謂之枉陼。又云：溆水出大溆山，西流入沅。自江而湘而沅而枉而辰而溆，皆自東至西之路也。霰，雨凍如珠，將爲雪者。垠，涯也。按，辰州志：溆浦在萬山中，雲雨之氣，皆山嵐煙瘴所爲也。是時黔粤未通中國，辰州於楚最爲西南，苗猺之境，非人所居。原之往此，豈聖人浮海居夷之意，錢氏所謂處人世而不見知，不如身處絶人之地者歟？

哀吾生之無樂兮，幽獨處乎山中。吾不能變心以從俗兮，固將愁苦而終窮。

接輿髡首兮，桑扈贏裸同行。忠不必用兮，賢不必以。伍子逢殃兮，比干葅醢。與前世而皆然兮，吾又何怨乎今之人？余將董道而不豫兮，固將重平聲昏而終身。

接輿，楚狂也，被髪佯狂，後乃自髡。桑扈，即子桑伯子。贏行，家語所謂不衣冠而處也。以，亦用也。伍子，吴相伍員也。逢殃，諫夫差而被殺也。與，猶合也。董，正也。重昏，以深入無人之境言。董道不豫，即所謂高駝不顧也。重昏終身，則於天地日月，似不能比壽齊光矣。然所負者如彼，則所遇者如此，其事固相因而其意不相悖也。

亂曰：鸞鳥鳳皇，日以遠兮。燕雀烏鵲，巢堂壇兮。露申辛夷，死林薄兮。腥臊並御，芳不得薄兮。陰陽易位，時不當兮。懷信侘傺，忽乎吾將行兮。

日以遠，謂始遷陵陽，而今入溆浦，去君愈遠也。露申，未詳。或曰即瑞香花，亦名露甲。叢木曰林，草木交錯曰薄。御，用也。薄，附也。陰陽易位，喻小人在朝，君子在野也。懷信，懷抱忠信也。總言己之去君日遠，由君側之多小人也。忽乎將行，應前「將濟」之意。

右涉江

涉江、哀郢皆頃襄時放於江南所作，然哀郢發郢而至陵陽，皆自西徂東；涉江從鄂渚入溆浦，乃自東北往西南，當在既放陵陽之後。舊解合之，誤矣。其命意浩然一往，與哀郢之嗚咽徘徊、欲行又止，亦絕不相侔。蓋彼迫於嚴譴而有去國之悲，此激於憤懷而有絕人之志，所由來者異也。抑惜往日云「願陳情以白行兮，得罪過之不意」，或者九年不復之後，復以陳辭攖怒，而再謫辰陽，故其詞彌激歟？篇中曰「將濟」，曰「將行」，又曰「將愁苦而終窮」，「將重昏而終身」，蓋未行時所作也。

皇天之不純命兮，何百姓之震愆。民離散而相失兮，方仲春而東遷。去故鄉而就遠兮，遵江夏以流亡。出國門而軫懷兮，甲之鼂吾以行。

此以下，皆追敘初放之時。純，不雜而有常也。不純命，謂天福善禍淫，而今使善者蒙禍，是其命不常也。震愆，震懼於愆罪也。百姓與民，皆呼天自指之辭，原以忠獲罪於君，而歸其咎於天。又若泛言百姓者，遜辭也。離散相失，謂與親族相訣別也。東遷者，原遷江南而至陵陽，其地正在郢之東也。江，大江也。夏，水名，出江入漢，其水冬竭夏流，故謂之夏。軫，痛也。甲，日辰也。

發郢都而去閭兮，怊超荒忽其焉極。楫齊揚以容與兮，哀見君而不再得。望長楸而太息兮，涕淫淫其若霰。過夏首而西浮兮，顧龍門而不見。心嬋媛而傷懷兮，眇不知其所蹠。順風波而流從兮，焉如字洋洋而爲客。凌陽侯之氾濫兮，忽翺翔之焉炟薄波惡切。心絓古話切結而不解兮，思蹇産而不釋。

此下紀東遷之寔。郢，楚都，在今荆州府江陵縣。閭，里門也。怊，悲也。楸，梓也。長楸，所謂故國之喬木，令人顧望而不忍去者。淫淫，流貌。夏首，夏水發源於江之處。西浮，舟行之曲處，路有西向者。龍門，郢城東門。水經云：夏水出江，流於江陵縣東南。是則夏首去郢絶近，然郢城已不可見，故其心傷懷而不已也。眇，遠。蹠，踐也。洋洋，無所歸貌。陽侯，伏羲臣，淮南注：陵陽國侯也。國近江，溺死，其神能爲大波。氾濫，波貌。薄，止。絓，懸也。蹇産，詰曲貌。

將運舟而下浮兮，上洞庭而下江。去終古之所居兮，今逍遥而來東。羌靈魂之欲歸兮，何須臾而忘返。背夏浦而西思兮，哀故都之日遠。登大墳以遠望兮，聊以舒吾憂心。哀州土之平樂洛兮，悲江介之遺風。

下浮，順江而東下也。洞庭入江之口，在今岳州巴陵縣。上洞庭而下江，上下，謂左右。禮：東向西向之席，俱以南方爲上。今自荆達岳，東向而行，洞庭在其南，故以洞庭爲上而江爲下也。浦，水涯也。夏水東逕沔陽入漢，兼流至武昌而會於江，謂之夏口。背夏浦，則過夏口而東，去郢愈遠矣。西思，指郢都言。水中高者曰墳。介，側畔也。遺風，謂故家遺俗之善。州土平樂，江介遺風，皆先世所養育教誨以貽後人者，故對之而愀然增悲焉。

當陵陽之焉如字至兮，淼密杳切南渡之焉如字如？曾不知夏之爲丘兮，孰兩東門之可蕪？心不怡之長久兮，憂與憂其相接。惟郢路之遼遠兮，江與夏之不可涉。忽若去不信兮，至今九年而不復。慘鬱鬱而不通兮，蹇侘傺而含慼。

陵陽，在今寧國池州之界，漢書丹陽郡陵陽縣是也。以陵陽山而名。至陵陽，則東至遷所矣。淼，滉瀁無涯貌。南渡者，陵陽在大江之南也。夏，即夏水也，在江之北。丘，丘陵也。孰，沈韻，何也。兩東門，郢之東關二門也。言己擯逐陵陽，不得越江而北，雖夏水化爲丘陵，且不能知，何有於郢之城闕，或者蕩爲蕪穢乎？甚言己居陵陽，年深地僻，與郢隔絶也。忽若，猶忽然也。「忽若去不信」者，言身忽已去國，而其心依戀郢都，殊不自信也。復，反也。洪注：原初被放，在懷王十六年。至十八年，復召用之，有使齊之行。三十年，有會武關之諫，而懷王不從，卒死於秦。頃襄王立，復放屈原。然則懷王於原，屢黜屢用，其遷於江南，九年不復，固當在頃襄之世也。鬱鬱不通，謂有懷而不能自達也。

外承歡之汋綽約兮，諶忱荏弱而難持。忠湛湛讒上聲而願進兮，妒被披離而鄣之。彼堯舜之抗行去聲兮，瞭力杳切杳杳其薄波惡切天。衆讒人之嫉妒兮，被以不慈之僞名。憎愠上聲惀斂之修美兮，好去聲夫扶人之忼慨。衆踥妾蹀牒而日進兮，美超遠而踰邁。

承上鬱鬱不通而言。既以自哀，不得不深恨黨人也。汋約，側媚之態。諶，誠也。荏，亦弱也。湛湛，重厚貌。被離，衆盛貌。言小人飾爲媚態，以承君歡，誠使人心意懦弱，不能自持。是以懷忠願進者，皆爲所壅蔽而不得通也。瞭，明也。不慈，因堯舜不以天下與子而言。憎、好，皆指君心。愠惀，煩憒貌。又，六書故云：忠悃貌。忼慨，激昂之意。踥蹀，行貌。美，即指修美之君子。邁，往也。言君子深憂遠慮，而君故憎之；小人喜爲浮説，而君故好之。是以小人日進而日親，君子愈疏而愈遠也。此又因讒人之見用而進咎君心也。

亂曰：曼萬余目以流觀兮，冀壹反之何時？鳥飛返故鄉兮，狐死必首去聲丘。信非吾罪而棄逐兮，何日夜而忘之？

曼，引也。首丘，謂以首枕丘而死，不忘所自生也。申明不能忘郢之意。

右哀郢

舊説頃襄遷原於江南而不著其地。今按，發郢之後，便至陵陽，考前後漢志及水經注，其在今寧池之閒明甚。以地處楚東極邊，而奉命安置於此，故以九年不復爲傷也。然其末年，遂歷廬江鄂渚，涉湘沅，過夢澤，而至辰陽，已復出龍陽，適長沙，沉汨羅。徬徨躑躅，幾遍大江以南，迺知原雖羈跡陵陽，實亦聽其自便。所謂「江與夏之不可涉」者，特逐之江外，不得越江而北耳。或曰原之遍歷江南，由讒人播弄其身，竄逐非一所也，故雖九年不復，而拳拳思返，猶未有慨然引决之意。迨至屢黜屢遷，情窮理極，而始畢命汨羅。姑兩存其説以誌疑焉。

心鬱鬱之憂思兮，獨永嘆乎增傷。思蹇產之不釋兮，曼遭夜之方長。悲秋風之動容兮，何回極之浮浮。數上聲惟蓀之多怒兮，傷余心之懮懮憂。願遥赴而横奔兮，覽民尤以自鎮。結微情以陳辭兮，矯以遺去聲夫扶美人。

秋風動容，言寒風襲人而體慄色變也。回極，天極回旋之樞軸。浮浮，動貌。言秋風之狂，使天之樞極，亦爲浮動也。杜詩「風連西極動」即此意。數，頻。惟，思也。蓀，指懷王。懮懮，愁貌。遥赴横奔，不俟命而趨君所也。尤，罪也。君方多怒，故民動而見尤。鎮，止。矯，舉也。美人，謂君。言己身繫漢北，而心不忘君，欲違命至郢以陳其志，又見民之罹罪者多，而知危自止，但結情於辭，舉以告君，則此篇之所爲作也。

昔君與我成言兮，曰黄昏以爲期。羌中道而回畔兮，反既有此他志。憍驕吾以其美好兮，覽余以其修姱。與余言而不信兮，蓋爲去聲余而造怒。願承閒閑而自察兮，心震悼而不敢。悲夷猶以冀進兮，心怛傷之憺憺。兹歷情以陳辭兮，蓀詳佯同聾而不聞。固切人之不媚兮，衆果以我爲患。

此追序立朝時蒙讒被放之事也。憍，矜。覽，示也。不信，不以誠相告也。造，作也。始見君之怒而未測，及觀其於己，矜能以相炫，飾僞以相欺，與昔之成言，意甚相背，乃知其銜怒在己也。史記：懷王使屈平造爲憲令，上官大夫心害其能，因讒之曰：「平以爲非我莫能爲也。」王怒而疏屈平。蓋懷王爲人，矜名好勝，而讒人之言，有以深中其忌，故其於原，口不言而忿日深。其所矜示者，亦因疑原之自伐，而與之相競耳。宋真宗夜召楊億入禁中，以文藁示之曰：「此皆朕所爲，非臣下代作也。」億皇恐再拜而出，知必有譖之者，事與此同。而懷之昏愎，殆有甚焉，原所以不免於流放也。閒，閒暇也。察，明也。冀進，欲進其言也。憺憺，動貌。蘇孝友曰：陳留人謂恐爲憺。歷，猶列也。切人不媚，懇切之人不能遜辭也。言欲及君之暇以自明，而始則心懼而不敢言，繼則欲言而心益懼，及其言也，君方置若罔聞，而衆已慮其傷己。此其所以斥之於漢北也。

初吾所陳之耿著兮，豈不至今其庸亡？何獨樂斯之蹇蹇兮，顧蓀美之可完。望三五以爲像兮，指彭咸以爲儀。夫扶何極而不至兮，故遠聞去聲而難虧。善不由外來兮，名不可以虛作。孰無施去聲而有報兮，孰不實而有穫？

庸字之義，與寧相近。亡，忘同。言初之所陳，豈不至今猶耿著，而寧遂忘之耶？三五，三皇五帝也。像，形模也。儀，法也。責於君者，以三皇五帝爲模；矢於己者，以彭咸死諫爲法。君能希聖，臣能竭忠，以相砥於其極，然後善至而名隨之。譬則施之有報，寔之有穫，不可强求而倖致，故欲完君美者，不得不爲此蹇蹇也。此又舉上歷情陳辭之寔，而反覆著明之，猶幸君之徐繹而有悟也。吁，其志可悲矣！

少去聲歌曰：與美人之抽思兮，并日夜而無正。憍吾以其美好兮，敖朕辭而不聽。

少歌，樂章音節之名。荀子佹詩亦有小歌，蓋總前意而申明之也。抽，拔也。抽思，猶言剖露其心思，即指上所陳之耿著言。并日夜，言旦暮如一也。無正，無與平其是非也。

倡唱曰：有鳥自南兮，來集漢北。好姱佳麗兮，牉獨處此異域。既惸煢同獨而不羣兮，又無良媒在其側。道卓遠而日忘兮，願自申而不得。望北山而流涕兮，臨流水而太息。望孟夏之短夜兮，何晦明之若歲。惟郢路之遼遠兮，魂一夕而九逝。曾不知路之曲直兮，南指月與列星。願徑逝而不得兮，魂識路之營營。何靈魂之信直兮，人之心不與吾心同。理弱而媒不通兮，尚不知余之從促翁切容。

此敘謫居漢北以後，不忍忘君之意也。倡，亦歌之音節，所謂發歌句者也。鳥，蓋自喻。漢北，今鄖襄之地。原自郢都而遷於此，猶鳥自南而集北也。異域，指漢北言。惸獨不羣，言禀性孤獨也。良媒，指左右之賢臣。其側，君側也。日忘，言君不復憶己也。北山，漢北之山。章首言秋風，而此云孟夏者，追序之詞。望，猶視也。郢在漢北之南，故其路曰南指。營營，頻往來貌。信直，信情而直行也。從容，安舒貌。既歷序謫居之後，魂夢常依郢都，而又若呼而怪之曰：何靈魂之信情直行，而迫欲歸郢也？當此人我異心，良媒中絶，正使得歸，當復何用？余從容聽之久矣，魂尚未之知耶？蓋嬉笑之言，甚於痛哭矣。

亂曰：長瀨湍流，泝江潭兮。狂顧南行，聊以娱心兮。軫石崴嵬，蹇吾願兮。超回志度，行隱進兮。低徊夷猶，宿北姑兮。煩冤瞀容，實沛徂兮。愁嘆苦神，靈遥思兮。路遠處幽，又無行媒兮。道思作誦，聊以自救兮。憂心不遂，斯言誰告兮？

此序作賦時，從漢北而南行之事也。瀨，水淺處。湍，急流也。長瀨湍流，指由漢達江之水而言。泝，向也。潭，深淵也。狂顧，左右疾視也。漢水南通江夏，涉漢泝江，則達郢矣。然君不反己，則今之南行，豈真能至郢哉？特姑以快其南歸之思耳。軫之爲言方也。周禮注：軫之方以象地。軫石，方崖也。崴嵬，高貌。九懷「覩軫丘兮崎傾」，意與此同。超，越。回，反也。隱進，進而不覺也。言山水之奇，足以適願，故舉前憂思之志度，超越而回反之，而其行程進而不覺也。北姑，蓋地之近漢北者。晵容，晵亂之意，見於容貌也。方欲快意南行，而地有所限，僅宿北姑而止。其心之煩亂，寔欲沛然如水之南流也。靈，靈魂。道思，述其心也。救，解。遂，達也。告，謂告君也。靈魂無日不思郢都，而媒絶路阻如此，則其結情陳辭，亦姑以自解耳。所謂「矯以遺夫美人」者，誰遺之而誰告之哉？蓋終首章之意。

右抽思

此篇蓋原懷王時斥居漢北所作也。史載原至江濱，在頃襄之世，而懷王之放流，其地不詳。今觀此篇曰「來集漢北」，又其逝郢曰「南指月與列星」，則漢北爲所遷地無疑。「黄昏爲期」之語，與騷經相應，明指左徒時言，其非頃襄時作，又可知矣。原於懷王，受知有素，其來漢北，或亦謫宦於斯，非頃襄棄逐江南比。故前欲陳辭以遺美人，終以無媒而憂誰告，蓋君恩未遠，猶有拳拳自媚之意，而於所陳耿著之詞，不憚亹亹述之，則猶幸其念舊而一悟也。視涉江哀郢惜往日悲回風諸篇，立言大有逕庭矣。集注多誤解，林西仲辨之頗當。別見餘論。

滔滔孟夏兮，草木莽莽。傷懷永哀兮，汩徂南土。眴瞬同兮杳杳，孔靜幽默。鬱結紆軫兮，離慜而長鞠。撫情效志兮，冤屈而自抑。

此原遇漁父之後，决計沉湘，而自沅越湖而南之所作也。滔滔，水大貌。莽莽，茂密貌。汩，行貌。南土，指所懷之沙言。今長沙府湘陰縣汨羅江在焉，其地在湖之南也。眴，目數摇動貌。孔，甚也。杳杳則無所見，静默則無所聞，蓋岑僻之境，昏瞀之情，皆見於此矣。紆，屈。軫，痛。離，罹。慜，憂。鞠，窮。撫，循。效驗。抑，按也。言循省其情，攷驗其志，雖遭冤屈而自抑遏，蓋不敢怨人而增修其德也。

刓玩平聲方以爲圜兮，常度未替。易初本迪兮，君子所鄙。章畫志墨兮，前圖未改。内厚質正兮，大人所晠盛同。巧倕垂同不斲兮，孰察其揆正。

刓，圜削也。言欲變節從時，而常法具在，不敢廢也。易初本迪，謂變易其初時本然之道也。章，明也。畫，規畫也。志，念也。墨，繩墨也。前圖，前人之法度也。畫與墨，皆其所受於前人，以爲常度本迪者，章而志之，正不敢刓與易之寔行也。倕，舜共工名，性巧，言守其畫墨，而内自厚其質直正大之情。此大人所嘁美也，然賢而不試，則譬有巧匠而不使之斲，亦安知其度物之正哉？此本上撫情效志而言，以起人莫能知之意。

玄文處幽兮，矇瞍謂之不章。離婁微睇兮，瞽以爲無明。變白以爲黑兮，倒上以爲下。鳳皇在笯兮，雞鶩謨翔舞。同糅玉石兮，一概而相量平聲。夫扶惟黨人之鄙固兮，羌不知余之所臧。

玄，黑也。有眸子而無見曰蒙，無眸曰瞍。離婁，古之明目者。微睇，謂略加睇盼，已無不見也。瞽，無目者。笯，籠也。概，平斗斛木。臧，善也。因巧倕不斲而進言之。黑文之處暗，本似無文，而以矇瞍視之，則益不知其章矣。離婁之略觀，本似未審，而以瞽者視之，則益不知其明矣。賢者之不試，本似無才，而以鄙固者視之，則益不知其善矣。或倒而置之，或雜而糅之，賢者所爲寃屈也。

任重載盛兮，陷滯而不濟。懷瑾握瑜兮，窮不知所示。邑犬羣吠兮，吠所怪也。非俊疑傑兮，固庸態也。文質疏内兮，衆不知余之異采。材朴委積兮，孰知余之所有？重平聲仁襲義兮，謹厚以爲豐。重平聲華不可遻悟兮，孰知余之從促翁切容？古固有不並兮，豈知其何故？湯禹久遠兮，邈而不可慕。

此詳舉不知所臧之寔。盛，多。滯，留也。言己材力可勝重任，而陷没沉滯，不能有濟也。瑾瑜，美玉。不知所示，人皆不識，無可舉示也。非，毁也。知過千人謂之俊，十人謂之傑。庸，厮賤之人也。文質，文之不豔者。疏内，疏通於内也。材朴，材之不炫者。委積，積而不用也。襲，亦重也。豐，富也。遻，逢也。從容，道足於己，而安舒自得之貌。古有不並，歎賢臣聖主，不並世而生也。任載，言其力之厚。瑾瑜，言其質之美。文質，言其學之藴。材朴，言其藝之優。仁義謹厚，言其德之備。從容，言其養之純。此惟重華湯禹乃能知之，豈所語於黨人之鄙固哉！

懲違改忿兮，抑心而自强。離慜愍同而不遷兮，願志之有像。進路北次兮，日昧昧其將暮。舒憂娱哀兮，限之以大故。

懲違，不敢悖理也。改忿，不敢疾人也。强，强於爲善也。不遷，不改其爲善之節也。像，猶三五爲像之像。有像，欲法彭咸之死也。北次，謂向郢都。限，期也。大故，死亡也。時尚未至南土，故言從此北行向郢以行其道，固所樂也。然舉世溷濁，如日之將暮，終無望矣。將欲舒憂娛哀，亦惟期之死後，冀其一瞑而無所知而已，此所以有懷於沙而就死也。言此以深著徂南之意。

亂曰：浩浩沅湘，分流汩骨兮。脩路幽蔽，道遠忽兮。懷質抱情，獨無匹兮。伯樂既没，驥焉煙程兮？民生禀命，各有所錯措兮。定心廣志，余何畏懼兮？曾增傷爰哀，永嘆喟兮。世溷濁莫吾知，人心不可謂兮。知死不可讓，願勿愛兮。明告君子，吾將以爲類兮。

此總前意而申言之。時方自沅入湘，故兼沅湘而言。汩，疾流貌。言沅湘之水，分流入湖，其行迅疾也。修，長也。幽蔽、遠忽，即杳杳静默之意。匹，合也。伯樂，善相馬者，喻重華湯禹也。程，較量才力也。錯，置也。定心則不爲患難所摇，廣志則不以窮蹙自阻。爰，牽引也。謂，告語也。讓，遜避也。君子，指彭咸。言乘疾流之水，而行幽遠之路，蓋以明王不興，無所取正故至此。夫禍福有命，固非所懼，而舉世莫知，誠爲可傷，所以發憤自强，而忍死以與彭咸爲類也。

右懷沙

史記於漁父問答後，即繼之曰「乃作懷沙之賦」。今考漁父滄浪，在今常德府龍陽縣，則知此篇當作於龍陽啟行時也。懷沙之名，與哀郢涉江同義。沙本地名，遯甲經：沙土之祇，雲陽氏之墟。路史紀雲陽氏神農氏皆宇於沙，即今長沙之地，汨羅所在也。曰懷沙者，蓋寓懷其地，欲往而就死焉耳。原嘗自陵陽涉江湘，入辰溆，有終焉之志，然卒返而自沉，將悲憤所激，抑亦勢不獲已，若拾遺記及外傳所云迫逐赴水者歟？然則奚不死於辰溆？曰原將下著其心，而上悟其君，死而無聞，非其所也。長沙爲楚東南之會，去郢未遠，固與荒徼絶異。且熊繹始封，寔在於此，原既放逐，不敢比越大江，而歸死先王故居，則亦首丘之意，所以惓惓有懷也。篇中首紀徂南之事，而要歸誓之以死，蓋原自是不復他往，而懷石沉淵之意，於斯而決，故史於原之死特載之。若以懷沙爲懷石，失其旨矣。且辭氣視涉江哀郢，雖爲近死之音，然紆而未鬱，直而未激，猶當在悲回風惜往日之前，豈可遽以爲絶筆歟？

思美人兮，擥涕而竚眙。敉試切。媒絶路阻兮，言不可結而詒。蹇蹇之煩寃兮，陷滯而不發。申旦以舒中情兮，志沉菀鬱而莫達。願寄言於浮雲兮，遇豐隆而不將。因歸鳥而致辭兮，羌迅高而難當。

此亦懷王時斥居漢北之辭，蓋繼抽思而作者也。美人，即抽思所欲陳詞之美人，謂君也。擥，猶收也。竚，久立。眙，直視也。蹇蹇煩寃，皆見抽思。發，起也。陷滯不起，蓋居漢北已久，下文歷年離愍是也。申旦，猶言旦旦。舒中情，所謂道思也。菀，結也。雲鳥以喻行媒。豐隆，雲師。將，送。當，值也。「媒絶」二句，本抽思卒章而言。「蹇蹇」以下，申媒絶路阻之意也。言己因蹇蹇而致此煩寃，不意一陷而不復起，雖有道思作頌之篇，而路遠處幽，莫能自達。欲寄託以告君，而又無行媒，是以擥涕而竚眙也。言辭，皆指抽思篇言。

高辛之靈晟盛同兮，遭玄鳥而致詒。欲變節以從俗兮，媿易初而屈志。獨歷年而離愍兮，羌馮憑心猶未化。寧隱閔而壽考兮，何變易之可爲。知前轍之不遂兮，未改此度。車既覆而馬顛兮，蹇獨懷此異路。勒騏驥而更平聲駕兮，造父上聲爲去聲我操之。遷逡次而勿驅兮，聊假日以須旹。指嶓波冢之西隈兮，與纁黄以爲期。

承上言所處雖窮，然節不可變，而設言寧守道以俟時也。馮心，初時盛滿之願也。壽考，猶没世也。言己不幸無高辛之遇，然欲貶道求合，義不忍爲，是以久困而初心不變，而又將誓之以没世也。異路，與俗殊異之路。造父，周穆王時善御者。操之，執轡也。遷，猶進也。逡次，猶逡巡也。明知前志之不得行，本緣不改此度之故，然雖車傾馬仆，而所由之度，終不能忘。故更駕駿馬，擇良御，弭節徐行，以俟時至而得遂其志也。嶓冢，山名，漢水發源之處，在今漢中府寧羌州。楚極西地，原居漢北，舉漢水所出以立言也。纁，淺絳色。日將入，色纁且黄也。嶓冢，僻遠之境。纁黄，日入之時。喻言没身由此異路也。

開春發歲兮，白日出之悠悠。吾將蕩志而愉樂洛兮，遵江夏以娱憂。擥大薄之芳茝兮，搴長洲之宿莽。惜吾不及古之人兮，吾誰與玩此芳草？解萹必衍切薄與雜菜兮，備以爲交佩。佩繽紛以繚轉兮，遂萎絶而離異。吾且儃佪以娱憂兮，觀南人之變態。竊快在其中心兮，揚厥憑而不竢。芳與澤其雜糅兮，羌芳華自中出。紛郁郁其遠烝兮，滿内而外揚。情與質信可保兮，羌居蔽而聞去聲章。

此承假日須時而暢言之。白日悠悠，猶言春日遲遲也。江夏在漢北之南，去郢爲近。遵以娛憂，須時之意也。大薄，大叢也。不及，謂生不並時也。解，拔取之意。萹，萹蓄，似山梨，赤莖有節。萹薄，萹蓄之成叢者。交，合也。繚轉，固結之意。南人，指郢中之人。揚，舒發也。厥馮，芳澤之盛滿也。「萹薄」四語，承「誰與玩此芳草」言，即下所云「南人變態」也。萹菜皆不芳而可食，以喻中材可用之人，然向之佩之者，或忽焉委而去之，蓋時俗之流從如是，況能玩此芳草哉？我是以徐觀其變態，竊自快芳草之盛美，而無俟乎人之玩也。郁郁，盛貌。烝，芳氣之遠聞也。滿内，承厥馮言。保，恃也。聞，名譽也。居蔽聞章，則雖終不遇時，亦奚憾乎。經所謂「不吾知其亦已兮，苟余情其信芳」即此意也。

令平聲薜荔以爲理兮，憚舉趾而緣木。因芙蓉以爲媒兮，憚褰裳而濡足。登高吾不説悦兮，入下吾不能。固朕形之不服兮，然容與而狐疑。廣遂前畫兮，未改此度也。命則處幽，吾將罷去聲兮，願及白日之未暮也。獨煢煢煢同而南行兮，思彭咸之故也。

「薜荔」四句，申前「姱易初而屈志」之意。薜荔芙蓉，喻舊交在位者。登高，承「緣木」言。入下，承「濡足」言。服，習也。内美既充，誠足自快，若欲因人求合，則必不肯爲。蓋疏傲之形，固未嘗習慣也。容與狐疑以下，承上而轉計之。「廣遂」四句，狐疑之寔也。畫，與懷沙章畫之畫同。前畫，猶前轍也。處幽，即居蔽意。南行，指遵江夏言。思彭咸，欲以死諫君也。朕形不服，則保美須時，無可疑矣。然不能無疑者，蓋欲大就其前轍，則今之未改此度，依然如故，道必不合也。欲遂居蔽以安命，則日未纁黄，尚冀有爲，情又安能已乎？蓋變節固有所不爲，而須時又不能復待，則惟效彭咸之死諫，猶幸君之一悟而已。然則今之遵江夏以南行者，豈真爲娱憂計哉？蓋思彭咸之故，而欲至郢以諫君也。

右思美人

此篇大旨承抽思立説，然抽思始欲陳詞美人，終曰「斯言誰告」，此篇始言舒情莫達，終欲以死諫君。夫乍困者氣雄而漸沮，久淹者心鬱而逾激，勢固然也。

兩篇皆作於懷王時，與騷經皆以彭咸自命，然湘淵之沉，乃在頃襄十數年後，蓋爲彭咸，非徒以其死，以其諫耳。誓死以諫君，諫而用，則可以無死，不用而尚可諫，猶弗死也，至於萬不可諫，而後以死爲諫。此造思不忘之旨，豈易爲俗人道哉！

惜往日之曾信兮，受命詔以昭時。奉先功以照下兮，明法度之嫌疑。國富強而法立兮，屬貞臣而日娭嬉同。秘密事之載心兮，雖過失猶弗治平聲。

昭時，昭著於時政也。先功，猶言祖制。嫌疑，事有同異而可疑者。祖制則遵奉無違，國法則幾微必當，此原立國之本，所由與心治者異也。貞臣，原自謂。日娭，所謂逸於得人也。載心，藏於心也。過失弗治，極形懷王之寵遇，與後無辜見尤相反，原所爲繫心不忘者也。

心純厖而不泄兮，遭讒人而嫉之。君含怒以待臣兮，不清澂澄其然否。蔽晦君之聰明兮，虛惑誤又以欺。弗參驗以考實兮，遠遷臣而弗思。信讒諛之溷濁兮，眡盛氣志而過之。

龐，厚也。讒人，謂上官大夫靳尚之徒。史記「懷王使原造爲憲令，上官大夫欲奪之而弗與，因讒之王」，即純龐而見嫉之事也。清澂，猶省察也。弗思，不復憶念也。過，督責也。言君始已信讒而見怒，而讒人又虛飾其罪狀，以惑誤君聽而欺之，故至遠遷。既遷而讒言之溷濁日甚，故君益信之而督過無已也。此兼懷襄之世言。

何貞臣之無辜兮，被讒讀謗而見尤。慚光景之誠信兮，身幽隱而備之。臨沅湘之玄淵兮，遂自忍而沈流。卒没身而絶名兮，惜壅君之不昭。

光景誠信，謂日往月來，信寔有常也。備，防也。無辜蒙垢，已自慚見光景，而君怒未怠，雖竄斥幽隱，猶日防患之至，故自忍而沈淵也。觀此，則原之死，蓋亦有大不得已者矣。昭，察也。言沈流之後，己之身名，俱不足惜，獨惜吾君不能昭察蔽壅之人。此篇之所爲作也。

君無度而弗察兮，使芳草爲藪幽焉烟。舒情而抽信兮，恬死亡而不聊。獨鄣壅而蔽隱兮，使貞臣而無繇。聞百里之爲虜兮，伊尹烹於庖廚。吕望屠於朝歌兮，甯戚歌而飯上聲牛。不逢湯武與桓繆兮，世孰云而知之？吴信讒而弗味兮，子胥死而後憂。介子忠而立枯兮，文君寤而追求。封介山而爲之禁兮，報大德之優游。思久故之親身兮，因縞素而哭之。

度，心中分寸也。無度，則不知長短，故不能察。芳草，喻賢人。藪幽，藪澤之幽暗也。抽信，拔出誠心以示人也。不聊，不苟生也。無由，無路自達也。晉獻公滅虞，虜其大夫百里奚，以爲秦繆夫人媵。繆公與語國事，大説，授以國政。子胥，伍員字，事吴王夫差，爲太宰嚭讒而死。弗味，弗玩味子胥之忠諫也。介子，名推。晉文公出奔，子推從，道乏食，割股肉以食之。文公得國，賞從行者，不及子推。子推入綿上山中，文寤而求之，子推不出，因燒其山。子推焚死，遂封綿上之山，禁民樵採，號曰介山，使奉推祀，又變服而哭之。優游，言德之大也。久故，猶言故舊。言君之不明，而賢人見斥，無可告訴，甘就死亡，皆由讒人壅蔽其君，無由進達之故也。幸而復遇知己，則爲百里諸人，不幸則爲子胥，身死國亡矣。若介子死而文君寤，又其不幸中之幸者，故於文之加禮子推，亹亹述之，蓋忍死而惓惓有望也。

或忠信而死節兮，或訑拖謾而不疑。弗省察而按實兮，聽讒人之虛辭。芳與澤其雜糅兮，孰申旦而別之？何芳草之早殀兮，微霜降而下戒。諒聰不明而蔽壅兮，使讒諛而日得。

承上言自古忠臣之死，未有不由信讒者。訑，欺罔也。聰不明，見易噬嗑夬爻象辭。得，得行其志也。

自前世之嫉賢兮，謂蕙若其不可佩。妒佳冶之芬芳兮，嫫母姣而自好。雖有西施之美容兮，讒妒入以自代。願陳情以白行去聲兮，得罪過之不意。情冤見之日明兮，如列宿昔幼切之錯置。

前世，指懷王時。嫫母，或云黄帝妻，貌甚醜。西施，越之美女。白，明也。不意，出於意外也。情冤，真情與冤狀也。列宿錯置，言著而且多也。自懷至襄，屢訴而屢獲罪，於斯可見。

乘騏驥而馳騁兮，無轡銜而自載。乘氾泭以下流兮，無舟檝而自備。背法度而心治兮，辟譬同與此其無異。寧溘死而流亡兮，恐禍殃之有再。不畢辭以赴淵兮，惜廱君之不識入聲。

此騏驥，但取其疾足言。氾泭，編竹木以渡水者。載，乘也。自備，自爲備禦也。騏驥之行本疾，而無以制之，則其顛蹷倍速矣；氾泭之質本輕，而無以御之，則其沉溺尤易矣。心治，以私意爲治也。禍殃有再，謂國亡身虜也。識，知也。君信讒人而背法度，皆由不知之故，故臨死昌言其惡，以動君聽焉。按，原之死，大約在頃襄十五六年。及二十一年而秦拔鄢郢，取洞庭五湖江南，沅湘玄淵，亦爲秦有。「禍殃有再」之言，不旋踵驗矣。

右惜往日

惜往日其靈均絶筆歟？夫欲生悟其君不得，卒以死悟之，此世所謂孤注也。默默而死，不如其已，故大聲疾呼，直指讒臣蔽君之罪，深著背法敗亡之禍，危辭以撼之，庶幾無弗悟也。苟可以悟其主者，死輕於鴻毛，故略子推之死，而詳文君之悟，不勝死後餘望焉。九章惟此篇詞最淺易，非徒垂死之言，不暇雕飾，亦欲庸君入目而易曉也。嗚呼，又孰知佯聾不聞也哉！

后皇嘉樹，橘徠服兮。受命不遷，生南國兮。深固難徙，更壹志兮。緑葉素榮，紛其可喜兮。曾層枝剡棘，圓果摶團兮。青黄雜糅，文章爛兮。精色内白，類任道兮。紛緼宜修，姱而不醜兮。

后，后土。皇，皇天也。服，習也。言天地生植嘉樹，惟橘服習楚之水土，史記所謂「江陵千樹橘」也。受命，言橘之性。深固，言橘之根。不遷者，列子云：橘踰淮而北爲枳也。難徙者，通釋云：橘之成寔者，移之則不寔也。言其性宜楚地，既不遷於他方，而根本深固，即一處亦難移種，更見其志之專一也。素榮，白華也。曾枝，枝之重也。剡棘，棘之利也。果，橘寔。摶，圓也。青，寔未熟時。黄，已熟時也。内白，兼皮裏瓤子三者言。言橘之果寔，外則先青後黄，其文交錯燦爛，而其精純之色，藴於内者，無非潔白，又似任道者之不爲物累也。紛緼，盛貌。橘宜年年芟繁去蠹，與他樹不同，故曰宜修。醜，惡也。歷言橘之美以自況。不遷，喻其不適於他邦。難徙，喻其不逐於汙俗。花葉，以喻文藝。枝棘，以喻廉隅。圓果，以喻寔德。

文章，喻寔德之發於經緯。内白，喻寔德之藴於幽獨。宜修，以喻己之修爲。體物之精，寓意之善，兼有之矣。

嗟爾幼志，有以異兮。獨立不遷，豈不可喜兮。深固難徙，廓其無求兮。蘇世獨立，横而不流兮。閉入聲心自慎，終不失過兮。秉德無私，參天地兮。願歲并謝，與長友兮。淑離不淫，梗其有理兮。年歲雖少如字，可師長上聲兮。行去聲比去聲伯夷，置以爲像兮。

此申不遷難徙之意而咏嘆之，蓋作頌之旨也。幼，指橘之初生言。蘇世，未詳。或曰：蘇，不安也。閉心，謂固閉其心，不爲物所摇也。言橘之初生，其志固已自異，故能獨立於衆木之中，而受命不遷，誠可喜也。其根之深固難徙，蓋因無慕乎外之故，則雖不安於世，而獨立之志，不因横逆而流也。如此則冥心於利害之際，而慎其所守，可以無過失矣。秉持其獨立之德，而不回於私，可以參天地矣。以上皆推廣不遷難徙之義，雖頌橘而非專言橘也。一説，蘇世，謂能蘇醒世人。魏都賦所謂「蘇世居政」也。并謝，猶云永謝。歲并謝而長與友，則終身友之矣。淑，美。離，麗也。兼上花葉枝果之美，而本之以不遷難徙，則是美麗而不淫，既强梗而復有文理矣。橘無松柏之壽，故曰年歲少，比橘於伯夷而師法之，蓋悼年壽之不長，而矢忠貞以畢命也。

右橘頌

舊解徒知以受命不遷，明忠臣不事二君之義，而不知以深固難徙，示其不能變心從俗，尤爲自命之本。蓋不遷難徙，義各不同，故特著之曰「更壹志」也。作文之時不可攷，然玩卒章之語，愀然有不終永年之意焉，殆亦近死之音矣。

悲回風之摇蕙兮，心冤結而内傷。物有微而隕性兮，聲有隱而先倡。

回風，旋轉之風。物，指蕙言。方在摇蕙，故曰隱。倡者，倡秋時肅殺之威也。愁放之士，涉秋倍傷，溘死之心，觸蕙而動，故賦其事以發端。

夫扶何彭咸之造思兮，暨志介而不忘。萬變其情豈可蓋兮，孰虚僞之可長。鳥獸鳴以號平聲羣兮，草苴比去聲而不芳。魚葺鱗以自别兮，蛟龍隱其文章。故荼徒薺齊上聲不同畝兮，蘭茝幽而獨芳。惟佳人之永都兮，更平聲統世以自貺。眇遠志之所及兮，憐浮雲之相羊。介眇志之所惑兮，竊賦詩之所明。

暨，與也。介，繫也。蓋，掩也。苴，枯草。葺，整治也。荼，苦菜。薺，甘菜也。佳人，指彭咸。永都，言其美始終一致也。統，系也。更統世，謂自懷及襄，世系更易也。貺，况同，比也。因秋風之隕物，而感發彭咸自沉之志。言初時造意欲爲彭咸，何以長繫於志而不忘？以情之非僞也。夫情雖萬變，而其寔難掩，孰有虚僞而能久長者乎？鳥獸之相號者，以其群也；草苴之相比者，皆不芳也；魚之各自别者，其鱗異也；蛟龍之不輕見者，其文與群魚不同也；荼薺不同畝者，其味殊也；蘭茝之幽而不伍於草苴者，以獨芳也。夫物各從其類，而情之不可蓋如此，故惟於彭咸之所爲，情寔相契，而易世以之自比，其思獨長，其志之高遠，如浮雲相逐於天也。又恐其志之摇亂，向固嘗賦詩以繫定之，蓋造思不忘至是，夫豈一毫虚僞而能然乎？賦詩，指離騷與抽思。思美人言，三篇皆作於懷王時，以彭咸自命者也。

惟佳人之獨懷兮，折芳椒以自處。曾增歔欷之嗟嗟兮，獨隱伏而思慮。涕泣交而淒淒兮，思不眠以至曙。終長夜之曼曼兮，掩此哀而不去。寤從促翁切容以周流兮，聊逍遥以自恃。傷太息之愍憐兮，氣於烏邑而不可止。糺几友切思心以爲纕兮，編愁苦以爲膺。折若木以蔽光兮，隨飄風之所仍。存髣髴弗而不見兮，心踊躍其若湯。撫珮衽以案志兮，超惘惘而遂行。歲曶曶忽其若頹兮，旹亦冉冉而將至。薠蘅槁而節離兮，芳已歇而不比去聲。憐思心之不可懲兮，證此言之不可聊。寧溘死而流亡兮，不忍此心之常愁。孤子唫吟同而抆問淚兮，放子出而不還。孰能思而不隱兮，昭彭咸之所聞。

承上言雖志彭咸之所志，然猶未遽爲彭咸之所爲，迨觀秋風摇蕙而計始決，以應篇首之意也。椒，辛物，喻直節也。掩，抑也。寤，天曙而寤也。周流，遊行也。恃者，寄託之意。糺，戾也。纕，佩帶。編，結也。膺，絡胸者也。光，日光。仍，風之相襲而至者。蔽日光，欲其無所見也。隨飄風，欲其無所執也。若湯，如湯之沸熱也。珮衽，即指纕膺言。衽，衣襟，亦近膺之服也。時，謂衰老之期。節離，草枯則節處斷落也。比，合也。此言，指前賦詩言。聊，苟且也。孤子、放子，皆原自謂。隱，痛也。既孤又放，則其痛彌深，蓋指懷王既死，襄王又從而放之也。言惟獨懷彭咸之所爲，故守其直節以犯世患，至於哀思併集，竟夜無眠。迨既曉欲遊行以寄意，而傷其愁思菀結，如繫縛於胸佩而不能暫離。聊試瞢然委運，使其身如長夜之隨風，將愁思彷彿無存矣，然卒不禁其心之沸動也，則復撫其繫縛者以抑按之，庶得超然遂其遊行乎。乃既行而見秋風一起，蘭蕙隕芳，則愁思愈不可懲抑也，於是寧踐前言而就死矣。所以然者，秦關不返，孤臣有故主之悲；南土投荒，放子無還家之日。此固交痛而不已者也，安得不爲彭咸之所爲乎？

登石巒以遠望兮，路眇眇之默默。入景古影字響之無應兮，聞省想而不可得。愁鬱鬱之無快兮，居戚戚而不可解。心鞿羈而不開兮，氣繚轉而自締。穆眇眇之無垠兮，莽芒芒之無儀。聲有隱而相感兮，物有純而不可爲。藐漫漫之不可量兮，縹緜杳切緜緜之不可紆。愁悄悄之常悲兮，翩冥冥之不可娛。凌大波而流風兮，託彭咸之所居。

山狹而高曰巒。省，憶也。自締，自相締結也。儀，匹也。無垠，言路之遠；無儀，言身之孤。純而不可爲，言一而不可變也。「藐漫漫」二句，承「純而不可爲」言。縹，飄然一往之意。

紆，回也。翩冥冥，翩然入於冥途也。流，從也。此又承上言欲死而未忍忘君，故登高以望之，而熟視不覩其影，静想不聞其聲，則愁思轉增矣。蓋修路孑身，將欲乘高以聲感之，而君心之一而不變者，汗漫而不可極，綿遠而不可回，故不禁悲愁，而自沉之意益决也。

上高巖之峭岸兮，處雌蜺宜逸切之標顛。據青冥而攄樞虹兮，遂儵忽而捫天。吸湛露之浮涼兮，漱凝霜之雰雰。依風穴以自息兮，忽傾寤以嬋媛。

此下皆預設魂遊之境，此言由水而登天也。峭，峻。標，杪。顛，頂。捫，撫。湛，厚也。漱，滌口也。雰雰，分散貌。風穴，在崑崙之巔。淮南子云崑崙山「北門開以納不周之風」，即天問所云「西北辟啟」者也。傾寤，傾側而覺也。言因登天而至崑崙，忽睨楚而心有牽戀也。

馮憑崑崙以瀓霧兮，隱去聲岷山以清江。憚涌湍之磕磕克愛切兮，聽波聲之洶洶。紛容容之無經兮，罔芒芒之無紀。軋洋洋之無從去聲兮，馳委平聲移之焉烟止。漂翻翻其上下兮，翼遥遥其左右。氾潏潏居越切其前後兮，伴張弛之信期。觀炎氣之相仍兮，窺烟液亦之所積。悲霜雪之俱下兮，聽潮水之相擊。

此又言由天而入江水也。崑崙，承上「風穴」言。隱，依也。岷山，在今成都府茂州，江水所出也。磕磕，水石聲。容容芒芒，皆指江水言。容容，紛亂貌。軋，勢相傾也。從，隨行者也。「漂翻翻」三句，皆與水相逐之意。潏潏，水流貌。伴，依也。張弛信期，指潮汐往來，有常期也。炎氣，指夏，霜雪，指冬，錯舉以概四時也。烟液者，火氣鬱爲烟，烟又凝爲液也。潮，海水以月加子午之時，一日而再至者也。朝曰潮，夕曰汐。江本楚水，因心戀楚地，生不能正其國，而死猶欲清其流。又以崑崙風穴，身在霧露之表，故澄去昏氣，而見江水發源之山，依而清之，則浪勢洶湧，水流散漫。將以孑身與洋洋者相軋，馳逐雖勞，安能清哉？亦惟隨流委波，與潮汐相往來，而觀四時之變態而已。

借光景以往來兮，施黃棘之枉策。求介子之所存兮，見伯夷之放迹。心調去聲度而弗去兮，刻著志之無適。曰：吾怨往昔之所冀兮，悼來者之悐悐惕同。

此又由江而登陸也。黃棘，棘刺也。枉，曲也。以棘刺爲策而又不直，則馬傷深而行速。言欲借神光電景，飛注往來，施棘刺之曲者以爲策，而求子推伯夷之故迹也。調度，見騷經。刻，鐫也。無適，無他適也。曰者，與二子相語之詞。悐悐，憂懼貌。來者悐悐，言危亡將至而可懼也。言心乎二子之調度而不忍舍去，故鐫著其專一之志而告之曰：「吾之寧死無他適者，蓋以昔之期望大可哀，而後之危亡不忍見故也。」人逢知己則樂輸其情，蓋有然矣。

浮江淮而入海兮，從子胥而自適。望大河之洲渚兮，悲申徒之抗迹。驟諫君而不聽兮，任重石之何益。心絓結而不解兮，思蹇産而不釋。

此又由陸返江而遍歷諸水也。申徒狄諫紂不聽，負石自沉於河，見莊子。驟，數也。任，負也。言由江達淮入海，還泝大河，見子胥申徒皆其同類，而忽感二子之死，不能救商與吴之亡，故躊躇徘徊，卒又不忍遽死，而其愁思益縈徊而不能解釋也。

右悲回風

此篇繼懷沙而作，於爲彭咸之志，反覆著明。幾已死矣，而卒不死，蓋恐死不足以悟君，徒死無益，而尚幸其未死而悟，則又不如不死之爲愈也。故原之於死詳矣。原死以五月五日，兹其隔年之秋也歟？

楚辭卷五

蔣驥注

遠遊

幽憂之極，思欲飛擧以舒其鬱，故爲此篇。

悲時俗之迫阨兮，願輕擧而遠遊。質菲薄而無因兮，焉烟託乘去聲而上浮。遭沉濁而污穢兮，獨鬱結其誰語去聲。夜耿耿而不寐兮，魂營營而至曙。惟天地之無窮兮，哀人生之長勤。往者余弗及兮，來者吾不聞。步徙倚而遥思兮，怊惝怳而永懷。意荒忽而流蕩兮，心愁悽而增悲。神儵忽而不反兮，形枯槁而獨留。内惟省以端操兮，求正氣之所由。

章首四語，乃作文之旨也。原自以悲蹙無聊，故發憤欲遠遊以自廣。然非輕舉，不能遠遊，而質非仙聖，不能輕舉，故慨然有志於延年度世之事，蓋皆有激之言而非本意也。沉濁污穢，承迫阨而言。耿耿營營，皆悲緒也。弗及不聞，言時之促也。端，審也。正氣，正大之氣也。以其心之悲，而念人處天地之中，徒自勞苦，須臾已盡，是以思愈遠而心愈悲，神忽往而形仍滯，皆由菲薄無因之故也。安得不反己自修，而求正氣以度世乎？求氣者所以煉形而歸神，神仙之要訣也。

漠虛靜以恬愉兮，澹無爲而自得。聞赤松之清塵兮，願乘風乎遺則。貴真人之休德兮，美往世之登仙。與化去而不見兮，名聲著而日延。奇傅説之託辰星兮，羨韓衆平聲之得一。形穆穆以浸遠兮，離人羣而遁逸。因氣變而遂曾增舉兮，忽神奔而鬼怪。時髣髴以遥見兮，精皎皎以往來。超氛埃而淑郵兮，終不反其故都。免衆患而不懼兮，世莫知其所如。

自得，即恬愉之意。列仙傳：赤松子，神農時爲雨師，服水玉，能入火自燒。虛靜而恬愉，無爲而自得，正所謂赤松清塵也，異乎迫阨而悲者矣。故願承而法之，與化去者蛻形而往，所謂尸解也。辰星，東方蒼龍之體，心、尾、箕之星，所謂大辰也。莊子曰：「傅説得之，以相武丁，奄有天下，乘東維，騎箕尾，而比於列星。」今尾上有傅説星是也。朱鬱儀靈異篇：「韓衆服菖蒲十三年，舉體生毛，日誦萬言。」得一，見老子。氣變，正氣既求而變化生也。曾，高也。彷彿遥見，所謂山頂雲端，時或遇之。蓋形質既蜕，獨其精靈皎然無累，而往來寰宇也。淑，善也。郵，傳舍也。神仙往來，皆洞府名勝之地，故曰淑郵。因悲時而欲遠遊，故以離故都而免衆患爲言。曰終不反，亦憤辭也。此節述神仙輕舉之樂。

恐天時之代序兮，耀靈曄而西征。微霜降而下淪兮，悼芳草之先蘦零同。聊彷蒲杭切佯而逍遥兮，永歷年而無成。誰可與玩斯遺芳兮，長鄉向同風而舒情。高陽邈以遠兮，余將焉烟所程。

曄，光閃貌。彷佯無成，明須時之無益也。芳草、遺芳，皆原自指。焉程，見懷沙。此言知己難期，祖業難復，蓋自決求仙之志，以起下文也。

重去聲曰：春秋忽其不淹兮，奚久留此故都。軒轅不可攀援兮，吾將從王喬而娛戲。湌六氣而飲去聲沆杭上聲瀣械兮，漱正陽而含朝霞。保神明之清澄兮，精氣入而粗穢除。

重，樂節之名。洪氏曰：「情志未申，更作賦也。」軒轅，黄帝名。史記：「黄帝仙登於天。」列仙傳：「王子喬，周靈王太子晉也，好吹笙，作鳳鳴。道士浮丘公接之仙去。」軒轅王喬，皆得道者。不可攀援，以軒轅既尊且遠也。甘石星經以日月星辰晦明爲六氣。沆瀣，北方夜半之氣也。正陽，南方日中之氣也。朝霞，日始欲出，赤黄氣也。人之神明，本自清澄，而不能不淆於後天昏濁之氣，故必取天地之精氣以自益，而麄穢自消，神明所以能保，此求正氣之始事也。

順凱風以從遊兮，至南巢而壹息。見王子而宿之兮，審壹氣之和德。曰：「道可受而不可傳，其小無内兮，其大無垠；毋滑骨而魂兮，彼將自然；壹氣孔神兮，於中夜存。虚以待之兮，無爲之先。庶類以成兮，此德之門。」

南風曰凱風。南巢，今廬州府巢縣有金庭山王喬洞，王子昇仙之所也。宿，肅同。審，訊問也。外氣既入，内德自成，所謂六氣者，凝煉而爲一氣矣，然必得所養而後能和，故就王子而訊之。曰者，王子之言也。道，即養氣之道。受，心受。傳，言傳也。小無內，所謂卷之則藏於密也；大無垠，所謂放之則彌六合也。滑，亂。而，汝也。孔，甚也。言養氣之道，但可心受，不可言傳，其藏之至密，而放之至廣，但能無以私意滑亂其神魂，則所養漸近自然。而所謂一氣者，極其神妙，自存於中夜静虚之時而不離矣。如此則於應世之務，皆虚以待之于無爲之先，而和德既全，萬化自出，此求正氣之中事也。

聞至貴而遂徂兮，忽乎吾將行。仍羽人於丹丘兮，留不死之舊鄉。朝濯髮於湯陽谷兮，夕晞余身兮九陽。吸飛泉之微液兮，懷琬琰炎上聲之華英。玉色頩頩以脕脕顏兮，精醇粹而始壯。質銷鑠以汋約兮，神要眇以淫放。

至貴，上所言之要道也。仍，就也。羽人，飛仙也。丹丘，晝夜常明之處。不死之鄉，仙靈所宅也。既得要道，故能直往仙鄉。九陽，即所謂湯谷上有扶木，九日居下枝者也。飛泉，張揖云：飛谷也，在崑崙西南。琬琰，玉名。山海經：稷澤多白玉，黄帝是食是饗。又，周穆王薦琬琰之膏以爲酒。上文王子所授，皆内養之事，此又以採服爲言者，蓋當聞言之時，其於一氣之和德，固已心解力行矣，然其氣不盛，則無以厚養之之本，故益取天地萬物之精以充其氣，而大其養，此求正氣之終事也。頩，淺赤色。脕，澤也。醇，厚也。粹，不雜也。質銷鑠，謂凡質盡也。汋約，柔弱貌。要眇，深遠貌。淫，縱也。色之美於外者，極其腴澤；精之純乎内者，極其壯盛。渣滓日消，神明日生，蓋真能煉形歸神。而所爲氣變者，於斯在矣，何患菲薄無因哉！

嘉南州之炎德兮，麗桂樹之冬榮。山蕭條而無獸兮，野寂漠其無人。載營魄而登霞兮，掩浮雲而上征。

此仙質既成，而遂能輕舉以上浮也。南州，故居之地。桂樹冬榮，與芳草之先零者異，亦即景以寓意也。載營魄，見老子。營，熒同。營魄者，質既銷鑠，晶熒而輕也。霞，遐同，遠也。人死則魂升而魄降，惟有道者，質銷神旺，故其魂神能載此晶熒之魄，而升於高遠也。

命天閽其開關兮，排閶闔而望予。召豐隆使前導兮，問太微之所居。集重平聲陽入帝宫兮，造旬始而觀清都。朝發軔於太儀兮，夕始臨乎於微閭。

此下歷言遠遊之境，而此先言遊於天闕也。排，推也。望予，須我之來也，與騷經「倚閶闔而望予」不同矣。太微宫垣十星，在翼軫北，天帝南宫也。天有九重，故曰重陽。旬始，星名。

列子曰：清都、紫微，帝之所居。今按，旬始在北斗旁，則清都疑中宮太一之居也。太儀，天帝之庭，習威儀之處也。周禮：「東北曰幽州，其山鎮曰醫無閭」，即於微閭也。遊天既畢，乃從東北而下也。

屯余車之萬乘兮，紛溶容與而並馳。駕八龍之婉婉兮，載雲旗之委蛇。建雄虹之采旄兮，五色雜而炫耀。服偃蹇以低昂兮，驂連蜷以驕去聲驁。騎膠葛以雜亂兮，班漫衍而方行。撰余轡而正策兮，吾將過乎句芒。

此遊於東方也。溶，水盛也。服，衡下夾轅兩馬。驂，衡外挽靷兩馬也。驕傲，馬行縱恣也。膠葛，猶交加也。班，駮文也。漫衍，無極貌。月令：東方甲乙，其帝太皞，其神勾芒。太公金匱：東海之神曰勾芒。

歷太皓以右轉兮，前飛廉以啓路。陽杲杲其未光兮，凌天地以徑度。風伯爲去聲余先驅兮，氛埃辟而清涼。鳳凰翼其承旂兮，遇蓐收乎西皇。擥彗星㠯爲旍旌同兮，舉斗柄以爲麾。叛判陸離其上下兮，遊驚霧之流波。

此遊於西方也。太皓，即太皞，庖犧氏也。自東向西，故曰右轉。徑，直也。西方庚辛，其帝少皞，其神蓐收。西皇，即少昊也。金匱：西海之神曰蓐收。斗柄，北斗之柄，所謂杓也。麾，旗屬。叛，分散貌。波能衝霧，水之大者，騷經所謂「指西海以爲期」也。

旹曖曃逮其曭湯上聲莽兮，召玄武而奔屬燭。後文昌使掌行兮，選署衆神以並轂。路曼曼其修遠兮，徐弭節而高厲。左雨師使徑待兮，右雷公而爲衛。欲度世以忘歸兮，意恣睢誨曰扭欺亦切撟矯。內欣欣而自美兮，聊婾娛以淫樂去聲。涉青雲以汎濫游兮，忽臨睨夫扶舊鄉。僕夫懷余心悲兮，邊馬顧而不行。思舊故以想像兮，長太息而掩涕。汜汎容與而遐舉兮，聊抑志而自弭。指炎神而直馳兮，吾將往乎南疑。覽方外之荒忽兮，沛潤罔瀁養而自浮。祝融戒而蹕御兮，騰告鸞鳥迎宓妃。張咸池奏承雲兮，二女御九韶歌。使湘靈鼓瑟兮，令平聲海若舞馮夷。玄螭蟲象並出進兮，形蟉力尤切虯而逶蛇。雌蜺宜壹切便平聲娟曰增撓去聲兮，鸞鳥軒翥朱樹切而翔飛。音樂博衍無終極兮，焉如字乃逝以徘徊。

此遊於南方也。曖曃，暗也。曭，日不明也。玄武，北方七宿，謂龜蛇也。位在北方，故曰玄；身有鱗甲，故曰武。時方自西之南，而玄武在北，故曰召。文昌，在紫薇宮，北斗魁前六星。掌行，掌領從行者。署，置也。厲，凴陵之意。高厲者，自西海而升天際也。度世，度越塵世而仙去也。恣睢，放肆也。担撟，軒舉也。淫樂，樂之深也。邊，旁也，謂兩驂。炎神，炎帝神農也。南方丙丁，其帝炎帝，其神祝融。南疑，九疑也。泂瀁，水盛貌。言自西而南，經過楚地，愴然感懷，然義不反顧，故抑按其念舊之心，而自弭其悲，益向南直行，歷九疑，窮方外，而遊於南海也。金匱：南海之神曰祝融。戒，前戒也。蹕，止行人也。御，禦也。咸池，堯樂。承雲，黃帝樂，或曰顓頊樂。二女，娥皇女英也。御，侍也。湘靈，承二女而言。海若，海神號。馮夷，河伯也。螭，龍類。象，罔象也。皆水中神物。蟉虬，盤曲貌。便娟，輕麗貌。撓，纏也。翥，舉也。衍，盛貌。焉乃，猶言於是。言南遊之樂至矣，於是遂逝而徘徊以擇所往也。樂不至，不足以弭悲，故言南方之樂獨詳。至樂之中，有至悲者存，不可不察也。

舒并節以馳騖兮，逴卓絶垠乎寒門。軼迅風於清源兮，從顓頊乎增冰。

此遊於北方也。舒，縱。并，合。逴，遠也。絶垠，天之邊際。寒門，北極之門。軼，從後出前也。清源，水源，謂北海也。北方壬癸，其帝顓頊，其神玄冥。金匱：北海之神曰顓頊。北方「增冰峩峩」，見招魂。

歷玄冥以邪徑兮，乘閒去聲維以反顧。召黔嬴而見之兮，爲去聲余先乎平路。經營四方兮，周流六漠。上至列缺兮，降望大壑。下峥嶸活恒切而無地兮，上寥廓而無天。視儵忽而無見兮，聽惝怳而無聞。超無爲以至清兮，與泰初而爲隣。

此縱遊上下四方之極際也。天有六閒，地有四維。反顧，欲他適也。黔嬴，天上造化神名。六漠，六合也。列缺，天隙電照。一説，列仙之宫闕也。大壑，在渤海東，寔維無底之谷，名曰歸墟。峥嶸，深遠貌。無地，出地之下也。寥廓，廣遠也。無天，出天之上也。無見無聞，冥漠之境也。列子曰：泰初者，氣之始也。莊子曰：泰初有無爲，有無名。言歷玄冥之都，乃由斜徑而乘北隅之閒維，回首反顧，與造化者遊，以遍歷上下四旁，窈冥寂闃之境，蓋至此真無遠弗届矣。

卜居

居，謂所以自處之方。以忠獲罪，無可告訴，託問卜以號之，其謂不知所從，憤激之辭也。

屈原既放，三年不得復見，竭知去聲盡忠，而蔽鄣於讒，心煩慮亂，不知所從。乃往見太卜鄭詹尹曰：「余有所疑，願因先生決之。」詹尹乃端策拂龜曰：「君將何以教之？」

此三年未知何時。詳其詞意，疑在懷王斥居漢北之日也。太卜，掌卜之官。端，正也。策，蓍莖也，正之將以筮。龜，龜底殼也，拂之將以卜。

屈原曰：「吾寧悃悃款款朴以忠乎？將送往勞去聲來斯無窮乎？寧誅鋤草茅以力耕乎？將游大人以成名乎？寧正言不諱以危身乎？將從俗富貴以媮偷生乎？寧超然高舉㠯保貞乎？將哫訾咨粟斯，喔握咿儒兒，㠯事婦人乎？寧廉潔正直以自清乎？將突梯滑稽，如脂如韋，以絜楹乎？寧昂昂若千里之駒乎？將氾氾汎若水中之鳧，與波上下，偷以全吾軀乎？寧與騏驥亢軛乎？將隨駑馬之迹乎？寧與黃鵠比翼乎？將與雞鶩争食乎？此孰吉孰凶？何去何從？

悃款，誠寔傾盡之貌。送往勞來，猶俗云隨處周旋，巧於媚世者也。無窮，環轉不定之意。

力耕，所以退隱。遊大人，所以干進。大人，勢要之人。正言危身，從彭咸之意也。高舉，亦退隱之意。哫訾，以言求媚也。粟斯，一作粟凘，飾爲小心之狀。喔咿，欲言不言之貌。儒，侏儒。兒，嬰兒。皆柔媚之容也。儒兒，一作嚅唲。洪注：喔咿、嚅唲，「皆强笑之貌」。婦人，指鄭袖言。以事婦人與高舉對言者，舉朝皆因事袖而進，舍是則惟有退隱而已。廉直自清，正色而立於朝也。突梯，滑澾貌。滑稽，圓轉貌。脂韋，皆懊熟之物。絜楹，如工人之絜度其柱，而使之圓也。昂昂，不肯下人之意。駒，馬未壯者。鳧，野鴨也。亢，舉也。軛，車轅前衡。亢軛，喻以功業自建也。黄鵠，大鳥，一舉千里。比翼，亦高舉意。以上皆問卜之辭。

世溷濁而不清，蟬翼爲重，千鈞爲輕；黄鐘毁棄，瓦釜雷鳴；讒人高張，賢士無名。吁嗟默默兮，誰知吾之廉貞！」

「蟬翼」二語，言是非之不清。黄鐘，鐘之律中黄鐘者。釜，量名，以瓦爲之，其聲本無可取，而衆争擊之，故如雷鳴也。二語言用舍之不清。張，自侈大也。此言不善既有所不從，而善又未必獲吉，以明所以欲卜居之意。東漢范滂謂其子曰：「吾欲使汝爲惡，則惡不可爲；欲使汝爲善，則我不爲惡」，與此正同，皆憤激之辭也。

詹尹乃釋策而謝曰：「夫扶尺有所短，寸有所長，物有所不足，智有所不明，數有所不逮，神有所不通。用君之心，行君之意，龜策誠不能知事。」

謝，辭也。尺長於寸，然爲尺而不足，則有短焉者矣；寸短於尺，然爲寸而有餘，則有長焉者矣。物有不足，如天傾西北，地缺東南是也。智有不明，如堯舜知不遍物，孔子不如農圃是也。數有不逮，如日月之行，雖有定數，然不無盈縮之異是也。神有不通，如伯夷餓死首陽，盜跖壽終牖下是也。宜去者不幸而吉，宜從者不免於凶，鬼神不詔人以凶，而尤不導人以不義，則亦安能與其事哉！

集注以篇中所指婦人爲鄭袖，陸昭仲謂其嫌於斥，非也。「怨靈修之浩蕩兮，終不察夫民心」，君且無嫌，而况於袖乎？「哫訾喔咿」諸語，皆深肖上官、靳尚之情態，而著其憤嫉之思也，則此篇所謂放者，其爲漢北奚疑？問卜之辭曰「誅鋤草茅以力耕」，曰「正言不諱以危身」，蓋居蔽須時，與爲彭咸之志，尚相參也。然則卜居之作，殆與思美人相近歟？

漁父

或云此亦原之寓言。然太史採入本傳，則未必非寔録也。漁父有無弗可知，而江潭滄浪，其所經歷，蓋可想見矣。

屈原既放，游於江潭，行吟澤畔，顏色憔悴，形容枯槁。漁父見而問之曰：「子非三閭大夫與平聲？何故至於斯？」屈原曰：「舉世皆濁我獨清，衆人皆醉我獨醒，是以見放。」

江，謂沅江。潭，深淵也。今常德府沅水旁有九潭。憔悴枯槁，近死之容色也。斯，指江潭言。没於利禄曰濁，昧於危亡曰醉。

漁父曰：「聖人不凝滯於物，而能與世推移。世人皆濁，何不淈骨其泥而揚其波？衆人皆醉，何不餔其糟而歠穿入聲其釃？離何故深思高舉，自令放爲？」

淈，濁。餔，食。歠，飲也。糟，酒滓也。以水䍲糟曰釃。深思，則怵於危亡，所以獨醒；高舉，則超於利祿，所以獨清。

屈原曰：「吾聞之，新沐者必彈冠，新浴者必振衣。安能以身之察察，受物之汶汶者乎？寧赴湘流，葬於江魚之腹中。安能以皓皓之白，而蒙世俗之塵埃乎？」

振，搖動也。察察，皎潔。汶汶，玷辱也。「察察」二語，承沐浴言。「皓皓」二語，原自謂也。言人之沐浴者，將服衣冠，必彈而振之，誠不願以身既皎潔，而復受衣冠之垢汙也。夫人之清醒，亦猶是矣。雖竄斥不堪，寧誓以死，安能隨俗推移以蒙其垢乎？上文止言見放，而此言死者，蓋不推移，則其勢不止於放。吾故曰原之死，非得已也。時未至湘，而死計已決，此懷沙所以作也。

漁父莞爾而笑，鼓枻而去。乃歌曰：「滄浪之水清兮，可以濯吾纓；滄浪之水濁兮，可以濯吾足。」遂去，不復與言。

莞，微笑貌。鼓枻，叩船舷也。滄浪水，在今常德府龍陽縣，本滄浪二山發源，合流爲滄浪之水。纓，冠系也。濯纓、濯足，蓋與世推移之意。漁父遂去，而原亦不復與言，各行其志也。舊解以滄浪爲漢水下流，余按，今均州沔陽，皆有滄浪，在大江之北。原遷江南，固不能復至其地，且與篇首遊於江潭不相屬矣。及觀楚省全志，載原與漁父問答者多有，皆影響不足憑。惟武陵龍陽，有滄山浪山及滄浪之水，又有滄港市、滄浪鄉、三閭港、屈原巷，參而覈之，最爲有據。蓋自涉江入漵浦之後，返行適湘而從容邂逅乎此，其言「寧赴湘流」，則懷沙「汨徂南土」之先聲也。原之就死長沙，余既詳之懷沙矣。抑湘中記云湘水「至清，深五六丈，下見底了了」，則原之赴此，亦不忘清醒之意也夫！

楚辭卷六

蔣驥注

招魂

卒章「魂兮歸來哀江南」，乃作文本旨，餘皆幻設耳。哀江即汨羅所在。招魂歸此，蓋即懷沙之意。

朕幼清以廉潔兮，身服義而未沬。主此盛德兮，牽於俗而蕪穢。上無所考此盛德兮，長離殃而愁苦。帝告巫陽曰：「有人在下，我欲輔之。魂魄離散，汝筮予與同之。」巫陽對曰：「掌夢同。」上帝，其命難從。「若必筮予之，恐後之謝，不能復用巫陽焉。」

朕，原自謂。清者，志之不雜。廉者，行之有辨。潔者，身之不汙。服，行。沬，已也。主者，言所行以是爲主也。牽，羈絆也。上，謂君。攷，察也。離，與罹同。言己少有盛德，而爲世所羈，蒙以蕪穢之名，君又不能考察其盛德，以至遠遷勿思，終身愁苦也。帝與巫陽，皆設爲問答之辭。帝，天帝也。巫陽，黃帝時主筮者。人，謂原也。筮予之，謂筮其魂之所在，使反其身也。「掌夢」句，疑有脱誤。謝，徂謝也。巫陽以爲帝命有不可從者，蓋必待筮而後予，則恐身先萎謝，巫陽雖予之魂，而不能復生，此其所以不用筮而用招也。詳末章語意，此篇疑作於懷沙之後，蓋其去死無幾矣。凡人七情所激，皆能卒然失其精魂，原於遠遊，固曰「神儵忽其不反，形枯槁而獨留」，況當近死之時，煩冤轉甚，其神魂必有惝然不能自持者，故言魂魄離散，而設爲此篇。雖假託之言，亦非無因之説也。

乃下招曰：魂兮歸來，去君之恒幹，何爲乎四方些梭去聲？舍君之樂洛處，而離彼不祥些？

巫陽既致詞於帝，乃不筮而徑下招原之魂。蓋登高而呼，自可聞聲立赴也。恒，常。幹，體也。些，語辭。沈存中云：今夔峽湖湘，及南北江獠人，凡禁咒句尾，皆稱「些」，乃楚人舊俗也。舍，置也。樂處，謂楚。離，罹同。不祥，指下天地四方言。一説：舍，止也；離，去也。

上二句戒之，此二句勸之也。亦通。

魂兮歸來，東方不可以託些。長人千仞，惟魂是索些。十日代出，流金鑠石些。彼皆習之，魂往必釋些。歸來歸來，不可以託些。

託，寄也。八尺曰仞。周孟侯曰：大荒經「有神名赤郭，好食鬼」。神異經「東方有食鬼之父，即長人之類也」。又，大荒東經「湯谷上有扶木，十日所浴。一日方至，一日方出」。注云：言「交會相代」也，即代出之意。其酷熱雖金石堅剛，亦爲銷鑠。彼，謂其處居人也。釋，解也。

魂兮歸來，南方不可以止些。雕題黑齒，得人肉以祀，以其骨爲醢些。蝮腹蛇蓁，封狐千里些。雄虺九首，往來儵忽，吞人以益其心些。歸來歸來，不可以久淫些。

雕，畫。題，額也。雕刻其肌，以丹青涅之也。山海經：雕題國在鬱水南。南土志：黑齒在永昌關南，以漆漆其齒。祀，祀神也。南方俗多魘魅，常有殺人祭鬼者。醢，醬也。蝮蛇，錦文反鼻，其毒殺人。蓁蓁，積聚之貌。八紘荒史：近交趾有蛇國，盈山遍野盡是。封，大也。

老狐能易形魅人，頃刻可至千里。雄虺九首，説見天問。淫，淹也。

魂兮歸來，西方之害，流沙千里些。旋去聲入雷淵，靡散而不可止些。幸而得脱，其外曠宇些。赤螘蟻同若象，玄蠭若壺些。五穀不生，藂菅几賢切是食些。其土爛人，求水無所得些。彷徉無所倚，廣大無所極些。歸來歸來，恐自遺去聲賊些。

夢溪筆談：鄜延西北有范河，即流沙也。人馬踐之有聲，陷則應時皆滅。又，西域度爾格，有沙海二千餘里，沙乘大風如浪，行旅遇之，常爲所壓。旋，飛沙捲人，隨風旋轉也。雷淵，周孟侯云：即西域河源所注之雷翥海。靡，碎也。曠宇，無人之土。螘，蚍蜉也。玄蠭，土蜂。壺，瓠也。八紘譯史：蟻國在極西，其色赤，大如象，其聚千里。五侯鯖：大蜂出崑崙，長一丈，其毒殺象。蓋即此類。菅，茅屬，長者至丈餘。爛人，言其土温熱，焦爛人肉也。賊，害也。

魂兮歸來，北方不可以止些。增冰峩峩，飛雪千里些。歸來歸來，不可以久些。

譯史記餘：北有冰海，凝冰如山。又持彌國有大凝山，千年不釋。飛雪千里，謂千里之遠，常雨雪也。蓋北方陰寒，四時皆如是矣。

魂兮歸來，君無上上聲天些。虎豹九關，啄害下人些。一夫九首，拔木九千些。豺狼從足翁切目，往來侁侁莘些。懸人以娭嬉同，投之深淵些。致命於帝，然後得瞑密形切些。歸來歸來，往恐危身些。

虎豹九關，言天門九重，有虎豹守之也。拔木九千，力能拔九千之木而不倦也。從，竪也。豺狼從目，言此九首之夫，從目直視，如豺狼也。侁侁，往來疾也。娭，戲也。瞑，死而瞑目也。投人深淵，而其神異，令人求死不得，必請命於帝，然後得瞑目也。山海經：崑崙，帝之下都，面有九門，門有開明獸守之，虎身人面九首。亦此類。

魂兮歸來，君無下此幽都些。土伯九約，其角觺觺疑些。敦脄梅血拇母，逐人駓駓些。參目虎首，其身若牛些。此皆甘人，歸來歸來，恐自遺去聲災些。

幽都，地下后土所治也。土伯，后土之伯。約，尾也。吕春秋：肉之美者，有旄象之約。

觺觺，角鋭貌。敦，厚也。脄，背也。拇，足大指。以利爪攫人，常多血也。駓駓，走貌。參，三也。甘人，以食人爲甘美也。

魂兮歸來，入脩門些。工祝招君，背倍行先些。秦篝格侯切齊縷，鄭綿絡些。招具該備，永嘯呼去聲些。魂兮歸來，反故居些。

脩門，郢城門也。善其事曰工，男巫曰祝。背行，却行而向魂，爲之先導也。篝，竹籠，以棲魂者。縷，綫也。五色之綫，以飾篝者也。綿絡，靈幡也。古者人死，以其服升屋而號曰：「皋某復。」又以車建綏復於四郊，綏以牛尾爲之，綴於橦上，冀神識之而來歸。此言綿絡，蓋其遺意也。秦齊鄭，以其國善爲此而名。該，全也。永嘯呼，長號以招之也。

天地四方，多賊姦些。像設君室，靜閒閑安些。高堂邃宇，檻層軒些。層臺累榭，臨高山些。網户朱綴，刻方連些。冬有突要廈遐上聲，夏室寒些。川谷徑復，流潺湲些。光風轉蕙，氾汎崇蘭些。經堂入奧，朱塵筵些。砥紙室翠翹，挂曲瓊些。翡翠珠被，爛齊光些。蒻弱阿拂壁，羅幬直侯切張些。纂組綺縞，結琦璜些。

此承故居而敘宫室陳設之樂也。像，舊注言楚俗人死則設其形貌於室而祠之。愚按，若今人寫真之類，固有生而爲之者，不必專指死後也。邃，深。檻，欄也。軒，殿堂前簷特起曲椽無中梁者，層軒則非一軒矣。言堂前制爲層軒，而有欄檻以爲飾也。築土石曰臺，臺上屋四達曰榭。臨高山，言高出山上也。網户，刻户爲方目相連，如羅網之狀，所謂隔亮也。朱綴，以丹塗其交綴之處也。突，深也。厦，大屋也。室既深邃，則冬温而夏凉。徑，過也。復，回抱也。潺湲，急疾清浄之貌。光風，晴明之風也。轉，摇也。氾，汎同，摇動貌。崇，高也。川谷則回流而繞宅，蘭蕙則交錯而摇風，皆倚山而居之形勝也。經，歷也。奥，深也。塵，承塵。筵，竹席也。言人由堂而入室，則見上有承塵，下有筵席，皆以丹朱爲飾也。砥室，承入奥而言，室以砥石磨之，極其滑澤也。翠，翠鳥尾毛。翹，高出之貌。疑飾於床榻者也。曲瓊，玉鉤也。言砥室之中，其牀施翠，翹然高出，而挂玉鉤以懸幬帳也。翡，赤羽雀。翠，青羽雀。被，衾也。以珠翠飾被，光色爛然相齊也。蒻，蒲蒻也，柔而大，可爲席。阿，曲。拂，薄也。織蒻爲壁衣，隨壁爲阿曲也。幬，襌帳也。縷帶純赤曰纂，五色曰組。綺，文繒。縞，白繒也。琦，玉名。璜，半璧也。言纂組之帶，綺縞之衣，皆繫以玉璜，而陳於幬帳之閒也。

室中之觀，多珍怪些。蘭膏明燭，華容備些。二八侍宿，射亦遞代些。九侯淑女，多迅衆些。盛鬋蒻不同制，實滿宫些。容態好比去聲，順彌代些。弱顔固植，謇其有意些。姱容脩態，絙亘同洞房些。蛾眉曼睩祿，目騰光些。靡顔膩理，遺視矊綿些。離榭脩幕，侍君之閒閑些。

此承奥室而序女色之樂也。珍怪，如古玩之類。蘭膏，以蘭練膏而溉爲燭，則香從燭發也。華容，美人也。二八，十六人也。射，厭。遞，更也。意有厭射，則使更相代也。商九侯有女，入之紂，美而不喜淫，此借以爲稱美之辭，故曰「九侯淑女」。迅衆，給侍便捷衆多也。鬋，鬢也。好，美好。比，親附也。順，柔順也。彌代，猶云蓋世。固植，言性之貞也。謇，語詞。絙，竟。洞，深。曼，長也。睩，視貌。靡，緻。膩，滑也。遺視，流盼也。矊，綿眇之意。離榭，别館之榭。脩，長也。幕，大帳也。閒，暇也。「離榭」二語，承上起下，言非徒深居洞房，凡有游覽，靡不隨侍也。

翡帷翠帳，飾高堂些。紅壁沙版，玄玉之梁些。仰觀刻桷，畫龍蛇些。坐堂伏檻，臨曲池些。芙蓉始發，雜芰荷些。紫莖屏風，文緣波些。文異豹飾，侍陂陁陀些。軒輬涼既低，步騎羅些。蘭薄户樹，瓊木籬些。魂兮歸來，何遠爲些？

此承離榭而序其遊覽侍從之樂也。所遊常有侍女，故高堂亦有帷帳之飾。紅，赤白色也。沙版，以丹砂飾木版也。桷，椽也。言刻椽爲龍蛇而采畫之也。前言高堂，但序其制之弘壯，此盛言塗繪之華，而又飾以帷帳，蓋别館遊覽之堂，與所居者異也。前言川谷徑復，以自然之形勢言，此則於堂前鑿爲曲池，故坐堂而即臨水，亦園囿之制也。屏風，水葵，即荇菜也，莖紫色。緣，因也。言葵之文章，因波上下而見也。曰仰曰坐曰伏曰臨，皆閒時遊歷之景。文異豹飾，謂外廷侍從之士，其衣文采殊異，而以豹皮爲飾也。陂陁，臺沼高下不平之處。軒，曲輈藩車。輬，卧車。皆以侍女從載之車也。既低，俛車而待登也。徒行爲步，乘馬爲騎。羅，列也。侍陂陀者，方遊則侍於堂下；步騎羅者，遊畢則擁於車後也。薄，迫也。瓊木，木槿也。花如瓊玉，植之如籬。言芳蘭薄户而種，又以瓊木爲藩籬，皆軒輬初駕而經行之徑也。

室家遂宗，食多方些。稻粢穱朱渥切麥，挐如黄粱些。大苦醎酸，辛甘行些。肥牛之腱健，臑儒若芳些。和酸若苦，陳吴羹些。胹而鼈炮庖羔，有柘蔗同漿些。鵠酸臇即衍切鳧，煎鴻鶬倉些。露雞臛呵恶切蠵攜，厲而不爽些。粔巨籹汝蜜餌，有餦張餭皇些。瑶漿蠠古蜜字勺，實羽觴些。挫糟凍飲，酎紂清涼些。華酌既陳，有瓊漿些。歸反故室，敬而無妨些。

此序飲食之樂也。室家，兼承宮室僕妾而言。宗，尊也。言室家之人，欲盡其宗尊之意，故多致美食以娛君也。稻，有秔穤二種。粢，稷也。穱麥，麥之先熟者。一云，稻下種麥也。挐，揉也。粱，有青白黄三種，黄粱穗大粒粗，收子少，味逾諸粱。言此數種之米，相雜爲飯也。大苦，豉也。洪注：苓也，味大苦，可爲乾菜。鹹，鹽也。酸，醋也。辛，椒薑也。甘，飴蜜也。言五者之味，兼備而發行也。腱，筋之大者。臑，爛也。若，及也。下「若苦」之若同。臑若芳，言爛而且香也。吴羹，吴人工作羹也。胹，煑也。炮，合毛裹物而燒之。羔，羊子也。柘漿，藷蔗之漿，味甘，蓋以烹鱉與羔也。鵠，鴻鵠也。酸，以醋烹爲羹也。臇，臛之少汁者。鶬，鴰鶬。露雞，露棲之雞也。有菜曰羹，無菜曰臛。蠵，大龜也。厲，清烈也。爽，味敗也。粔籹，環餅也，即今糤子。餌，糕也。蜜餌，以蜜和粉爲糕也。餦餭，餳也。瑶，漿之色白如玉者。勺，五臣云：和也。羽觴，刻雀形爲酒器，猶云犧尊也。玉色之酒，以蜜和之，而滿於羽觴之中也。挫，摧。凍，冷也。挫糟凍飲，言不用縮酌，亦不温服，但摧爛其糟而冷飲，若周禮酒正之醴齊是也。酎之爲言醇也。華，采也。酌，酒斗。赤玉爲瓊，瓊漿，酒之赤色如瓊者。妨，害也。言魂歸故居，家人承事恭敬，長無禍害也。

肴羞未通，女樂羅些。敶鐘按鼓，造新歌些。涉江采菱，發揚荷些。美人既醉，朱顏酡些。娭光眇視，目曾層波些。被文服纖，麗而不奇基些。長髮曼鬋，艷陸離些。二八齊容，起鄭舞些。衽若交竿，撫案下些。竽瑟狂會，搷填鳴鼓些。宮庭震驚，發激楚些。吴歈俞蔡謳，奏大吕些。

此承酒食而序歌舞音樂之樂也。魚肉爲肴。羞，進也。通，疑本徹字，謂收去也。漢人避武帝諱而改之耳。按，擊也。涉江采菱揚荷，皆楚歌名，見淮南子。荷，當作阿。酡，酒色著面也。娭光，娭戲而目騰光也。眇視，微睇也。曾，重也。文，繡。纖，細也。奇，單也。不奇，言采色之備也。齊容，容飾齊一也。鄭舞，鄭國之舞。衽，衣襟也。言舞人迴轉衣襟，相交如竿也。撫案下者，以手撫案其節而徐行也。狂，猛也。搷，擊鼓也。激楚，楚歌舞之名，其節最爲漂疾，故衆音競作，至於宮庭震驚，以發起而助之也。吴蔡，皆國名。歈謳，皆歌也。大吕，律名。歌效吴蔡而樂奏大吕，今樂古樂，雜沓並陳也。

士女雜坐，亂而不分些。放敶組纓，班其相紛些。鄭衛妖玩，來雜陳些。激楚之結，獨秀先些。菎蔽象棊，有六簙博些。分曹並進，遒相迫些。成梟而牟，呼五白些。晉制犀比去聲，費白日些。鏗鐘摇簴，揳西壹切梓瑟些。娱酒不廢，沉日夜些。蘭膏明燭，華鐙登錯措些。結撰至思，蘭芳假些。人有所極，同心賦些。酎飲盡歡，樂洛先故些。魂兮歸來，反故居些。

此又承上而序賓客狎戲之樂以極之也。士，指賓客言。放，散。組，帶也。放陳組纓，言除去冠帶也。班，坐列也。紛，亂也。亂而不分，男女猶有常位，班其相紛，則更易無定矣。鄭衛妖玩，言鄭衛之女，其服飾製作，皆妖冶可玩也。結，裝束也。惟歌舞激楚之曲者，其裝束尤秀異而先出於衆也。箟，竹名。蔽，簙箸也。蓋投之以行棊者。象，象牙。棋，棋子也。簙，博通，局戲也。投六箸，行六棋，故曰六簙。言設六簙以行酒，用箟簬爲箸，象牙爲棋也。曹，偶。遒，聚也。相迫，互爭勝也。梟，博采，倍勝爲牟。五白，簙箸之齒也。言棋已得采，欲成倍勝，故呼五白以助投也。犀比，未詳。費，消也。簴，懸鐘格。揳，不正也。言擊鐘而簴爲之動，鼓瑟而瑟爲之斜，皆酒酣狂戲之事，非奏樂也。廢，撤去也。詩云：「廢徹不遲。」沉，沉湎也。鐙，所以置燭者。華，謂其雕飾華好也。錯，置也。結撰，發爲篇章也。至思，極至之思。假，大也。人，謂在坐之人。極，思所至也。不歌而誦謂之賦。先故，謂舊交。後漢梁冀譖李固所辟召無非先舊是也。言飲酒既酣，乃以極至之思，結撰於篇章，其吐屬清妙，若蘭蕙之芳，發越而盛大。在坐之人，亦各以思致發爲歌誦以相倡酬，如此則可以盡賓主之歡，而燕樂其故舊矣。此節縱言所樂，不復自檢，與淳于髠飲酒一石之時，語意大略相似，其旨則詩人簡兮之遺也。卒章歸之辭賦，又才人結習之所最不忘者，故以爲樂之終焉。巫陽之詞止此。

亂曰：獻歲發春兮，汩吾南征。菉蘋齊葉兮，白芷生。路貫廬江兮左長薄，倚沼畦瀛兮遥望博。青驪結駟兮齊千乘，懸火延起兮玄顔烝。步及驟處兮誘騁先，抑騖若通兮引車右還。與王趨夢平聲兮課後先，君王親發兮憚青兕。

此下皆原自序以申篇首之意。獻歲，言歲始來進也。發春南征，追溯自陵陽至漵浦之時，涉江所謂「秋冬緒風」也。漵浦在陵陽西南，故曰南征。自首訖尾謂之貫。廬江，水名。漢志：廬江出陵陽東南，北入江。曰貫者，自陵陽入廬江而達大江也。左，指江南言。浮江而西，則南爲左矣。倚，依。沼，池也。畦，猶區也。瀛，池中也。言沿江一帶，其地曼長，皆草木交錯，其閒有依已成之沼而復爲瀛者，境尤曠野，所望甚博也。「青驪」以下，皆遥望時所見。純黑爲驪。結，連也。懸火，楊用修云：即周禮所謂墳燭，蓋焚林而田，所持以起火者。玄，天色。烝，火氣上行也。言火氣烝天，玄容變赤色也。步及驟處，言從獵之士，步行而追及奔馬之處也。誘騁先，居馬之先而引導其所向也。若，順也。抑止馳騖者，使順通獵事，引車右轉以射獸之左也。夢，楚江南大澤名，跨今巴陵、華容、公安、石首之地。課後先，校獵事之勤惰也。憚，懼也。兕，野牛。言襄王身先發矢以射青兕，中之而懼走也。此節追序歲首南行，適遇楚王田於江南，而所見如此。莊辛所謂馳騁雲夢之中，而不以國家爲事，於此亦可見矣。

朱明承夜兮時不可淹，臯蘭被徑兮斯路漸即鹽切。湛湛讒上聲江水兮上有楓，目極千里兮傷春心。魂兮歸來哀江南。

朱明，夏日之日也。承，續。臯，澤。被，覆也。斯路，指春時遥望之地言。漸，没也。言自春徂夏，日夜相代，曾不可留，再經前路，而已爲茂草所漸没矣。蓋初春由陵陽至漵浦，今由漵浦出龍陽，至長沙自沉，正懷沙「孟夏」「徂南」之時，復從夢澤經過，故感懷而發此嘆也。楓，木名，似白楊。哀江，在今長沙湘陰縣，有大哀小哀二洲。舊傳舜南征，二妃從之不及，哭於此，故名。斯路已漸，江楓彌望，則其寥寂愈可知矣。前此猶得以放逐之身，遥見君之顔色，今則目斷千里，瞻望無期。回首春時，傷心欲絶，蓋盛德終無所攷，而離殃愁苦如此，魂雖歸來，豈能入脩門以娱樂哉？亦惟往哀江之南以誓死而已。言此以見巫陽所招皆虚語也。

太史公序原傳曰：讀離騷、天問、招魂、哀郢，悲其志。而王叔師乃以此篇爲宋玉之詞，黄維章、林西仲非之，誠爲有見。舊説又頗訾其譎怪荒淫，亦非所謂知言者也。今攷亂詞「獻歲發春」以下，明序自春涉夏，往來夢澤之境，卒章曰「魂兮歸來哀江南」，自著沉湘之志，蓋繼懷沙而作者也。學者於此，沉潛反復而知其解，則固有以確然知其非宋玉所作，而巫陽所言，皆如海上神山，風引而去。諸説紛紛，互相詆訶，亦不辨而自明矣。余故詳其説於餘論，而約舉其概於此。

大招

稱爲大者，尊君之辭。篇内多序帝王致治之事，蓋往昔成言時所冀如此。嗚呼！事既已矣而心終不忘，所以欲求伸於地下也。

青春受謝，白日昭只止，下同。春氣奮發，萬物遽平聲只。冥凌浹行，魂無逃只。魂魄歸徠！無遠遥只。

謝，序也。日知録云：「古人讀謝爲序。」謂四時之序，終則有始，而春承受之也。白日昭者，冬寒則日無光輝，故春氣和暖，而後日昭明也。遽，同蘧，動貌。莊子所謂蘧然覺也。言春氣發生，而蟄蟲昭蘇，草木萌動也。冥，幽冥也。凌，猶馳也。浹，周遍也。無逃，無事於逃竄也。林西仲謂此篇乃原招懷王之辭。按，懷王三十年，爲秦所留。子頃襄王立二年，自秦逃歸。秦覺之，遮楚道，乃走趙。趙不納，復走魏，爲秦所追，遂發病，襄王三年卒於秦，秦歸其喪於楚。禮：「復與書銘，自天子達於士。」則臣之於君，固有招魂之理矣，故紀其歸葬之時而招之。言春時和氣流行，萬物莫不萌動，況魂在冥中，莫有追躡之者，可以馳驟周浹而行，而無俟於奔竄，庶其乘此來歸，勿久滯於秦土之遠也。

魂乎歸來！無東無西，無南無北只。

上言無遠遥，指留於秦言；此祝其勿他適，以起下文也。

東有大海，溺水浟浟只。螭龍並流，上下悠悠只。霧雨淫淫，白皓膠只。魂乎無東，湯谷寂寥只。

溺水，水性善沉溺者。浟浟，流貌。上下，謂與流波相上下也。皓膠，冰凍貌。皓，白。膠，凝也。

魂乎無南，南有炎火千里，蝮蛇蜒延只。山林險隘，虎豹蜿冤只。鰅宜庸切鱅庸短狐，王虺騫只。魂乎無南，蜮傷躬只。

玄中記：炎山在扶南國東，四月火生，十二月滅，餘月俱出雲氣。蜒，長曲貌。蜿，行貌。鰅鱅，狀如犁牛。又，鰅，魚名，皮有文。鱅魚音如彘鳴。短狐，蜮也，似鱉，三足，含沙射人。王虺，大蛇。爾雅曰：「蟒，王蛇也。」騫，舉頭貌。

魂乎無西，西方流沙，漭洋洋只。豕首縱平聲目，被髮鬤日羊切只。長爪踞當作鋸牙，誒嬉笑狂只。魂乎無西，多害傷只。

漭，大水貌。鬤，髮亂貌。鋸牙，牙利如鋸也。誒，强笑也。今川西有獸名狒狒，長髮豕首，執人則笑，蓋此類也。又，八紘荒史：魅國，山海經作末國，黑首三角，兩目上竪，亦夜叉之族。

魂乎無北，北有寒山，逴卓龍赩希益切只。代水不可涉，深不可測只。天白顥顥豪上聲，寒凝凝只。魂乎無往，盈北極只。

寒山，山名。逴龍，補注云：疑即燭龍。赩，赤色。梁杰公曰：黑谷之北，有山極峻，四時來雪，燭龍所居。代水，未詳。通釋云：楚去并代甚遠。所謂不可涉者，或傳桑乾、嘔夷諸水如此耳。天白顥顥，冰雪照耀之貌。盈北極，言冰雪無際也。

魂魄歸徠，閒以靜只。自恣荆楚，安以定只。逞志究欲，心意安只。窮身永樂洛，年壽延只。魂乎歸徠！樂洛不可言只。

閒靜，即無逃意。言歸路安閒鎮靜，無有警惕也。「自恣」以下，乃指楚國之樂言。荆楚，舉全楚言之。林氏曰：以國爲家，與但言入脩門不同，更可見其招懷王是也。究，極也。窮身，終身也。既死而言壽，乃不忍死其君之意，下文「曼澤怡面」意同。樂不可言，總挈下文之意。

五穀六仞，設菰孤粱只。鼎臑盈望，和致芳只。内納同鶬鴿鵠，味豺羹只。魂乎歸徠！恣所嘗只。鮮蠵甘雞，和楚酪只。醢豚苦狗，膾苴蓴魄只。吴酸蒿蔞力于切，不沾鐵鹽切薄只。魂乎歸徠！恣所擇只。炙鴰括烝鳧，煔潛鶉敶只。煎鰿即臛呵惡切雀，遽爽存只。魂乎歸徠！麗以先只。四酎并熟，不澀嗌同嗌益只。清馨凍歓飲同，不歠役只。吴醴白蘖，和楚瀝只。魂乎歸徠！不遽惕只。

此招之以飲食也。六仞，言積穀之高也。菰粱，蔣寔，一名雕胡，爲飯香美。臑，熟也。和致芳者，調和極其芳美也。内，一作肭，肥也。鴿似鳩。味，猶和也。豺，似狗。生潔爲鮮。酪，乳漿也。苦狗，以豉和狗也。膾，切也。苴蓴，一名蘘荷，蓋切以爲香也。蒿，白蒿，秋時香美可食。蔞，蒿也，生水中，脆美。沾，汁濃也。薄，無味也。言吴人工調酸味，爚蒿蔞爲虀，其味不濃不淡，適甘美也。炙，燔肉。鴰，麋鴰也，色蒼如麋。炶，爚也。鶉，鴽也。陳，列也。鰿，小魚也，俗作鯽。爽存，言爽烈之氣存於此也。麗以先，言衆品並集，以是爲先也。四酎，四重釀之醇酒。并，俱也。不澀嗌，言其味滑，不滯咽喉也。馨，香遠聞也。不歠役，醇酒可貴，不以飲賤役也。再宿爲醴。蘖，米麴也。瀝，清酒。言以吴人之醴，參入楚造之清酒也。不遽惕，酒可忘憂，無惶遽怵惕之患也。

代秦鄭衛，鳴竽張只。伏戲駕辯，楚勞商只。謳和去聲揚阿，趙簫倡只。魂乎歸徠！定空桑只。二八接武，投詩賦只。叩鐘調磬，娱人亂只。四上競氣，極聲變只。

魂乎歸徠！聽歌譔只。

此招之以歌舞音樂也。代秦鄭衛，四國之樂也。伏羲始作瑟，駕辯、勞商，皆曲名。徒歌曰謳。揚阿，即陽阿。以趙國之簫，奏陽阿爲先倡，而謳以和之也。空桑，瑟名。投，合也。金曰鐘，石曰磬。亂，理也。四上未詳，今管色字譜有四音上音，或即其遺也。譔，具也。

朱脣皓齒，嫭户以姱只。比去聲德好去聲閒閑，習以都只。豐肉微骨，調以娱只。魂乎歸徠！安以舒只。嫮嫭同目宜笑，蛾眉曼只。容則秀雅，穉朱顔只。魂乎歸徠！静以安只。姱脩滂浩，麗以佳只。曾層頰倚耳，曲眉規只。滂心綽態，姣麗施只。小腰秀頸，若鮮卑只。魂乎歸徠！思怨移只。易去聲中利心，以動作只。粉白黛黑，施芳澤只。長袂拂面，善留客只。魂乎歸徠！以娱昔只。青色直眉，美目媔綿只。靨邑輔奇牙，宜笑嗎希延切只。豐肉微骨，體便平聲娟只。魂乎歸徠！恣所便平聲只。

此招之以女色也。嫭，好貌。比德，言衆女之德相同也。好閒，言性喜閒静，不輕佻也。

習，謂媚於禮。都，美。調，和也。則，法。穉，幼也。脩，長也。滂浩，廣大貌。曾，重也。頰，口腮也。倚耳，耳貼後也。曲眉規者，眉曲如半規也。綽，綽約也。鮮卑，東胡别號，其腰帶鉤名犀毗，亦曰鮮卑。言美人之腰頸，狀若帶鉤之小而秀也。移，去也，言可忘去怨思也。易，直。利，和也。以動作者，言本和直之心，而形於舉動也。澤，膏脂也。昔，夜也。青色，眉之色也。直，當也。婳，美目貌。靨輔，頰邊文。奇牙，美齒也。嗎，笑貌。便娟，見遠遊。便，安也。

夏屋廣大，沙堂秀只。南房小壇善，觀去聲絶霤溜只。曲屋步壛簷同，宜擾畜只。騰駕步遊，獵春囿只。瓊轂錯衡，英華假只。茝蘭桂樹，鬱彌路只。魂乎歸徠！恣志慮只。孔雀盈園，畜鸞皇只。鵾鴻羣晨，雜鶖秋鶬只。鴻鵠代遊，曼鷫鷞霜只。魂乎歸徠！鳳凰翔只。

此招之以宫室遊觀也。沙堂，以丹砂塗堂之楹楣也。秀，出羣之意。崇土爲壇。觀，樓也。霤，屋水流也。絶霤，簷有承溜絶水，即檀弓所謂重霤也。曲屋，周閣也。步壛，長廊也。擾畜，馴養禽獸也。騰駕步遊，言從獵之士，或乘車，或徒行也。假，大也。言所乘之車，以玉飾轂，以金錯衡。英華照耀，大有光明也。彌，竟也。鵾，鵾雞。晨，旦鳴也。鶖鶬，秃鶖也。

代遊，相代飛翥也。曼，曼衍也。鶬鶊，似雁，長頸緑身。鳳凰翔，言歸楚致治，而鳳凰來儀也。敘遊獵而及鳳凰，蓋本卷阿鳳鳴之意以招王也。

曼澤怡面，血氣盛只。永宜厥身，保壽命只。室家盈庭，爵禄盛只。魂乎歸徠！居室定只。

此下皆招之以興道致治。此節言脩身親親之事也。怡，澤貌。宜，善也。言身之舉動，皆合於善，用能保其壽命也。室家，公族也。盈庭，滿朝也。居室，謂王室。定，安也。宋樂豫告昭公曰：公族，公室之枝葉也。枝葉亡，則本根無所庇廕矣。此所以宗族盛而王室安也。

接徑千里，出若雲只。三圭重平聲侯，聽類神只。察篤夭隱，孤寡存只。魂乎歸徠！正始昆只。田邑千畛，人阜昌只。美冒衆流，德澤章只。先威後文，善美明只。魂乎歸徠！賞罰當只。

此治民之事。接徑，壤地相連也。出若雲，言人民衆多，其出如雲也。三圭，桓、信、躬之圭，公侯伯所執也。楚本稱王，故其臣皆有公侯之號。重侯，猶言陪臣。聽類神，言聽察精審如神明也。察，訪。篤，厚也。夭，早亡也。隱，疾痛也。存，恤問也。正，定。昆，後也。始昆，猶言先後。王澤本無不被，而必訪民之夭死疾病者而厚施之，於孤寡尤加意存恤，所以定仁政之先後也。孟子云：「文王發政施仁，必先施四者」，意蓋如此。四井爲邑。畛，田上道。阜，盛。冒，覆也。至此則澤無不被矣。先威後文，先以威武齊民，而後以文德綏之，故既善美而又精明也。

名聲若日，照四海只。德譽配天，萬民理只。北至幽陵，南交趾只。西薄羊腸，東窮海只。魂乎歸徠！尚賢士只。發政獻行去聲，禁苛暴只。舉傑壓陛，誅譏罷去聲只。直贏在位，近禹麾只。豪傑執政，流澤施只。魂乎歸徠！國家爲只。

此用賢之事。幽陵，幽州也。交趾，南夷，其人足大指開拆，兩足並立，趾則相交。羊腸，山名，今在太原晉陽之西北。尚賢士者，推本而言之，謂因尚賢而致此效也。「發政」以下，詳尚賢之寔。獻行，令百官上其行治，如周禮令羣吏致事也。壓，鎮也。陛，殿階也。誅，罰。譏，謫也。罷，止息也。舉賢傑者而升之上位，以彈壓殿庭，則不仁自遠，而罰謫之事，可以息而不用矣。直贏，直節而才有贏餘者。禹麾，疑楚王車旂之名，禹或羽字之誤也。爲，猶治也。直嬴者使在親近之地以輔君，豪傑者使執政事之權以澤民，皆舉傑壓陛之寔也，如此則國家治矣。

雄雄赫赫，天德明只。三公穆穆，登降堂只。諸侯畢極，立九卿只。昭質既設，大侯張只。執弓挾矢，揖辭讓只。魂乎歸徠！尚三王只。

此天下化成之效也。天德，即上配天之德。穆穆，和敬貌。登降堂者，出入堂陛以議大政也。諸侯，指齊秦諸國言。畢極，皆以楚爲歸極而來朝也。立，設也。三公九卿，皆天子之制，但曰九卿者，三公已見上文也。昭質，謂射侯所畫之地，如白質赤質之類。大侯，謂所射之布，如虎侯豹侯之類也。上手延登曰揖，壓手退避曰讓，致語以讓曰辭。天下既平，貫革射息，天子當諸侯朝覲之時，與羣臣從容燕射，以習禮樂，此太平之盛治也。尚三王，謂駕三王而上之。林氏曰：此皆帝王之事，非原所能自爲，其招懷王無疑。余按，離騷曰「忽奔走以先後兮，及前王之踵武」。又「昔君與我成言兮，曰黄昏以爲期」。則篇中所云，皆爲左徒時，所見信於君而欲措諸行者。不幸中道改路，徒以未了之願，號之既死之魂，其傷心固有非言所能喻者。嗚呼，能無疾首於讒人也哉！

章句謂此篇係原自作，又云景差。後之論者，互有異同，惟林西仲以爲原招懷王之辭，最爲近理，今從之。語具餘論。

楚辭餘論卷上

蔣驥著

論楚辭者，向稱七十二家，古與堂又增之爲八十四家。然率皆評騭其人文，非能發明考訂，有所增益於是書也。洪慶善述隋、唐書志有皇甫遵訓參解楚辭七卷，郭璞注十卷，宋處士諸葛楚詞音一卷，劉杳草木蟲魚疏二卷，孟奥音一卷，徐邈音一卷，又有僧道騫者，能爲楚聲之讀。朱子慨其漫不復存，無以攷其説之得失，然覽明焦弱侯國史經籍志載王逸楚辭注十七卷，洪興祖注十七卷，郭璞注三卷，晁補之重定楚辭十六卷，朱子集注八卷，周少隱贅説四卷，林應辰龍岡楚詞説五卷，黄伯思新校楚辭十卷，翼騷一卷，徐邈、釋道騫楚辭音各一卷，高似孫騷略一卷，劉杳吴仁杰草木蟲魚疏各二卷，則朱子所弗及見者，或未始不傳於世，特其行未廣耳。余見聞甚尟，所閲前人注解，自漢王叔師章句，宋洪慶善補注、朱晦翁集注外，惟明莆田黄文焕維章之聽直，衡陽王夫之〔一〕薑齋之通釋，嘉興陸時雍昭仲之疏，周拱辰孟侯之草木史，本朝桐城錢澄之飲光之詁，丹陽賀寬瞻度之飲騷，莆田林雲銘西仲之燈，嘉定張詩原雅之貫，宜興徐丈焕龍友雲之洗髓，約十餘種。其閒得失相參，别爲分疏，兼抒未盡之懷，附綴篇末，目曰餘論。莊生云：「彼亦一是非，此亦一是非。」庸知世之不以余言爲訾謷哉？亦姑以存其説而已。

離騷以經名，特後人推尊之詞。王叔師小序以爲：「經，徑也。」言依道徑以諫君也。若係作賦本名，可笑甚矣。他若九歌以下，皆綴「傳」字，亦屬贅設。

騷者，詩之變。詩有賦興比，惟騷亦然。但三百篇邊幅短窄，易可窺尋，若騷則渾淪變化，其賦興比錯雜而出，固未可以一律求也。觀朱子騷經所注比賦之類，殆已不盡比附，又通攷其書，惟於騷經前段，倣三百篇之例，分注最爲詳悉，自沅湘陳詞以下，至「蜷局不行」，凡一千五百餘言，則以比而賦一語蔽之。九歌猶或閒注，九章益希矣，至天問遠遊諸篇，則闕如焉。蓋亦知其説之不勝其煩，而變其初例矣。然則注騷者，又何如盡去之爲當也。

原賦二十五篇，情文相生，古今無偶。九辨以下，徒成效顰，晁録所載，彌爲添足，今例不敢以唐突也。

離騷

説離騷者，言人人殊，紛綸舛錯，不可究詰。惟朱子集注，特爲雅馴，然竊嘗循覽其解，茫乎不得其條理，輒頹然舍去。蓋自章首至「余心可懲」，都未區分段落；「衆皆競進」以下，文勢紛如亂絲。惟覺「長顑頷亦何傷」,「雖九死其未悔」,「寧溘死而流亡」,「伏清白以死直」,「雖體解猶未變」諸語,複疊無味,一也。女嬃之言,但云詈其違衆取禍,則始言誓死不悔,久已不恤人言,何煩贅述,且前段「往觀四荒」語,毫無照應,二也。「阽余身而危死」數語,乃是陳詞本意,今但訓古人雖有好脩菹醢者,亦不敢以爲悔,則與前「九死未悔」等語又複,陳詞半晌,皆屬無謂,而所謂得中正而上征者,又絶不知其何故,三也。「埃風上征」至「蔽美稱惡」,皆指寔寔往求而無一遇,則時勢瞭然,下文更何用占乎?且靈氛巫咸,又仍勸其遠逝必合,殊爲不解,四也。閨中哲王,作分承神女上帝言,但以上無明王,下無賢伯爲恨,則原之絶意於楚久矣,不識靈氛所謂「狐疑」與「懷故宇」者,又何所指?五也。靈氛巫咸,語意次第,未見分別,又幾於複矣,六也。靈氛言後,接以「幽昧眩曜」一段,巫咸言後,接以「瓊佩偃蹇」一段,未識其安放之法,七也。前段「上下求索」,既寔往求而不合,則卒章「浮游求女」乃爲馮婦之舉,不惟文理複沓,而前已乖離,今復冀合,於義難通,八也。暇日捐去舊解,獨取本文循繹數過,豁然似有所得,乃知首尾數千百言,雖縈紆磅礴,萬怪惶惑,然一意相承,珠貫繩聯,其前後次第,所謂夫道若大路然,殆可燭照數計耳。蓋通篇以好脩爲綱領,以從彭咸爲結穴。自篇首至「衆芳蕪穢」,序其以好脩而獲罪也,自「衆皆競進」至「前聖所厚」,序獲罪而不改其脩也。提出「依彭咸」句爲主,大意皆以死自誓,然語各有次第。「衆皆競進」以下,本得罪之始言,故第曰「顑頷」。「長太息」以下,舉其中言,以「多艱」爲目,故曰「九死」。「怨靈脩」以下,要其終言,以終不察爲目,故曰「溘死流亡」。

「自悔相道」以下，又以徒死無益而轉生一念，欲求君四方，開下半篇之局，然好脩終不改也。女嬃一段，緊承「往觀」句說入，重「並舉好朋」句，言欲相君四方，除是改其好脩。「陳辭」一段，對照女嬃言發議，重「量鑿正枘」句，言但當擇君而事，而好脩終不可改，所謂中正也。中閒「上下求索」二段，承「量鑿正枘」之言，而遍觀上下，乃真似好脩之難合，故各以「世溷濁」二句結之，以證合「並舉好朋」之言，皆意中遥度之詞，非寔求之而不合也。「閨中」四句，因四方無好脩者，而返觀楚國，去往兩難，所謂狐疑也。哲王，指楚懷言。「靈氛」一段，言好脩之必合，而深勸其去楚，以釋其疑。「世幽昧」以下，證楚之不可留，以寔靈氛之言也。「巫咸」一段，極言好脩作合之易，而深著戀楚不往之害，以速其行。「何瓊佩」以下，證行之不可緩，以寔巫咸之言也。「惟兹佩」以下，決意遠行，非復爲前此觀望之舉，以是結往觀之局，以是盡好脩之用。半幅縈洄，專爲此舉，然行車未周，忽然中止，則終不忍舍楚而去也。「亂曰」以下，楚不可留，終歸於爲彭咸而誓死也。如此則通篇結撰，如天造地設之不可易，極變化，皆極明瞭，而前之所疑，豈不涣然冰釋矣乎？

余既條列其說，復綜其大要以訓之曰：始以修能事君，而取嫉於衆，章首至「衆芳蕪穢」。然所脩屢困益堅，惟甘爲彭咸以誓死而已。「衆皆競進」至「前聖所厚」。即或不爲彭咸之死而觀君四方，亦卒不改其好脩也。「悔相道」至「余心可懲」。女嬃謂世無用好脩者，往觀奚益？「女嬃嬋媛」至「不余聽」。及正之重華，而知好脩必非無用，在能擇君而事耳。「依前聖」至「浪浪」。乃試往觀焉，則覺四方之嫉惡好脩，誠有如女嬃言者。「跪敷衽」至「稱惡」。去留靡決，心轉狐疑，「閨中」四句。卜之靈氛，則云去必有合也，楚不可留也。「索藑茅」至「故宇」。返觀而其說信然。「世幽昧」至「申椒不芳」。又卜之巫咸，則云去則作合甚易，留則禍至無期。「欲從靈氛」至「百草不芳」。再觀而勢益急，「何瓊佩」至「江離」。於是知女嬃之言不足信，重華之正果可憑。決計遠行，立見好脩之有用矣，然豈真能一往而忘楚哉？「惟茲佩」至「不行」。則仍爲彭咸以誓死而已。「亂曰」以下。此一章大指也。

篇中曰「好脩」，曰「脩能」，曰「脩名」，曰「前脩」，曰「脩初服」，曰「信脩」，脩字凡十一見，首尾照應，眉目瞭然，絕非牽附之見。蓋好脩者其學也，爲彭咸者其忠也，不知好脩者，固不能爲彭咸。然或不忍其脩之默默而已，而求用於他國以自見，則亦必不能爲彭咸而畢志於楚也。其學可以無所不爲，而其忠也寧一無所爲，此原之所以與日月争光也。

離騷下半篇，俱自「往觀四荒」句生出，只是一意，却翻出無限煙波。然至行車已駕，而卒歸於爲彭咸，則皆如海市蜃樓，自起自滅耳。蓋「願依彭咸之遺則」，本旨已了，然必於空中千迴百轉，至明言好脩之必有合，傅說、吕望之功，可以袖手致之，而卒歸死於楚，所以證行道之心，終不勝其忠君之心，而爲彭咸之志，確不可移也。悲回風曰：「介眇志之所惑兮，竊賦詩之所明」，斯之謂矣。後世弔屈原、反離騷之作，乃舉原之所唾棄者，而苦口相規，甚矣其愚也。「往觀四荒」前，有「退脩初服」一層，却於「焉能與此終古」句暗收拾過。

作文有深一步襯法。張司業咏節婦云：「事夫誓擬同生死。」又曰：「還君明珠雙淚垂。」然精神却在「感君纏綿意，繫在紅羅襦」二語襯出。蓋惟感之深，繫之密，而卒還之，彌見節之貞而無與易也。又如論語「好仁者無以尚之」題，人只解從仁上極形好之之篤耳，惟劉君棨文云：非難於獨知仁之可好，難於知仁之外，甚有可好，而終不以易吾仁也。如是則無以尚之精神倍出。離騷屢言求君，蓋此意也。林西仲乃云作求賢君解，是以與國存亡之箕比，認爲朝秦暮楚之蘇張。猶顛明已翔於寥廓，而虞者猶視諸藪澤，悲夫！

楚辭章法絶奇處，如離騷本意，只注「從彭咸之所居」句，却用「將往觀乎四荒」開下半篇之局，臨末以「蜷局顧而不行」跌轉，與思美人本意，只注「思彭咸之故」句，却用「聊假日以須時」開下半篇，臨末以「願及日之未暮」跌轉；悲回風本意，未欲遽死，却用「託彭咸之所居」開下半篇，臨末以「任重石之何益」跌轉；招魂本意，只注「魂兮歸來哀江南」句，却全篇用巫咸口中，侈陳人脩門之樂，臨末以亂詞發春南征跌轉，機法並同。純用客意飛舞騰那，寫來如火如錦，使人目迷心眩，杳不知町畦所在。此千古未有之格，亦説騷者千年未揭之祕也。故於騷經以求君他國爲疑，於招魂以譎怪荒淫爲誚，而不知皆幻境也。觀雲霞之變態，而以爲天體在是，可謂知天者乎？

朱子排王叔師、五臣、洪慶善之説，以「上下求索」爲求賢君，全首文理，如絲絲入扣。後人視爲不入耳之談，或以帝爲天帝，或以喻楚懷，或以女爲賢士，或以爲賢配，紛紛回護，前後之迂滯難通者多矣。飲騷以女喻鄭袖，豐隆、蹇修喻上官、子蘭之徒，望其轉達於君若妃。以此浼日月争光之人，獨不畏長鋏神鋒耶？

篇中凡指楚處，但云衆與黨人，至「世並舉而好朋」，「世溷濁而不分」，「世溷濁而嫉賢」，世字皆承「四荒」推説。「並舉」句，言四荒與楚相似；兩「溷濁」二句，證合女嬃之言也。至「世幽昧以眩曜」與「惟黨人其獨異」四語，乃承上轉下，從四荒與楚對較，以見其不同。讀者潛心玩之，則前後條理，曠若發蒙矣。

按，戰國策靳尚説楚懷王出張儀，旋以隨行爲魏張旄所殺，而上官大夫至襄王時尚存，其爲兩人明甚。王叔師以爲同列大夫上官靳尚，史記正義引以證原傳，鶻突可笑，朱子駮之是矣。而王薑齋猶謂尚稱上官，與原稱三閭同，抑何魯莽乎！

朱子以攝提爲星名，駮王氏太歲在寅之説，吴郡顧寧人非之曰：「既敘生辰，豈有置年止言月日之理？」余按，顧説良是。且古人删字就文，往往不拘，如後漢張純傳：「攝提之歲，蒼龍甲寅。」時建武十三年，逸尚未生，已有此號，可知攝提爲寅年，其來久矣。朱子謂若以攝提爲歲，便少格字，非通論也。況史記天官書攝提星何嘗不名攝提格乎？

初度，五臣注：「初生之法度。」集注乃指始生時節言，不知此四句本言姿性之美。凡正則、靈均之德，皆少時生而具之，故謂之初度，即下所云「内美」也。古者名以德命，字以表德，故揆度而命之名，如此則「覽揆」「字」方有着落，而下文既有此三字，亦不嫌無根。若謂生得日月之良，是天賦美質於内，則孟陬、庚寅，其良安在？況生而同辰者，正復不少，何嘉名之可錫？而下文既字此字，不亦鑿空乎？禮：子生三月而名之，既冠而字。亦非皆命於生初者也。初度從五臣解爲是，但初生時難言法度耳。都玄敬聽雨紀談：古人有小名，有小字。離騷「名余曰正則，字余曰靈均」，蓋屈原名平，而正則靈均，則其小名小字也。按，此亦是一見，然則正則靈均，固不必牽合平原字義矣。

舊解三后爲禹湯文王，則不應下文方及堯舜，故朱子亦疑之，然以爲三皇，亦無所本。或謂指鬻熊熊繹莊王，益鑿而無當矣。且「既遵道而得路」，既字殊無頓放處。余按，屈子之文，大抵原本六經，天問之下土方，則商頌語，惜往日之聰不明，則易象詞，其他更不勝指屈。三后見吕刑，皆堯舜之臣，固爲有據。且以椒桂喻直節，爲己奔走先後作引，而以「既遵道而得路」既字，緊承上文，見明良相合之意，爲君信讒齌怒作綫，上下文勢尤貫串也。周以前諸侯皆稱后，書言「羣后」屢矣，畢命亦有三后，皆指臣言。後世以后擬帝王，因少見多怪。近有注天問者，指后益爲書法，言益宜爲天子也。然則五子歌有窮后羿，春秋傳樂正后夔，皆書法耶？

「豈余身之憚殃兮，恐皇輿之敗績」，蓋謂黨人導君非義，于余身非有患害也，特恐有誤國是而不忍坐觀耳。文理本明，舊解訓憚爲難，謂非難身之被殃，語殊晦澁。洗髓謂黨人用事，正類必受其殃，則又多一轉矣。

「非余心之所急」，承「恕己量人」而言，即莊子鵷雛腐鼠之意。

舊傳王介甫詩「殘菊飄零滿地金」，爲歐陽永叔所譏。洪慶善訓落英，亦云秋花無自落者，當解如「我落其宦」之落。而史志道菊譜序又云：菊自有落不落二種。但衰謝之花，豈有可餐？應如詩之訪落，落訓始，謂始開之花耳。余按，「落」字與上句「墜」字相應，強覓新解，殊覺欠安。且此二句本極言清貧之況，爲下「顑頷」作引，非徒尚芳淑、致滋味也，與「精瓊靡」「糳申椒」立言各别，何必以衰謝爲嫌？古者君之於臣，但有賜環賜玦之文，無有遺之以蕙茝者，集注詁「替余」二語殊杜撰。章句以自結束爲言，又與上下文多複。

攘詬，即忍尤意。忍，甘心忍受也。凡非其所有之物，因其自來而取之之謂攘。尤詬，根「謂予善淫」言。世方嫉惡好脩，而吾欲去其詬，則必亦競爲周容而後可，故尤詬之來，直受而不却也。舊注訓攘爲除，失其旨矣。

「衆不可户説」四句，亦女嬃言，「不予聽」正詈詞也。「世並舉而好朋」，乃詈之之旨，對「往觀四荒」言，以示不變所修之難合也。集注訓爲原言，遂以末句「不」字爲衍文，大誤。尤可笑者，王薑齋分「鮌婞直」至「前修以菹醢」，皆女嬃責原語；「曾歔欷」至「與此終古」，皆原答女嬃語；「兩美必合」至「申椒不芳」，皆靈氛語；「勉陞降」至「觀乎上下」，皆巫咸語。其旨絶支離不足存，可謂誕妄之尤也。

「弭節」之義，舊皆闕注。按周禮大司徒鄭注：五御之節。賈疏云：御言節者，四馬六轡，有進退之節也。今攷五御：鳴和鸞，逐水曲，過君表，舞交衢，逐禽左。鳴和鸞者，馬動則鸞鳴和應，舒則不鳴，疾則失音，是耳治之節；舞交衢者，御車在交道，車旋應於舞節，是目治之節。

其義較然矣。長卿上林賦有案節，有弭節，有揚節。郭注乃云：節，所杖信節也。豈非孟浪？

望舒、飛廉、鸞鳳、雷師、飄風、雲霓之屬，無善惡軒輊之分，朱子既詳言之矣，後之小儒，尚多異解。如「雷師告余以未具」，本承上起下之辭，蓋謂雷師恐鸞凰尚不能辨事，故有未具之告，因復使鳳鳥親行，以極形効力之衆，取程之急耳。昧者乃謂雷師有意阻程，故以未具爲辭。文勢小有頓挫，而雷師遂蒙萬世詬厲，殊可笑也。

豐隆，或曰雲師，或曰雷師，洪氏援引甚詳。離騷曰「豐隆乘雲」，思美人曰「願寄言於浮雲，遇豐隆而不將」，蓋皆以爲雲師也。朱子專以豐隆爲雷師，故於此有雷威求無不獲之解，然亦迂矣。其注思美人又以爲雲師，何自相戾也。

左傳昭十三年：「行理之命，無月不至。」杜注：「行理，使人通聘問者。」國語：「敵國賓至，行理以節逆之。」賈注：「理，吏也，小行人也。」又，廣雅釋言：「理，媒也。」離騷「吾令蹇脩以爲理」，「理弱而媒拙」，抽思「理弱而媒不通」，思美人「令薜荔以爲理」，皆指行媒之使言。王注「爲理」，謂「分理禮意」，「理弱」，謂「道理弱於少康」，朱子亦因之。皆未攷而强爲之説也。

史記：「桀敗於有娀之墟」，正義曰：「當在蒲州。」朱子猶以山海經爲疑，殆未之見耶？

凡注書者，必融會全書，方得古人命意所在。楚辭簡狄事凡三見：離騷曰「望瑤臺之偃蹇兮，見有娀之佚女。」又曰「鳳凰既受詒兮，恐高辛之先我。」天問曰「簡狄在臺嚳何宜？玄鳥致詒女何嘉？」思美人曰「高辛之靈晟兮，遭玄鳥而致詒」。推其指，蓋謂簡狄居有娀之瑤臺，嚳聞其美且賢，遣玄鳥爲媒致聘，而女樂從，因得爲妃，生契而啟商祚。是蓋原説詩之旨也，與史記吞卵孕契，所傳各異。臺，自指有娀之臺。時方未嫁，故曰女。王叔師騷經注既用吕春秋有娀高臺之説，及注天問，又云侍帝嚳於臺上，其魯莽固不足論，朱子亦兩取其説，何也？因高辛有玄鳥致詒事，故騷經用鴆、鳩、鳳凰渲染。鴆鳩既不堪使，自適又非所宜，躊躇之後，方及鳳凰，其勢已晚，却恐高辛玄鳥之使，已在我先，因止而不遣。鳳凰本在前驅，一似忘却，故借鴆鳩紆折生波，正欲爲先我作地耳。朱子乃謂鳳凰受高辛之詒，則與「玄鳥致詒」戾矣。辨證又云使原得鳳凰，則高辛何由先我哉？大類夢中占夢也。玄鳥致詒，豈本遣玄鳥氏之裔，而後世訛其傳歟？

閨中，兼指上帝神女言，比四方之賢君也。閨，宮中小門。南史：陳武帝每夜刺閨取外事分判。注：夜有急報，投刺於宮門也。謝玄暉詩：既通金閨籍。杜子美詩：李侯金閨彥。舊注專屬之神女所居，隘矣。哲王，舊指上帝，稱謂亦未安。今訓楚懷，爲下「狐疑」張本，文勢較順。

於上下求索之後，總結曰「閨中邃遠」，蓋非謂世無賢君，亦非往求而見棄，特以君門遼遠，不見行媒，疑怯而自止焉耳。朱子直云上無明君，下無賢伯，則其不相遇審矣。下文又云「兩美必合」，何必用媒？何處轉身耶？

「閨中邃遠」句，收「反顧游目」以下半篇；「哲王又不悟」，迴顧「怨靈脩之浩蕩」以前半篇。用筆一俯一仰，真有旋乾轉坤之力，然非明眼人，孰能察千里來龍哉？氛、咸二段，總承「往觀四荒」「量鑿正枘」本旨，一氣説下，由緩而急，由淺而深，領起末段「浮游求女」之意，非徒節奏相生，亦正孫月峰論文所謂波瀾單則淡，雙則濃也。語意本同，故「既告吉占」之語，舉氛而咸在内。俗解疑其獨從靈氛，遂謂兩人之旨，互有異同，枝詞蔓語，不足盡述也。

離騷以女喻賢君，以芳草喻賢臣，首尾一線，不相混淆。舊訓「何所獨無芳草」，即上「豈惟是其有女」意，語複而義雜矣。

「世幽昧以眩曜」二語，乃吸下之辭，言世人多蔽，固未必能察余之善惡。然其好惡不齊，有惡我者，豈必無好我者乎？未有如楚人之風氣獨殊，乃至好惡惡善，比户如一，若下文所云也。蓋其同者，乃其所以爲異，以證楚之不可懷也。此四語直從「世並舉而好朋」句翻出，是通篇脉絡最分明處。

「又何必用夫行媒」，將令帝閽、令蹇脩、令鴆鳩鳳凰及理弱媒拙等語，一掃都盡。下文武丁用説諸證，皆不媒而合者，文義相引如貫珠。如前爲理爲媒，皆作求賢士解，則此處直接武丁周文，不亦首尾衡决乎？

偃蹇，總訓高踞。瑶臺之偃蹇，狀其形勢也；瓊佩之偃蹇，狀其志節也。

椴，本草名食茱萸，一名越椒，亦名欓子。爾雅云：「椒椴醜梂。」禮內則：「三牲用藙。」注：「藙，椴也。」漢令：會稽歲貢藙子一斗。南都賦：「蘇椴紫薑，拂撤羶腥。」周孝侯風土記：以椒欓薑爲三香，一名艾。范石湖成都古今記：艾子，茱萸類也，寔正緑，味辛。蜀人進茶，每投艾子一粒，香滿醆盂。椴本椒類，亦辛香之物，非謂不足充幃也，罪在欲耳，故與椒之專佞，均有干進務入之譏。集注訓爲臭物，誤也。其釋「何芳之能祗」，曷又云「不能敬守其芳」乎？

同一求女，擇吉贏糧，與陳詞畢而率然上征者異；鳴鸞齊軑，與先驅奔屬、行色匆遽者異；宛轉西行，窮微極渺，與東西上下、隨去輒回者異。蓋前止率意觀覽，故其發之也輕，而此欲委身從君，故其持之也慎。前尚未知其有合而遥覘之，故其情迫，且東西瞭望，欲其無弗届也，此則確信其必有合而往遇之，故其心閑，且沿途尋訪，欲其無所遺也。觀其運意措辭，而前虚後實之辨，不待言而喻矣。

既云周流，則東西南北，無不遍歷之理，專言西者，因懷楚中止也。遠遊自西而南，亦云睨舊鄉而不行，與此正同。但遠遊以度世言，故仍抑志而遐舉，此以求君言，故遂返舊而不移，語各有當也。舊解西爲歸藏之地，專言西者，即沉江誓死之心。然則自西而返楚，將之死而求生乎？林氏以爲觀釁於秦，兒童之見。賀氏指「天津」一語，謂自東徂西，四極已周。赤水出崑崙南陬，穆天子傳「宿崑崙之阿，赤水之陽」，本在一處，張原雅誤以赤水爲南方之水，因謂從南方轉西北不周，皆屬臆説。王姜齋訓「浮游求女」爲「求汝」。「邅道崑崙」以下，皆寓意鉛汞妙訣。

「西」，指魄宮，殆被黑風吹墮矣。

舊解亂爲總理一賦之終，今案，離騷二十五篇，亂詞六見，惟懷沙總申前意，小具一篇結搆，可以總理言。騷經、招魂，則引歸本旨；涉江、哀郢，則長言咏嘆；抽思則分段敘事，未可一概論也。余意亂者，蓋樂之將終，衆音畢會，而詩歌之節，亦與相赴，繁音促節，交錯紛亂，故有是名耳。孔子曰：「洋洋盈耳」，大旨可見。

庚子以後，復見相國安溪李公離騷解義、吳郡朱天閑離騷辨、無錫王貽六離騷彙訂三種。朱氏最好議論，紕繆尤多，其餘或襲舊以傳訛，或創新而失當，往往而有。陳詞重華以前，姑弗深辨，自「埃風上征」以後，朱氏云：見帝，欲以悟君之道，折中於天，求女，欲折中於楚之賢者；「靈氛」以下，復欲折中於九州之賢。大夫不忍離宗國，故止而不行。安溪與王氏，皆以見帝喻盡誠以悟君，求女喻求賢以輔楚，「靈氛」以下，又欲求賢士於九州，末路浮游西極。安溪云：當時士多歸秦，故屬意焉，卒以仇讐之國不可依，誓死不往。三書皆懲朱子求君之説，而以求女爲求士，又因中段求女與後相複，遂以前之求女屬楚，後之求女屬四方。然前言白水閬風，後言崑崙赤水，前言相觀四極，後言流觀上下，道里殊無分別，安見前之爲楚，後之爲四方耶？朱氏强分白水喻沅湘，閬風喻楚名山，至後之崑崙，方寔指海外。此鑿空之辨，途人知其不足聽也。謂見帝爲盡誠以悟君，則原之謇謇不舍，由來已久，奚待陳詞之後而始盡其誠？前言「齎怒」、言「數化」、言「終不察」，原之於君，求合而終乖，亦既知之稔，言之複矣。陳詞之後，何所據而復侈儀從、窮日夜，以求合耶？求之而仍不合，不益複而無謂乎？夫惟擇君他國，故有修遠求索之言。今身事故主，何用求索？身居本國，何言修遠？安溪訓上下求索爲多方遇合，王氏訓爲君門欲叩無由，雖竭力分解，終乖而難附。自林西仲謬以節中爲折中，朱氏遂有折中皇天之説，乃至告重華、求衆女、命靈氛、巫咸，并九歌山鬼，皆以爲求折中。夫史稱「冀幸君之一悟」者，蓋冀其念舊而自悔耳。若君無悔心而沿途尋訪，以乞悟君之方，雖愚人當不出此。至謂求賢輔楚，亦非識時之言也。楚衆芳蕪穢，雖得賢奚益？原以貴戚世卿，不能排黨人、悟昏主，乃望之九州羈旅之人，又必不行之勢也。且好脩之害，楚士逢而變節，亦安保來者之不變乎？勢不可行，節不可保，而越修遠多艱之路以求之，所求者又未必得也，是固不待僕馬悲懷，而始顧而不行矣。且夫求賢與求折中，皆以爲舊鄉也，睨舊鄉而不行，則又何説？譬則晉使求醫於秦，魯衛乞師於晉，而曰吾不忍去父母之邦也，有是理乎？原之求女，明云「遠逝以自疏」，夫欲求賢人求善道以輔之，而又曰疏之，此矛盾之説也。朱氏注「自疏」，又云意在遁跡名山，王氏云不必復言求同志，是上文「浮游求女」之言，殆成贅疣，而所謂「從吉占」、「歷吉日」，皆爲囈語。天下固無此首鼠之事，即以文義言，抑何隔礙而難通也。楚弱秦强，王又不聽，士之歸秦者，固未能求爲楚用。果有之，則資敵之才以輔吾君，復讐之舉，莫快於是，何謂依仇讐之國耶？爲此言者，既以求君他國爲大禁，又泥以女喻君，有謬經旨，故不憚曲説以求伸。不知易稱臣道妻道，而九五君象，亦以婦不孕繫辭。周易折衷云：九五亦以妻道言，各隨其卦義而已。況騷易異體，臨文托喻，惡用爲此拘拘哉？余第撮其大指論之，其章句訓詁之疵，未概及也。

九歌

九歌本十一章，其言九者，蓋以神之類有九而名。兩司命，類也，湘君與夫人，亦類也。神之同類者，所祭之時與地亦同，故其歌合言之。此家三兄紹孟之説。

九歌不知作於何時，其爲數十一篇，或亦未必同時所作也。二湘言湖湘沅澧，與東君言扶桑，河伯言崑崙，山鬼言山阿同指，各就神所居以立言。外傳謂九歌作於湘陰之玉笥山，亦臆説也。然大司命曰「老冉冉兮既極」，山鬼曰「歲既晏兮孰華予」，其亦暮年所爲歟？

朱子論九歌，謂以事神不答而不忘其敬，比事君不答而不忘其忠。斯言誤矣。夫祭以享神歌以侑之，知神之不答，不如無祭。且既不答矣，奚所侑而歌焉？終日陳牲俎，張樂歌，而嘵嘵述神之不見答，於義安取乎？今詳體諸篇，東皇曰「穆將愉兮上皇」，雲中君曰「謇將憺兮壽宮」，湘君曰「邅吾道兮洞庭」，湘夫人曰「將騰駕兮偕逝」，大司命曰「靈衣兮被被」，少司命曰「忽獨與余兮目成」，東君曰「長太息兮將上」，河伯曰「與女游兮河之渚」，山鬼曰「東風飄飄兮神靈雨」，苟有所祭，未嘗不答也，惟於離合遲速之際，多感慨焉。蓋九歌之作，專主祀神，祀神之道，樂以迎來，哀以送往。欲其來速，斯愈覺其遲，欲其去遲，斯愈覺其速，固祭者之常情也。作者於君臣之難合易離，獨有深感，故其辭尤激云耳，夫豈特爲君臣而作哉？今欲牽附於事君不答之意，而并所祀之神，皆以爲不見答，其於作歌之旨殊背。且原之事君，亦非未嘗見答者也，當其圖議國事，應對諸侯，所以任之者甚至，特其交不終耳。概以事而不答目之，於主客之意，均無所當，而訓詁亦多失寔者，余故特著之。或謂九歌本非以祀神，特假題以寓意，然則東皇、國殤、禮魂，無意可寓者，又安屬也？

九歌之托意君臣，在隱躍即離之際，蓋屬目無形者，或見其意之所存，況覩其形之似者乎？有觸而發，固其理也，必欲句櫛字比以求合之，則刓方爲圓矣。

九歌凡言靈者皆指神，無所謂巫者。靈保，猶言神保，謂尸也。舊注於皇皇既降與如雲蔽日之靈，則以爲神，於偃蹇連蜷之靈，則指爲巫，説已謬矣。又九歌皆主祭者與神酬酢之辭，今獨以少司命河伯爲卑，而爲巫言以接之，又以山鬼爲賤，而通體皆設爲鬼語，篇中本無明文，不知誰爲分別耶？且少司命、河伯之屬，豈更卑於祭者而不屑與之接耶？國殤禮魂，其卑抑甚，又將指爲誰之言耶？凡釋文以徑净爲主，而乃自生轇轕，甚無謂也。

少司命「望美人兮未來」，河伯「送美人兮南浦」，美人皆指神言。集注誤泥美人謂男悦女之辭，因設爲女巫以當之，而以望與送皆屬之神。不知詩云「誰侜予美」，又曰「予美亡此」，美人固男女相悦之通稱也。離騷之「美人遲暮」，九章之思美人，集注固明言其託意於君矣，獨不可託意於神乎？謂巫以美人自稱，既爲非體，且神自輕別，而更怨人之不來。歌以送神，而反述神之送己，其爲乖謬，豈俟辨哉！

「撫長劍兮玉珥，璆鏘鳴兮琳琅」、「浴蘭湯兮沐芳，華采衣兮若英」，皆指如在之神言，與「靈衣兮披披，玉佩兮陸離」、「荷衣兮蕙帶」、「聳長劍兮擁幼艾」諸語，大略相似。舊注皆指人言。夫盛服承祭，本禮之常，何足多詡？况祀神撫劍，又未之前聞乎？且同是容飾耳，一以爲祭者，集注釋「撫劍」。一以爲巫，集注釋「浴蘭」。又誰爲別之也？

北極五星，天樞紐星最爲近北。舊説皆從南起數，故以紐星爲第五星，而以近南赤明者爲第二星，爲帝王，名曰太一之坐。又以勾陳口中一星爲天皇大帝，其神爲耀魄寶。宋中興天文志援孔子居所不動之義辨之，以爲天無二帝，北極從北起數，天樞爲第一星，爲帝王，爲天皇大帝，爲耀魄寶，而赤明者爲第四星，爲太子，勾陳口中星爲大帝之座，其説最爲近理。然則所謂太一者，殆即天樞不動之星，寔爲天皇大帝者歟？一説，天乙南有太一星，主使十六神，承事天皇大帝者也。

古人選日，干支不必兼舉，觀月令元日元辰分見可知。曰吉日，又曰辰良，則干支雙美，慎重之至也。

撫劍佩玉，狀其飾也；偃蹇姣服，狀其態也；欣欣樂康，狀其情也。語相因爲淺深。

獐性善驚，故曰章皇。揚子雲羽獵賦：「章皇周流。」論衡道虛篇：周章遠方。左太冲吴都賦：周章夷猶。東魏杜輔玄移梁檄：周章向背。説文〔一〕：睢睢，視周章貌。皆匆遽不定之意。

雲神之降，在「既留」句，雲神之欲去，已見「周章」句，「靈皇皇兮既降」，乃於去後追述之。九歌皆以神之去留不測爲言，而序雲神尤極絢爛飄忽，蓋狀雲之辭也。家世父弱六先生云：明明既降，何遠舉之速？幾并既降都似可疑，遂令前文盡成恍惚，真思入風雲語。世父翠縷居説騷識解多出人意表，但專主評文，故未及纂録。

辨舜葬事，後人異議頗多。主南巡者，鳴條、紀市，皆以爲南方。高誘吕春秋注：九疑山下，亦有紀邑。鄭康成檀弓注：鳴條，南巡地。辨其非者，蒼梧、九嶷，皆指爲北地。沈休文竹書注：海州鳴條有蒼梧山。徐文長青藤路史云：今萊州府之膠州也。又云：九疑在臨晉縣北二十里，與鳴條皆在平陽府。方密之通雅云：鳴條在贛榆縣，有蒼梧山。然揆之於理，證之孟子東夷之説，則南巡之言固不足信，而湘江淚竹，皆附會之談也。二妃死葬江湘，説本秦博士。王叔師以湘君爲水神，夫人爲二妃，韓退之以湘君爲娥皇，夫人爲女英。羅願爾雅翼以湘君爲神奇相，二女死後之配，夫人即二女，二篇乃相贈答之辭。按，廣雅：江神謂之奇相。郭璞江賦：奇相得道而宅神，乃協靈爽於湘娥。羅語似本此。然攷蜀檮杌云：奇相，震蒙氏女，竊黄帝玄珠，泛江而死，爲神。則奇相亦女子也。所謂協靈，第言均有神靈耳。羅乃突生嫚語，愚悖甚矣。皆主其説者也，而韓説爲勝。郭景純以湘君、夫人爲天帝二女，羅長源以湘之二女爲舜女霄明、燭光，而湘君夫人又别爲水神，顧寧人以爲水神之后及妃，王薑齋以湘君爲水神，夫人爲水神之妻，皆辨其非者也，而王説似優。然王氏釋「將以遺兮下女」，謂湘君采芳以貽下土之人，則又迂滯難通，決非屈原之旨也。戰國時異説多矣，屈子固非經生以攷據爲事者，濟沅湘以南征，就重華而陳辭，不以舜葬爲非，庸知不以從死爲是乎？然則謂二妃果爲湘神，與謂屈子之必不以二妃爲湘神，皆膠柱之見也。「九嶷並迎」，非無所指者，今詳文意，仍用韓解焉。

吹參差，指湘君言。「誰思」與「誰留」「誰須」同義。舊以參差爲主祭者自吹，則「誰思」字宜其迂曲難通也。王子年拾遺記云：洞庭山金堂數百間，帝女居之，匏管之清音，徹於山杪。語雖近誣，然有以知其所自來矣。

湘君以飛龍、桂舟對言。駕龍者神也，「飛龍翩翩」蒙此而言；乘舟者人也，「蓀橈桂櫂」蒙此而言。或以飛龍爲人駕者，誤。林氏知駕龍爲湘君矣，然以北征爲他往，又誤也。離騷「剡剡揚靈」，因巫咸之降而言也，如神已他往，下文何靈之可揚乎？且九歌無不降之神，使湘君絶不來祭所，則無恩與交可言，又何云不忠輕絶耶？博物志曰：「洞庭君山，帝二女居之，曰湘夫人。」夫山以帝女而名，意必建祠於上，而人於此祠之。洞庭在沅湘之北，故神降有北征之言耳。王薑齋因此謂祀神者爲漢北之人，而證原九歌皆退居漢北所作，又刻舟之見也。

「邅吾道兮洞庭」，邅字小頓，與「來吾道夫先路」句法相似。

「薜荔拍」，或解拍爲舟肩板。按，薜荔緣物蔓生，質榦輕微，非可爲板者。觀湘夫人罔以爲帷，山鬼被以爲服，應從衣飾解明甚。

「望涔陽兮極浦」，余按，水經注：「澧水入作唐縣，左合涔水。涔水出西天門郡，南流逕涔評屯，溉田數千頃，又東南流注澧水。」作唐今澧州安鄉縣。又，岳州府志：「涔水在澧州北七十里，會澧水入洞庭。唐盧子發詩所謂『君夢涔陽月，中秋憶棹歌』也。」又，怨録楚王子質秦歌，亦有「洞庭木秋，涔陽草衰」之句。洪注澧州涔陽浦是已，又引水經云：涔水出漢中南鄭縣〔三〕，南入於沔。此自漢中之涔，與此何涉，而自謬其説乎？王藎齋欲附漢北之説，乃云涔水在漢北，入漢合江，亦隔牆語。

「弭節北渚」，即後帝子所降之處。蓋猶眷戀不釋於江邊也，作歸休解，誤。

舊解「麋何爲」二語，謂麋不在山而在庭中，蛟不在淵而在水裔，皆失所宜，與「鳥何萃」二語，大略相同，複直無味。下文「佳人召予」，亦嫌突接。且麋鹿固園囿馴畜之物，而蛟在水際，尤理之常，安得比而同之？

集注以周禮疏兩司命之説，因以大司命爲上台，少司命爲文昌第四星。然按隋志，虚北二星亦曰司命，主舉過行罰，滅不祥，故在六宗之祀。則司命非徒有兩而已，集注言近鑿空。

「九阬」，集注據周禮九州之山鎮言，然周禮初無「九阬」之明文，似亦未足據。且前廣開天門，但言司命之下，而無端又增一帝。又，時方致祭，而以司命從帝遠適爲辭，於義俱不可通。

靈衣被被，又何來之突也。

舊説「無虧」，謂保守志行，無損缺也。語雖正而近腐。且「若今」二字，亦似贅疣。

少司命云：「夫人兮自有美子。」羅願遂謂少司命主人子孫，傅會蘭爲生子之祥，蕪爲無子之藥，蓀爲子孫之義。嘗與三兄讀而笑之，三兄因扣予少司命所主。予曰：「大司命主壽，故以壽夭壯老爲言。少司命主緣，故以男女離合爲説，殆月老之類也。夫君臣遇合之閒，其緣亦大矣，故於此三致意云。」一時爲之破顔。此雖謔詞，然離騷九章，屢寄慨於媒理，或亦未必無當也。

蓀者，美辭，未有自稱者。且少司命「蓀」字兩見，一以自稱，一以稱神，可乎？

家語：孔子聞哭聲甚悲。顔子曰：此非但爲死者而已，又有生離別焉。「悲莫悲兮生別離」，蓋用其語。杜詩「死別已吞聲，生別常惻惻」，其注脚也。一説，生，謂生熟之生，言未及相熟而先別也，與杜詩「暮婚晨告別，無乃太匆忙」意同，對「新相知」似較警切。

「與女遊兮」四語，皆未來而預擬之，猶小雅「之子於狩」一章之意。

九歌無合而不離者，非獨迎神送神，祭禮固然，亦因以寓其意也。集注釋少司命，於神去後復爲言以招人，已失文體，其釋末章之「擁幼艾」，即指所招之美人言，則是合而不復離也，豈被放設詞之本意乎？況通體既爲巫言，而末忽爲衆人之辭，何義例之繁也！

東君首言迎神，次言神降，中言樂神，既言神去，末言送神，章法最有次第。蓋以日升爲神降，日入爲神去。「長太息兮將上」，日之升也；「靈之來兮蔽日」，日之入也。中閒「絙瑟」數語，窮日之力以娱神，前音後舞。樂有節奏，詩有閒合，本非一時之作。祭義：周人祭日以朝及闇。鄭注：謂終日有事。此蓋本周制也。舊注以「將上」爲迎神，「蔽日」爲神降，則「絙瑟」以下，皆神未來時，雜沓並作，於義不通矣。且「靈之來兮蔽日」，與「靈之來兮如雲」同指，擁蔽而去，有瞻望弗及之意焉。今言日之來，而反以爲見蔽，有是理乎？又，日方東升，貪狼遽見，操弧一射，忽已淪降，何日輪之迅速也？「余弧」「余轡」，與「余馬」皆主祭者自稱，今忽代日神稱余，尤字義之舛雜者。周孟侯又謂東君全首皆昧爽時語，將出既明爲虛想，天狼北斗爲寔境，更屬夢語。「觀者憺兮忘歸」，反言以挑之，冀神之不去也。歌舞未終，日已蔽而不見，此其大不釋於中者也。

「衝風至兮水揚波」，言水之成文也；「衝風起兮橫波」，言龍車橫截於波中也。辭意各殊，定非重出。

駕龍螭而遊九河，初時盛滿之願也；乘黿魚而游河渚，遇後苟簡之境也。雖獲從遊，已非本意，而遊又弗能久，則情何時已哉？故戀戀而不釋也。舊注全少分曉。

次山鬼於河伯之後，意亦山之靈怪，能禍福人者，故祭之。集注獨以爲「鬼媚人」之辭。竊意祭之有歌，本以導祭者之意，而全首俱代所祭者立説，已屬不倫，且人方祭己，而語皆怨人之不來，於理尤爲難解。況就其文義言，「若有人」，人謂鬼也，「子慕余」，忽又鬼謂人，是果可通乎？又謂鬼陰賤不可比君，故以人况君、鬼况己，夫斷章取義，各有所裁。離騷求女，以君爲己之配，獨非慢乎？且夫人謂主祭者也，使原祭山鬼，則原亦其人矣，遂可以己爲君乎？九歌之作，本以祭神，其於事君，特隱寓其意，固非可執其孰爲君孰爲臣也。如國殤禮魂，全與君臣無涉，又可牽而合之耶？山鬼既已祭之，則始必序其來，後必序其去，於離合難易之際，觸類關情，因三復而不已，豈必沾沾焉執是以爲君乎？涉江之言曰：「哀吾生之無樂兮，幽獨處乎山中。」又曰「深林杳以冥冥兮，乃猨狖之所居。」於此章「幽篁」之旨，有脗合者。遷謫窮山，羈孤鮑䶂，而自托於山靈，因爲歌以道其繾綣之意，殆古者致地示物魅之遺。而或者深以淫祀訾之，拘儒之見，最可嗤也。

山鬼篇，近惟林西仲本亦以爲人語。但其以子稱鬼，以靈脩稱神，以公子稱人，以君稱楚王，條例極繁，故謂始而思鬼，中而思神，終而思人，首尾衡決。而自「幽篁」以下，與祭鬼本旨都無關會，不知靈敏也，脩美也，本相悦之通稱，而君與公，亦爾我相謂之常，何獨靳於所祭之鬼乎？其他謬説，又不勝辨也。

禮魂，舊指善終者。夫善終多矣，焉得人人而祭之？且雖子孫親盡則祧，安能使終古之遠，春秋享祀不絶耶？通釋又以爲前十章送神通用之曲，不知十章中迎送各具，何煩更爲蛇足也？安溪新説，泥地道妻道意，因於湘君、夫人、大司命、少司命、河伯，皆以喻在朝同列。夫楚在朝諸臣，皆讒諂邪曲之輩，以擬天地尊神，可謂引喻失義矣。且此輩人，使原得志，方斥逐之不遑，原既失志，尤嫉惡之已甚。而諸篇多讚誦慕戀之辭，若欲求合而不得，觀離騷、九章立言之方，原肯出此乎？國殤禮魂，以爲無所屬而附之，亦復欠理。

天問

天問一篇，多漫興語，蓋其閎覽千古，仗氣愛奇，廣集遐異之談，以成瑰奇之製，亦舒憂娱哀之一助也。其意念所結，每於國運興廢，賢才去留，讒臣女戎之搆禍，感激徘徊，太息而不能自已，故史公讀而悲其志焉。蓋寓意在若有若無之際，而文體結撰，在可知不可知之間，故首原天地，次紀名物，次追往昔，終之以楚先。綜其大指，條理秩然。若夫事跡相合而類序之，圖次相近而連及之，意有所觸而特發之，情有未盡而言之不足，又重言之，殆未可以行墨計也。譬之化工造物，菀枯異稟，妍醜異形，必欲纖悉比類以推其故，則幾於窮矣。後之論者，多不揆其中，王叔師以爲楚人論述，固非篤論，或又於原意中，句櫛而字比之，其甚者如王蕫齋本，一句一字，必欲牽附懷王以明諷諫。林西仲本，每段以一事爲主，其餘皆屬點襯，率意牽合，自謂得其序次之妙。是猶李定舒亶之徒，羅織詩文，以傅爰書，而不顧其冤苦，不亦甚乎！

古人重辭達，屈子之文，本皆平易正大，天問亦然。閒有艱深佶屈之言，乃當時故寔，經秦火後，荒略無稽，或閒有錯簡訛字，故使人難曉。柳子天對乃務爲奇僻，欲以擬騷，此震霆塞聰之智也。胡元瑞甲乙剩言目鄭錦衣博古圖序曰：此閩粵田農卷舌作燕趙語耳，何堪一吷！

天問有塞語，如天地隅隈之類是也。有謾語，如踆日傾地之類是也。有隱語，如平脅曼膚、朴牛、嗾犬之類，但據圖所載，而未著其名者也。有淺語，如「比干何逆」、「雷開何順」之類，本人所共知，而特寄其慨者也。塞語則不能對，謾語則不必對，隱語則無可對，淺語則無俟對，然則天對之作，不近於附贅懸疣也乎？

六合之外，兩儀之先，聖人弗能知也，故存而不論焉。或好奇以相誇，或援理而爲斷，皆無稽也，夫庸愈乎？若夫天地大矣，事物之奇，何所不有？必欲以理相正而盡斥其無稽，斯阮瞻所以見怖於山鬼也。

「八柱」之說，集注引河圖解，指地下言。按，此方問天事，未宜遽及地下也。張燕公姚相碑：八柱承天。又拾遺記：浣腸之國，其人常游水上，逍遥絶岳之嶺，度天下廣狹，繞八柱爲一息。則八柱在地上，亦可徵矣。

宜興楊文來先生四書明辨録曰：每歲氣候之始在至，而每月日月之會在朔，氣盈朔虚，因而置閏。至朔常參錯不齊，或同日而未必同時，即同時而未必無餘分之差，故必逆推數千載前至朔均齊，並無餘分，而又歲月日時，適會甲子，然後可爲造曆布算之始。或第至朔分齊，亦可借爲曆元，然必俱會甲子，乃爲履端之總會。新唐書曆志：治曆之本，必推上元，日月如合璧，五星如連珠，夜半甲子〔四〕朔旦冬至。或疑日月合璧，信有之矣，五星如聯珠，恐未必然。嘉興徐發圜臣云：推得一年，惟金星在日之後，水木火土，皆以次在日之前，信如連珠然，乃知其非安也。按，此説取訓「天何所沓」，似爲諦當。朱子解爲天與地合，與上「安放安屬」意重。錢飲光以歲差釋之，歲差之法，至晉虞喜始立，屈子未必知也。

「夜光何德，死則又育」，本尚書生明、生魄、死魄而言。孔子國、劉子駿之徒，以死魄爲朔，生魄爲望，因注武成「旁死魄」爲一月二日。班固載入漢志，後世因之。明章本清圖書編曰：夫晦朔之時，魄全而明死，望則魄死而明全。月之二日，其魄方全，非旁死魄也。所謂「旁死魄」者，其十六七時乎？嘗以其説攷今武成原文，惟一月壬辰旁死魄，越翼日癸巳，王自周伐商。厥四月哉生明，王來自商。丁未，祀周廟。庚戌，柴望。既生魄，庶邦冢君暨百工受命於周。又，漢律曆志載舊本武成：二月既死魄，越五日甲子，咸劉商王紂。四月旁生魄，越六日庚戌，燎於周廟。壬辰爲一月十七，則二月既死魄爲己未。二月之望，而甲子則二十日也。四月旁生魄爲乙巳，月之二日，其三日哉？生明爲丙午，丁未則四日，而庚戌其七日也。既生魄則四月之晦，或五月之朔矣。二書條理貫通，初無舛錯。自劉氏以壬辰爲一月二日，則四月無丁未庚戌矣，故有二月置閏之説。而蔡氏又以丁未庚戌之在望後也，復易既生魄於祀廟之前。夫古者置閏常在歲終，攷之春秋及漢紀可見，二月置閏，非古也。且蔡氏以既生魄爲望後，而釋康誥之「哉生魄」，又曰十六日。十六非望後乎？哉，始詞也。既，終詞也。兼而稱之可乎？夫謂望後爲生魄，似以望後明漸減則魄漸生而言，然則晦朔之時，其明盡失，顧謂之死魄，抑何也？故吾以章氏之言爲當。然章氏又以上弦爲既生明，下弦爲既生魄，則亦不然。夫既之爲言盡也，猶春秋

「日有食之，既」也。上下弦之明與魄直半耳，何既之可言？且與四月旁生魄、六日庚戌之言，日辰不應。余故折衷其旨，蓋晦朔之時爲既生魄，二日爲旁生魄，三日爲哉生明，望爲既死魄，越翼日爲旁死魄，又翼日爲哉生魄。而既生明，特既死魄之别稱耳。至武成原文，惟近世歸熙甫取「哉生明」至「受命於周」七十八字，移「萬姓悦服」之後，通體融徹。而以「列爵惟五」以下，發明受命之寔，尤爲不易，并附著之。

大西九天之説，舊謂日月五星，各居一重，寔體相包，不能相通。近世其徒湯若望新法曆書謂以望遠鏡測之，見金星如月，有晦朔弦望，必有時在日下，故得全光，有時在上，故無光。火星惟對衝於日時，其視差較日爲大，則應卑於日。其餘則小，爲高於日。若土木二星，視差較日恒小，則在日上無疑。復立新圖，以地毬爲日月恒星三天之心，金木水火土五天，另以日天爲心，其各重所行之輪，或相切，或相割，皆非寔體。又云：以遠鏡窺衆星，較平時多數十倍，恒星亦無數，天漢亦係千萬小星攢聚，故遠望若雲氣然。此皆新刱之説，聊誌其概。

伯强，舊訓疫鬼。通雅云：疑即伯倚强梁二人爲一。余按，自「曜靈安臧」以前，皆從天設問，何乃遽及疫鬼哉？故當以周説爲正。

天問之言，無不按圖而發者。舊訓惠氣爲和氣，和氣安可圖哉？

王阮亭香祖筆記康熙元年荆州息壤之説，鈕玉樵觚賸亦載其事〔二〕，云是太康王司訓鈿，隨其父官荆南所親見。

「地方九則，何以墳之」，舊注九州之域，何以出其土而高之乎？地本平而訓高，既已欠理，而「則」字亦少着落。

玄趾，宜即指黑水言，丹鉛録所謂黑溪玄蹟也。然章句「玄趾，山名」。柳子寔之曰：「玄趾則北，三危則南。」必非無據，更俟考。

世紀謂羿帝嚳射官，至夏而滅。賈景伯謂羿善射者之通名也，有窮之君亦善射，故以羿目之。然有窮之羿，見尚書論語左傳孟子，皆可據依，而前此之羿，未有稱也。山海經淮南子所載「誅鑿齒，禽封豨」，一云帝堯時，一云帝俊時。嚳一名夋，所謂帝嚳射官，蓋據山海經之說。夫二書之言多誕，本不足憑，況又不相合乎？詳天問中𨁈日射豨，與寒浞所殺，又初無二人。吾意古今惟此篡夏之羿，以善射稱，後人因設諸異以神之，而混其時於嚳與堯耳。不然，何事歷三朝而錯出如一乎？且前羿之功，齊於舜禹，而經傳未嘗齒及，無是理也。林拙齋乃謂嚳時一羿，堯時一羿，夏時一羿，而逢蒙所殺，又非寒浞所殺之羿，則轉多葛藤矣。洪慶善言堯時羿射封豨，有窮之羿，亦封豨是射。附會之妄，可勝道哉？

竹書：益干啓位，啓殺之。王薑齋所引「拘啓禁之」之文，今未及見，然詳文勢恐是如此，姑存其説以俟考。禹播降，似亦應指益遷逐禹而言。劉子玄史通曰：舜因堯而立丹朱，禹黜舜而立商均。益手握機權，勢同舜禹，而欲因循故事，其事不成，自貽伊咎。蓋好事之説，所由來久矣。

淮南高注：河伯溺殺人，羿射其左目。洪氏直以爲淮南正文誤，羅苹路史注亦引此，以爲許氏之言。

「眩妻爰謀」，即經文「浞又貪夫厥家」之意。舊注謂純狐本浞妻，誤。

「咸播秬黍，莆雚是營」，蓋指鯀治水之效言。隄障既立，民得耕穫，高者種秬黍，下者植雚蒲，所謂順欲而成功也。天問於鯀，多惋惜之辭，離騷惜誦至以自比，而但惜其婞直亡身。原之意中，固不謂鯀以治水無功見殛也。

蓱號，皆雨師名，舊訓「號」爲呼者誤。「撰體脅鹿」，舊訓天撰十二神鹿，未詳何據。

奡與斟尋戰于濰，覆其舟，胡元瑞筆叢以釋論語「奡盪舟」，良爲特見。又按，濰水出濰山，而淮南曰濰水出覆舟山，蓋後人因事而名之也。

「堯不姚告」，姚，謂瞽瞍也。孔安國謂瞽瞍姓嬀，舜生姚墟，故姓姚，誤矣。漢元后傳：莽自謂黃帝後，黃帝姓姚，八世生舜，起嬀汭，始以嬀爲姓。似與此相符。然世皆謂黃帝姬姓，史記又云姓公孫，何其戾也！

世稱舜封象有庳，爲今永州零陵縣。按，書「放驩兜於崇山」，在今楚之澧州，或曰在粵西太平府。零陵介居楚粵之閒，雖尚有爵禄，何辭於放乎？況舜都蒲坂，去永州水陸三千餘里，豈能源源而來哉？而柳子厚王伯安作記，都不一辨其非。近世顧寧人乃爲之論曰「上古萬國，中原無閑土可封，故寘之絕遠」，則又從而爲之辭也。侯國誠衆，然王畿千里中，豈少數十里地爲介弟湯沐邑乎？以三千里之遠，而欲其源源而來，則終身跋涉，而一歲曾不得再三見，計亦拙矣。且其時苗民擅命，正扼南北往來之吭，舜其假手於敵乎？象之封不可攷。按，路史國名記：鉅鹿縣有象城，舜弟所封。或爲近之。若如王處叔晉書所云，決知其妄也。然則永州何以有鼻亭？曰括地志云：舜葬九疑，象來此，後人立祠，名爲鼻亭。蓋與湘水二妃，均屬附會之談耳。

史記：太伯仲雍逃荆蠻，自號勾吴。天問曰：南岳是止。吴越春秋曰：采藥於衡山。參核其説，似指湖廣衡州之南岳言，故索隱云：地在楚越之界。然太伯居梅里，在今蘇常閒，去衡州甚遠，則其説非也。今按，廬州霍山，一名衡山，亦稱南岳，與梅里俱在古揚州之域，疑指此爲是。又左傳襄三年：楚伐吴，克鳩兹，至於衡山。日知録云：即丹陽縣之衡山，今名横山。通雅云：今溧水廣德松江湖州，皆有横山，其地大抵與梅里相近。又陸廣微吴地記：姑蘇山之東有横山，一名踞湖山。横與衡通，或屈子因是訛爲南岳也。稱荆蠻者，殆楚既滅吴，吴通號楚，太史公因其後而名之歟？

「玄鳥致貽女何嘉」，舊本或作喜。按，喜叶宜，非古韻。漢禮儀志引此作嘉。柳子天對亦云：「胡乙鷇之食，而怪焉以嘉」，應從之。

「眩弟並淫」節，舊解皆主象言，然「並淫」二字無當，而與「舜服厥弟」之問，亦嫌重複。又，漢書昌邑王傳云：舜封象有庳，死不置後。則「逢長」之説，亦未必然。

書序：湯始居亳。鄭康成云：亳，偃師城也。皇甫士安非之曰：湯使亳衆，往爲葛耕，葛在寧陵葛鄉，今屬歸德府。去偃師八百里，焉得越而耕之？蓋殷有三亳，穀熟爲南亳，蒙爲北亳，今並屬歸德府。偃師爲西亳。今屬河南府。南北亳爲湯都受命之地，西亳則盤庚始遷焉耳。九峰書傳、仁山前編並主其説。余按，天問「成湯東巡，有莘爰極」，湯固在有莘之西也。有莘爲今開封府陳留縣，在歸德之西，偃師之東。使湯未居西亳，安得云東巡而至莘乎？孔穎達詩疏亦引中候格予命篇「天乙在亳，東觀在洛」爲辨，不若此尤可據。且書盤庚云：我先王將多於前功，適於山。又云：肆上帝將復我高祖之德。史記亦云：盤庚渡河南，復成湯之故居。則西亳非盤庚始遷明甚。九峰用皇甫之説，而載鄭氏轘轅降谷之言，仁山用皇甫之説，而存王子興王根本之論，又何自相戾也？攷前編桀三十六歲湯征葛，三十七歲舉伊尹，意者往耕之時，尚在歸德，迨遷偃師而後得伊尹於莘乎？余特表而出之，以全鄭氏之説。

「會朝争盟」，舊指膠葛事言，則「争盟」二字無當矣。「蒼鳥羣飛」，舊指尚父鷹揚言，則「羣飛」二字無當矣。

齊桓以憂憤飢渴，不得良死，故曰身殺。事出管子，非僻書也，而舊注皆云死不得斂，如被殺然，何耶？

史記謂簡狄吞卵而孕契，姜嫄踐巨人跡而生稷。今案，天問「玄鳥致貽」，本無生子之説；「稷維元子，帝何竺之」，亦未嘗以爲大人跡所生也。燕卵之説，始於吕春秋，后稷生於巨跡，始于列子，皆誕謾不足信，而史記因之，鄭氏遂取以釋經。夫簡狄吞卵，詩無明文，不足深辨，而稷之見棄，則非無故而然，毛傳之釋詩當矣。然謂姜嫄欲顯其異而歷試之，又非通論。朱子從鄭氏之説，謂其無人道而生子，故棄之。夫姜嫄以祈子禋祀，而以爲無人道，此矛盾之言也。且無人道而有娠，姜嫄宜先見棄於君，奚俟生子而棄之？東陽許氏曰：嫄，姜姓處女，其禋祀非祈子也，性好祀鬼神，上帝依而生子也。「弗無子」，猶言有子云耳。真源賦：帝嚳時，有姜嫄履大跡生男，恥之，三棄草野，有異。帝聞其有聖子，乃詔取爲妃，賜名棄。此本其説。夫以有爲弗無，其文戾矣。處女生子，古今所無，宜有異詞焉。曰「以弗無子」，何言之易耶？又曰：周郊太祖，祖稷而不祖嚳。周祀姜嫄，舍祖而獨祀妣，以爲稷無父之證。禮：諸侯不敢祖天子。殷祖元王，周祖后稷，蓋自始封而已然。魯頌閟宮爲姜嫄廟，毛氏引孟仲子曰：「是禖宮也。」以祈子之祥，而祀爲禖神，周禮之享先妣，應亦類此，何嫌獨立廟而祀之？周之祀嚳也，則於禘矣，王者禘其祖之所自出。虞夏之禘以黄帝，殷周之禘以嚳，其義一也，何謂舍其祖耶？堯以四岳之言舉鯀，以師錫舉舜，當是時，稷契未嘗不在位，水土未平，無所見其材耳。謂堯不能舉八元，而稷契在其中，乃見於杜氏之注。執是以辨堯非稷契之兄，亦過也。且夫聖人之生，固有所自來，在天爲星辰，在地爲河岳，精華所積，發爲神明，禎祥兆焉，此其理也。至其凝爲血氣，非父母孰成之？漢薄姬曰：「昨夢蒼龍據妾腹。」高祖曰：「此貴徵也。」一幸而生孝文，其明驗矣。天之蒼蒼，安有質而生子耶？物反常則爲妖，非匹而合，皆謂之淫。周公大聖，又肯以爲美談，而侈其跡以示後世耶？生民之首章曰：「克禋克祀，以弗無子。履帝武敏歆，攸介攸止，載震載夙。」其言從容和悦，初無驚怪之意。及其「先生如達。不坼不副，無菑無害」，乃特著之曰「以赫厥靈」，又曰「上帝不寧，不康禋祀，居然生子」。然則后稷之靈，與姜嫄棄之之故，不在娠身之時，而在彌月之後明甚。蘇明允謂「無菑無害」，類鄭莊之寤生，故驚而棄之，則又不然。夫寤生而棄之，武姜之所不爲，而謂姜嫄爲之耶？人情非其所甚惡，孰肯捐其所生？昔人以達爲羊子，稷之如達，豈生時形與之類，故惡而棄之歟？先生謂初生也。異物之生，恒厄其母，故又言「無菑無害」，以著其靈，明非不祥之物也。宋芮司徒生女，赤而毛，棄諸堤下，共姬之妾取以入，長而美，爲宋夫人。楊億之生，其母見鳥翅交掩而蠕動，令棄之。祖母迎視，兩翅忽開，嬰兒在焉。生之惡者，及久而變，此理之或有者也，謂聖人無父而生，此理之必無者也。或曰：天地之始，人固以化而生者，麒麟鳳皇，生與物異，聖人之生而異於人，奚怪乎？曰：人之化生，此造物之初固然耳，未聞其後而復然也。三代以來，耳目漸近，聖人之化生者誰歟？麟鳳之與人則異矣，然亦安知非牝牡而生者也？朱子乃確據其説，不已過乎？伊尹生於水濱，又何爲斥之也？

「稷惟元子，帝何竺之？」舊訓：竺，厚也。上下文義難通。

伯林之爲申生，絶無所攷。但屈子九章，蓋嘗以申生自比，寧於天問不一齒及耶？則未必非申生也。「夫誰畏懼」，表其心也。申生之死，豈真有畏於驪姬哉？恐傷父之志也。明憲廟以萬貴妃之死，哀痛賓天。萬乘之命，懸於婦人，由來久矣。吁！申生之志可悲也。

詩周南注：公姓，公孫也，姓之爲言生也。闔閭爲壽夢孫，故曰「動闔夢生」。按，壽夢子四人，諸樊、餘祭、夷昧、季札。據史記：闔閭，諸樊子；僚，夷昧子也。諸樊兄弟相傳，欲致國乎季札。及弟夷昧卒，札讓弗嗣，國人立夷昧子僚，闔閭弑之。公羊則曰：諸樊、餘祭、夷昧與季札同母，僚，長庶也。闔閭弑僚，季札曰：「爾弑吾兄。」蓋僚壽夢庶子，於札爲庶兄。夷昧卒，札出使，僚襲兄弟相傳之舊，乘時即位，而闔閭弑之。與史記世次各異，後世讀公羊者，狃於史記之説，疏解支離，殊可發粲。左丘明世本又云「夷昧生光」，左傳狐庸語趙文子「夷昧甚德而度，終有吴者，必其子孫」，亦指闔閭言。夫闔閭惟諸樊子，季子不受位，則己世嫡當嗣，故弑僚。若爲夷昧子，則何宜立之有？觀天問「勳闔夢生，少離散亡」，亦以更歷餘祭、夷昧之世，不得嗣立而言，則左氏之誤明矣。

「又何言吴光争國，久余是勝」，朱子本又上有「我」字。案，我謂楚人，言楚何必以吴之勝爲懼也。八字爲一讀，十二字爲一句，與下「何環穿自閭社丘陵，爰出子文」句法相同，於義亦無害。然無「我」字似較簡净，故從别本。但舊解俱於「言」字讀斷，而以「我」爲原自稱，既非立問之體，兼「吴光」以下八字，俱無安放處。必於「又」字一氣讀下，而後文義貫串，前後音節，亦鏗鏘可誦。此意當爲知者道耳。

自「伏匿穴處」至篇終，第以「長」「勝」「長」「彰」爲韻。「勝」韻「長」，係「陽」「蒸」之通，與騷經「常」「懲」同例。舊本以「又何言」爲句，故有隔句叶韻之説。果爾，則「何試上自予」「予」字，又何以通焉？

「環穿閭社丘陵」，舊注伯比行淫之處，不經甚矣。

案，左傳莊公二十三年：楚成王弑堵敖自立。三十年：楚申公鬬般殺令尹子元，鬬穀於菟爲令尹，事在楚成王八年。錢飲光謂子文曾爲堵敖令尹，大誤。

天問本多難解處，今所注或濫引諸子讖緯及稗史言，不能闕疑，是吾過也。亦以原生周末，正值横議之時，其説未必非當時所有，故雜載之，繆誤易知，自可存而不論。若文義曉然，而前人誤解，或事確有據，而前人未及攷者，亦頗附主張之見，識者分别觀之可也。

【校勘記】

〔一〕原文脱「之」字，據文意補。

〔二〕説文當作正字通，原誤。

〔三〕南鄭縣，原作「南縣」，據水經注改。

〔四〕「甲子」原闕，據新唐書曆志一補。

〔五〕此句文津閣四庫全書本山帶閣注楚辭作「近日友人亦嘗論其事」。

楚辭餘論卷下

蔣驥著

九章

昔人説九章，其誤有二：一誤執王叔師頃襄遷原江南作九章之説，而謂皆作於江南；一徒見原平生所作多言沅湘，又其所自沉亦於湘水，而執江南以爲沅湘之野，故其説多牽强不相合。余謂九章雜作於懷襄之世，其遷逐固不皆在江南，即頃襄遷之江南，而往來行吟，亦非一處。諸篇詞意皎然，非好爲異也。近世林西仲謂惜誦作於懷王見疏未放之前，思美人抽思乃懷王斥之漢北所爲，涉江哀郢六篇，方是頃襄時作於江南者，頗得其概。但詳考文義，惜誦當作於離騷之前，而林氏以爲繼騷而作；思美人宜在抽思之後，而林氏列之於前；涉江、哀郢時地各殊，而林氏比而一之；惜往日有畢詞赴淵之言，明繫原之絶筆，而林氏泥懷石自沉之義，以懷沙終焉，皆説之刺謬者。九章當首惜誦，次抽思，次思美人，次哀郢，次涉江，次懷沙，次悲回風，終惜往日。惟橘頌無可附，然約略其時，當在懷沙之後，以死計已決也。其詳附著各篇，然亦不敢率意更定，以蹈不知而作之戒，故目次仍依舊本。

惜誦抽思思美人，與騷經皆作於懷王時，其立言與哀郢涉江以下六篇絶異。騷經之自言曰「余焉能忍而與此終古」，惜誦曰「願陳志而無路」，抽思曰「願自申而不得」，思美人曰「願及日之未暮」，所謂不忘欲返者，其志甚奢。騷經之言君曰「傷靈修之數化」，惜誦曰「待明君其知之」，抽思曰「矯以遺夫美人」，思美人曰「思美人兮，擥涕而竚眙」，所謂冀君一悟者，其望甚厚。哀郢以下，於君素無異舊之恩，於己漸絶進取之望，惟哀郢尚拳拳思返，然亦止欲歸死故鄉耳。涉江則寧「重昏終身」，懷沙則決計一死矣；悲回風欲死而未忍遽死，惜往日則畢辭而死矣。此兩朝辭旨異同之大概也。其爲彭咸之思，造之懷王始廢之時，而踐於頃襄久竄之後，則余固詳之思美人矣，此又所謂更統世而不變者也。

王叔師序騷，謂襄王遷原江南，復作九章，及注九章，又皆指懷王言，其疏妄如此。

九章命名，皆作文本旨，無泛設者。惜誦，惜訴言不見察而作也。涉江，直舉其事。哀郢懷沙思美人，皆明揭其情也。抽思，疏立朝進言之指，猶有誦意焉。惜往日者，臨死而撫今追昔，不禁號呼也。橘頌，賦物以盟心。悲回風，覩景而興懷也。史記高后紀「未敢訟言誅之」，漢書作「誦言」。鄧展曰：誦言，公言也。古「訟」「誦」相通，舊注釋惜誦爲愛惜其言，忍而不發以致憂閔，則此句直如懸疣矣。且以此命名，不無謂乎？

惜誦一篇，常苦「吾誼先君」一段無頓放處。今細玩從「待明君其知之」與「相臣莫若君」説下，明是誦辭正面，且條列生平，如泣如訴，尤肖稱寃口吻。蓋所謂以忠言正天神，全在此也。「重著自明」，林西仲謂根作離騷言，非也。誦詞本以自明，既不察矣，而復發憤道此，故曰重著。

奇之爲言異也，非世俗之所服，故曰奇服。集注訓爲奇偉，失之。以其奇，故世莫之知，好之不衰，所謂「高馳不顧」也，所謂「余心端直」「董道不豫」「不能變心而從俗」也。世莫知矣，而好之不衰，所以愁苦重昏，而有江湘之行也。使原變其所好，不至幽處霰雪雲雨之鄉；使原變其所好，亦不能齊步天地日月之際也。然則駕虬驂螭，與乘舲步馬，事相因也。追重華，登崑崙，與侶猿狖，入深林，理相合也。以其至隆，獲其至汙，以其至汙，獲其至隆。文勢首尾相應，率然之勢也。王蕫齋以比壽齊光，擬諸濟世匡君之始願，黄維章、賀瞻度謂後段意境，句句與前相左，皆兩橛之見，未知其技經肯綮所存也。

涉江之濟江湘，即招魂之發春南征。涉江作於未行之時，故曰將濟，南征在發春，此應作於冬杪。曰「秋冬緒風」，舉目前之景也。「乘鄂渚」以下，皆預擬之詞。「深林杳以冥冥」六語，韓子所謂「潮陽未到吾能説」也。

涉江哀郢，皆序遷逐所經之地。涉江始鄂渚，終辰溆；哀郢始郢都，終陵陽。舊注皆夢夢置之，黄維章、林西仲頗爲考訂而不得其説，乃謂原放江南，雖曰東遷，寔由東至南，涉江之「乘鄂渚」，即哀郢之發郢而遵江夏也，濟沅湘，入辰溆，即哀郢之上洞庭而南渡也。不知鄂渚在郢東，辰漵在郢西，使自郢至辰，何不渡江歷常德而西，乃迂道東行武昌鄂渚乎？且辰在郢西，其不可云東遷明甚。哀郢皆以舟行，而涉江兼用車馬，哀郢仲春去國，而涉江一曰秋冬緒風，再曰霰雪無垠，僅可擬之早春耳，奈何合之爲一乎？

王蕫齋論涉江，又謂原於懷王時，退居漢北，至頃襄而竄於江南，故有鄂渚之乘。夫懷之末年，原以諫入武關，與子蘭交惡，其不在漢北審矣。頃襄即位，子蘭之逐原，勢不旋踵，安得從漢北而至江南耶？原於懷世，雖遷漢北，然末年蓋已召還。至頃襄之始竄原江南，當以哀郢之發郢都爲正，涉江則既放之後，又往來江南之地耳。稽諸往事，參之地理，其情形思過半矣。

涉江，從陵陽至漵浦也；哀郢，從郢至陵陽也。舊解於陵陽未有確疏，因不知哀郢之所至，與涉江之所從。今案，陵陽縣，兩漢屬丹陽郡，唐宋爲宣州涇縣。水經注云：陵陽山，竇子明昇仙之所也，縣取名焉。志云：今陵陽故城，在池州府青陽縣南六十里。陵陽山有三峰，二屬池州石埭，一屬寧國府之太平。其地南據廬江，北距大江，且在郢之直東。竊意原遷江南，應在於此。然洪注嘗取以爲證矣，而朱子云未詳，豈以去郢頗遠，不足爲左驗歟？今合招魂之「貫廬江」，涉江之「乘鄂渚」觀之，則自陵陽而廬江而鄂渚，壤地相連，參錯可見，未可云臆説也。若錢氏謂陵陽即陽侯之波，洗髓謂陵陽即江陵之陽，固不俟辨而知其非矣。

哀郢序次，曰「過夏首而西浮」，曰「上洞庭而下江」，曰「淼南渡之焉如」，黄維章林西仲皆謂與涉江合。錢飲光亦曰：此原初發郢，由鄂渚夏口，轉而西溯湖湘之南也。余嘗覈而疑之，夫洞庭在郢東，而鄂渚又在洞庭之東數百里，自郢入湖，信宿可至，奚必遠歷武昌？且武昌去郢五六百里，而欲顧郢城龍門，其迂不已甚乎？凡泝流爲上，順流爲下，水經云：湘水注洞庭，北會大江。自江而湖而湘，以水勢言，則皆上也，以地勢言，則皆下也。今洞庭曰上，湘江曰下，於義安取焉？湘水雖在郢東，然其勢南多而東少，則下湘江者，不應置南而獨言來東。夏水在大江之北，今既由夏出江，而南泝湖湘矣，復繼夏浦於上洞庭之後，吾不知其何説也。蓋諸解皆未考陵陽所在，而誤以南渡爲湘沅之南，故舉過夏首上洞庭之路，皆紛紜繆戾而不相符。且夫所謂夏首者，非鄂渚夏口也，漢書注云：華容有夏水，首受江，行五百里入沔。水經注云：夏水出江，流於江陵縣東南。是夏水之首，江之汜也，屈原所謂「過夏首而西浮，顧龍門而不見」也。夏水又東過華容縣，又東至江夏雲杜縣入於沔，謂之堵口。自堵口下，沔水兼通夏目而會於江，謂之夏汭。按，華容今荆州監利縣，雲杜今沔陽州，夏汭今武昌鄂渚。漢本名沔，自夏水入漢之後，兼名爲夏，故庾仲雍曰：夏口一名沔口。杜元凱曰：漢水曲入江，即夏口也。然則夏水始於江陵，竟於鄂渚，故方東出郢都，便過夏首，而傷龍門之不見，惟其去龍門甚近焉耳。今人但知武昌有夏口，指爲夏首，而不知夏首本在江陵，處洞庭之西，此所以有鄂渚泝湖之誤也。自是而東，逕岳州巴陵縣，洞庭自南而北合於江，禮所謂以南爲上也，故曰「上洞庭」；南上則北下矣，故曰「下江」；其路直東行也，故曰「逍遥而來東」。絶湖口，掠蒲圻，達鄂渚，則漢水入江之處，所謂夏口也。逾鄂渚而東，則夏浦在後矣，故又曰「背夏浦而西思」。然則「上洞庭而下江」

者，蓋指經行之處，南洞庭，北大江耳，豈入洞庭而至湘江之謂哉？自是又東，逾興國，道潯陽，大瀆州土，敘次約略可見。濟江而南，淼然無際者，廬江也。漢書注云：廬江水出陵陽東南，北入江。今青陽石埭之閒，古陵陽境，距大江百里而遥。所謂南渡者，特自出江至陵陽而言耳。實則郢都去陵陽千六七百里，東西相望，自夏首而洞庭而夏浦，皆沿大江一逕東行，故總紀之曰「東遷」。諸解誤謂湘沅之南，乃謂原之東遷，實由東至南，失之遠矣。然則曷云「過夏首而西浮」？曰此舟行之徑，小有曲折，而西面郢城，故感歎於龍門之不得見耳。孟子曰「説詩者不以文害辭」，又可執是而疑其自東徂西耶？一曰西浮者，言從西而浮於東，此王叔師之説。

哀郢「百姓」及「民」，與騷經「民生」「民心」同，皆原自指。歸咎皇天者，不敢斥君也。集注泥其説，謂被放時適際凶荒，而與飢民同時東徙，不免膠柱之見。王薑齋又謂哀郢乃敘頃襄遷陳事，尤爲頗謬。

龍門，水經注：楚郢城東門。蓋下「兩東門」之一也。發郢而東，正應從此門出，故以不見爲傷。江陵記作南關門，未知孰是。周孟侯乃引辰陽龍門山爲證，迂遠甚矣。

「曾不知夏之爲丘」，因「遵江夏」而言，即滄海桑田意。舊訓大屋，非。况上皆自敘語，而此忽譏論楚王，亦無倫次。

襄王二十一年，秦白起拔郢，集注附之懷王，失考。錢飲光又沿其誤而分疏之，可爲一噱。

「美超遠而踰邁」，美，對衆言，即上「修美」也。章句九辨解自允，但鑿言接輿避世，殊可笑耳。集注承「踥蹀」句言，未愜語意。

抽思舊解多誤，惟林西仲頗爲有見，今節存其語云：屈子置身漢北，無可考據，新序云：懷王放之於外。司馬子長云：雖放流，繫心懷王。又曰：屈原放逐，乃著離騷。皆未明著其地。今讀此篇，言漢北不能南歸，則懷之放原，疑在於此，但未嘗羈其身，如頃襄之遷江南耳。觀哀郢曰「棄逐」，而是篇不言，可知舊注泥九章皆作於江南，遂以懷王黄昏爲期之言，移諸頃襄，已屬不合。且篇中思郢之辭曰南指而魂逝，南行而心娱，明以居郢之北而言，使作於江南，則字面不皆相背耶？按，漢水出嶓冢山，在漢中府寧羌縣，故思美人云「指嶓冢之西隈」，以身在漢北，舉現前漢水所出言之，則原之遷此何疑。

自舊解以九章爲頃襄時作於江南，故集注釋「自南集北」爲生於夔峽而仕鄢郢，釋「狂顧南行」爲自江入湖，自湖入湘。夫原以王族仕於朝，而曰「異域」，曰「獨處」，既儗非其倫矣。且南行娱心，即遵江夏以娱憂之意，蓋以自北而南，漸近郢都爲快耳。若遷放湖湘，何娱之可言？楚自文王居南郢，今江陵縣，與夔峽皆在漢水之南。昭王遷鄀名鄢郢，今襄陸之界，實漢北地。漢書地理志云：楚昭王畏吴，自郢徙鄀，後復歸郢。是原之時，楚都復於江陵久矣，何謂仕鄢郢耶？且集注哀郢既云郢都在江陵，而此乃以爲鄢郢，又矛盾之説也。如林氏以漢北爲遷所，則固豁然貫通矣。至原遷漢北無可考，然大約在鄢郢之閒，蓋由此濟漢而南，即今安陸沔陽州，夏水自江入漢處，故云「遵江夏以娱憂」。林氏所謂漢中寧羌，則未必然也。思美人曰「指嶓冢之西限」，蓋以身臨漢水而窮其所自出，正言其遠，以與「纁黄」相應耳，奚必曰舉目前而言哉？林氏又謂原非夔峽人，鄢郢非漢北，其考訂多疏，不足復辨。

回極，指天極回旋言。九歎「徵九神於回極」，語本諸此。王叔師注九歎，既以北辰爲訓，而此篇乃指懷王回邪不合中道言，鹵莽可笑。林氏輒改回極爲四極，不又幾於妄作乎？

秋風撼物而極爲之浮動，暴君怒臣而心爲之憂傷，所爲賦其事以起興也。集注訓「浮浮」，以極之運轉不常言，則不見秋風之威矣。

集注訓「覽民尤以自鎮」，謂觀民尤而君怒果當其罪，庶有以自止其憂。則愈見怒之不當而可憂滋甚，是「自鎮」下多一轉矣。諸解或以民自喻，或以民喻小人，或以民尤爲民之怨君，皆不可從。

「憺」有動静二義，「怛傷憺憺」，宜從動解，既懼且悲，故其心振動不已也。舊訓静默不言，則與下「歷情陳詞」隔矣。

洪注「望孟夏之短夜」，謂當秋而引領夏夜之易曉，此曲説也。原謫漢北，應在夏前，而此追敘謫後之情耳。

「何靈魂之信直」四語，便是招魂之祖。

史記原傳載懷沙之後，即繼以懷石自沉。後世釋「懷沙」者，皆以懷抱沙石爲解，若東方七諫「懷沙礫而自沉」，後漢高鳳傳「委體淵沙」，相沿舊矣，然以沙爲石殊未安。按，李陳玉云：懷沙，寓懷長沙也。其説特創而甚可玩。或疑長沙之名，自秦始建，且專以沙名，未可爲訓。不知山海經云：舜葬長沙零陵界。戰國楚策：長沙之難。史記齊威王説越王曰：長沙，楚之粟也。湘川記：秦分黔中以南長沙鄉爲郡。則長沙之由來久矣。又遯甲經：沙土之祇，雲陽氏之墟。路史：雲陽氏處於沙。神農紀：宇于沙。黄帝紀：南入江内沙。則以沙爲長沙，亦非無本也。蘇佳嗣長沙志云：長沙名始洪荒之世，一名星沙。軫宿中有長沙，星以沙得名，非沙以星而得名也。其説可參。

史記：周封熊繹居丹陽。而方輿勝覽云：長沙郡治内有熊湘閣，以楚子熊繹始封之地而名。唐張正言長沙風土碑曰：昔熊繹始在此地。蓋是時楚地跨江南北，或有前後遷徙，或兩都並建，俱未可知。

九章言南行衆矣。抽思之「狂顧南行」，思美人之「煢煢南行」，皆欲自漢北而至郢也。哀郢之「南渡」，則由大江至陵陽也。涉江之「濟江湘」，則自陵陽往辰溆。招魂所謂「汨吾南征」也，懷沙之「徂南」，則歷辰常渡湖而至長沙也。别詳招魂漁父中，時地各殊，讀者不可不察。「北次」，對「徂南」言。林氏謂北向汨羅，毋論與「徂南」相悖，而意解亦鑿而不通矣。

懷沙，蓋自九年不復之後，賜環無望，罪過日加，勢不容於不死，故於篇末明言以揭之曰「限之以大故」，與後「知死不可讓」相應，以深著投淵之志也。集注訓人生幾何，死期將至，其詞泛矣。懷石自沉，本彭咸已事，故先言「願志有像」以引之，亂所謂以君子爲類也。舊解以君子爲後世賢人，亦迂。

林氏謂抽思與思美人，皆居漢北時所作。今按，兩篇皆惓惓於美人，而以無媒爲慮，則以懷王見知日久，但爲左右所蔽故也。又兩篇皆曰路阻處幽，則但置之閑地，未至棄逐審矣。「遵江夏以娛憂」，又即南行娛心之意，故余謂其説良然。然拘黄維章開春孟夏之説，先思美人於抽思，則未察其詞意之實也。按，抽思首序立朝見疏之由，次紀自南來北之蹟，其爲初遷可知。思美人曰「陷滯而不發」，又曰「獨歷年而離愍」，「寧隱閔而壽考」，則非遷年所作又可知。且思美人首章與抽思亂語，意本相承，合觀可見也。本傳懷王疏原之後，至十八年，始有使齊之命，三十年始諫會武關。原之居外，固應屢易春秋矣，又可拘拘然以文之春夏爲序乎？黄氏論九章，好組織春夏秋冬以定先後，觀其總論，殊可噴飯。

抽思思美人與騷經語意相近。抽思不特「黄昏」數語複見也，其言「望三五以爲像」，即「及前王之踵武」意，「指彭咸以爲儀」，即「依彭咸之遺則」意。思美人則與離騷結搆全似，「欲變節從俗」以下，即「長太息以掩涕」數段意也，自「勒騏驥」至「居蔽聞」章，與「步余馬於蘭皋」至「昭質未虧」，語意亦同，其卒章歸於思彭咸，又騷經亂詞之意，「篇薄」四語，經所謂「流從」「變化」也。騷經當作於惜誦之後，抽思思美人之先。惜誦第言「曾思遠身」，猶經文「退修初服」，思美人「假日須時」本願，蓋爲彭咸之意，至作騷以後始決耳。抽思思美人之後於騷經，何也？離騷但曰「齋怒」，曰「窮困」，而不言處幽居蔽，其在漢北未遷之時乎？然騷經「退修初服」之後，又設辭以求賢君，而思美人不復及者，求君四方，非貞臣本意，故決意不行。高隱須時，猶不失志士之操，故尚縈懷抱也。參伍以觀，而其變盡矣。

馮，滿也。馮心，得君行道，盛滿之願也。騷經「喟馮心而歷茲」，此篇「羌馮心猶未化」並同，承上不肯「易初屈志」，故行道之盛願，不變化也。舊注皆以憤懣釋之，則「喟馮」句固屬無味，而「馮心未化」亦與上不應矣。「揚厥馮」，即滿内外揚意，集注解樂其所得於中以舒憤懣，更迂。

「知前轍之不遂兮，未改此度」，十一字一氣讀下，蓋以未改此度，明前轍所以不遂也。故後狐疑之語遥相應曰：今欲「廣遂前畫」，則我尚「未改此度」也。前固以此不遂矣，豈獨能遂於今乎？呼應極靈。集注云「知直道之不可行，而不能改其度」，則與下「懷此異路」意複，而後文「未改此度」直爲重出矣。此真千年夢夢也。

集注云：篇薄、雜菜，皆非芳草，故原解去之而備茝莽以爲佩。夫既非芳草，奚俟佩而始解？且芳草既萎絶離異，又何芳華中出乎？

「容與狐疑」以下，盡翻前案，跌出彭咸，章法絶奇。二「也」字作狐疑口吻，其中又有賓主在。後人於此，最多舛誤。

舊解釋「惜廱君」「不昭」「不識」，以爲欲使後世知讒人之罪，何見之小也。昭與識皆從君立言，蓋史魚尸諫之意。「乘騏驥」數語，其痛哭而陳，至深切矣。嗚呼！沅湘沉流，温國乃削而不書，春秋褒毫髮之善，通鑑掩日月之光，宜爲劉壯輿所譏也。

凡讀古人書，要當知其本旨所在。惜往日「介子立枯」數語，乃通身着意處。久故親身，便對往日曾信言。

訑，與詑同。玉篇：訑，湯何切。兖州人謂欺曰訑，楚辭「訑謾而不疑」是也。訑，弋支切。訑訑，自得也。廣韻集韻類篇皆同。然則訑謾之訑，當音拖，與孟子「訑訑」自别，補注音移誤。又金壺字考：訑謾，訑音誕。

王氏解騏驥作駕馬，朱子因之，此泥驥不稱其力稱其德之説耳。嘉話録：季龍挾彈彈人，父怒之。母曰：「健犢須走車破轅，良馬須逸鞅泛駕，然後能負重致遠。」蓋疾足者易蹶，固事之常，何用爲騏驥諱乎？

橘頌咏嘆「受命不遷」「深固難徙」二意以自命也，後世議原者，一曰歷九州而相君，一曰不遇則龍蛇。負暄食芹之見，可哀夫！

楚辭悲回風篇舊是難處，諸解紕繆百出，不可勝辨，即朱子亦論其顛倒重複，蓋未得其條理所在也。今觀其辭，脉絡井然。前半反覆開合，無非決計爲彭咸意。至「上高巖」以下，則皆爲彭咸以後之境矣。末章猛然自省，又不欲遽爲彭咸。此汨羅之沉所以不於秋，而於來歲之夏也。其忠君愛國之心，溢於言表，尤爲流涕不能已。

「鳥獸號羣」數語，總申情不可蓋意，以起下自況佳人意。舊解承秋風摇蕙言，則魚之葺鱗，蛟龍之隱文章，何待秋始然耶？「荼薺」二語，益難通矣。

佳人，猶言美人。舊説原自謂，非體。

俗解「紉思心以爲纕，編愁苦以爲膺」，謂攢成一處，不使散亂。夫纕繫腰而纓絡胸，則心腹之閒，無非愁思矣，奚言一處乎？

集注：風穴，風從地出處。本補注引淮南覽冥篇：鳳凰羽翼弱水，莫宿風穴。注：風穴，北方寒風從地出之也。今按，南山經：丹穴有鳥名鳳。疑淮南風穴，本丹字之誤，高誘仍其訛而注之耳。爾雅釋地疏：天老説鳳云「濯羽弱水，莫宿丹穴」。説文「鳳」注：天老曰「濯羽弱水，莫宿風穴」。傳寫之訛，非止一本。若夫空穴來風，凡地皆然。括地志：龍山四麓各有風穴。博物志：風山有風穴。荊州記：宜都佷山有穴名風井。神異經：炎山有風穴。皆瑣屑不足爲證。且才上天，即下地，旋又上崑崙，不亦勞乎？按，山海經：崑崙帝之下都。神異經：崑崙銅柱，其高入天。故騷經上下於天，皆從崑崙取徑，此捫天而依風穴、馮崑崙，亦此意也。風穴從崑崙解，頗融洽。

補注以「黃棘」爲地名，集注辨從王解，良是。抑考中山經云：苦山有木名黃棘，黃華而員葉，其實如蘭，服之不字。豈亦芳香貞烈而有棘刺之物，故借以寓意與？

遠遊

遠遊發端曰「悲時俗之迫阨兮，願輕舉而遠遊」，全文都攝在裏，皆深悲極痛之辭也。凡人心彌鬱者，其言彌暢。不極暢，不足以舒其鬱，不極暢，亦不足以形其鬱。知其解者，篇中所云皆屬幻語，豈真有鍊形魂，後天地之本願哉？黄維章曰：題名遠遊，本非求仙，第以凡質難於輕舉，不得不假途於仙，以爲遊之能遠計。斯言得之，惜未究所以欲遠遊之故耳。後之論者，乃謂神仙忠孝同出一原，至以沉湘爲水解，誠癡人説夢矣。

遠遊章法整齊，最爲易了。章首「悲時俗之迫阨兮，願輕舉而遠遊。質菲薄而無因兮，焉託乘而上浮」，挈出全篇之旨。「重曰」以下至「要眇淫放」，言鍊質也。「南州」六句，言輕舉也。「命天閽」至末，言遠遊也。前段至南巢，仍丹丘，皆以爲鍊質地耳，與遠遊無關。至南巢，常境也，丹丘，則至仙鄉矣，上征，則輕舉升天而後能遠遊。此鍊質之次第也。遠遊次第，始因乘雲上征，故先言天，從天而下，自東而西而南而北，序次有詳略而辭旨秩然。句芒蓐收祝融顓頊，四海之神，流波、潤瀁、清源，皆指海言，尚未及海外也。末段則天上地下，無微弗到，遠遊之志，於是大快矣。後之解者，謬誤百出，若聽直欽騷論遠遊之境，以南巢丹丘與帝宫、句芒等列，則未能輕舉，先已遠遊，固已亂其立言之旨。錢飲光張原雅又謂南南州太微，東句芒，西蓐收，北玄武，四方之遊已遍，「路曼曼」以下至「先乎平路」，乃於臨睨故鄉句，别作波瀾。其説雖小異，其爲支離一也。本因玄武在北，故曲爲之解，殊不知玄武雖在北方，然列象於天，非句芒等分主方隅之比。且召而奔屬，與曰「過」曰「遇」曰「從」不同，譬之騰告鸞鳥迎伏妃，以其不在，故曰召曰迎；以其道遠，故曰奔曰騰。一而已矣，又可以迎宓妃爲遊洛水乎？至臨睨故鄉，特以楚都在南，故於南遊小作曲折，以示行文之變耳。膠而執之，皆陋見也。若王薑齋於東西南北之遊，皆指爲龍虎丹鉛寓言，妖氛滿紙，於遠遊本義，不啻秦越，尤不足當識者一笑。

齊東野語載趙汝愚安置永州，至衡而卒，朱子爲之注離騷。今按，遠遊集注以「往者余弗及兮，來者吾不聞」二句，爲作文本意，蓋有激之言。其實二句第言人生爲日無幾，以明長勤至死之可哀耳。若作文本意，篇首二語，固已著明，不待他求也。

淑郵，一作淑尤。舊訓淑善而絶尤也，頗覺晦滯。

天有六氣，別見左傳。章句引陵陽子明經爲解，則下文「朝霞」「沆瀣」「正陽」，都爲重出矣。周孟侯嘗論之。

列仙傳謂王子喬遊伊洛閒，浮丘公接上嵩山，後見於緱氏山。而廬州巢縣志又云：金庭山在縣西南九十里，一名紫微，王子喬於此採藥得道。唐天寶中，敕名王喬山。按，巢縣即古南巢，似與此文相應。補注辨爲南方鳳鳥之巢，直臆説耳。又案，巢縣在古陵陽正北，相去數百里而近。今觀「順凱風」而「至南巢」之語，則遠遊之作，豈在遷放陵陽之日與？

「晞余身」，一本作「晞余目」，解者頗多異説。今按，補集二注，俱無考正，則「目」字乃後人傳寫之訛，諸説皆未察耳。

「載營魄而登霞」，朱子辨證力主載爲以人乘車之義，而深闢蘇王二子之説之非，其論詳矣。余按，上文曰「質銷鑠以綽約兮，神要眇以淫放」，明是質消神旺，故神能載魄以升。清澂醇粹之神，固不可以言强陽，而載魄亦非馳騖於紛挐也。二子訓載爲以車承人之義，似較直截。或朱子於養生之術，别有微會，而深悉其非，則弗敢知已。

自「掩〔一〕浮雲而上征」以下，序次遠遊，體徑平直。「臨睨舊鄉」數語，從故鄉蹴起波瀾，非惟情義所必然，亦文勢洄洑，不得不爾也。若其本旨，則固注重抑志自弭一邊，以卒遠遊之志耳。章句絶歎其思念楚國，爲精誠之至，德義之厚。夫原之精誠德義，豈俟此而後見哉？因集注采用其語，故及之。

「使湘靈鼓瑟兮」，蒙上「二女御」言，蓋使侍而鼓瑟也。變文湘靈，取與海若作對耳。補注援此證屈子不以二女爲湘君夫人，亦膚見也。如以理言，則與洛水宓妃，均屬悠謬，奚獨於此置辨乎？

楚辭上下天地，多言崑崙，此獨不及者，亦文家避熟之法。

遠遊驅役百神，本是隨意抒寫，無他取義。「從顓頊」亦第以北方言，或牽附高陽苗裔，皆曲説也。

卜居

卜居本意，蓋以惡既不可爲，而善又不蒙福，故向神而號之，猶阮籍途窮之泣也。王叔師謂决之蓍龜，冀聞異策，固爲大愚；集注以爲哀憫世人，而設此以警之，亦非切論。

「瓦釜雷鳴」，對「毁棄黄鐘」言，言人之棄黄鐘而羣擊瓦缶，所謂溷濁不清也。集注謂以妖怪而作聲，夫妖怪於人何與耶？

漁　父

「何故至于斯」，驚絶之辭。蓋因武溪蠻蜑之境，而原以王族來此故耳。然原之放日久，漁父豈不知之？特未悉所以放之之故，故下以「是以見放」爲答也。俗解謂怪其顔色形容，則與答辭不應矣。

「身之察察」二語，切沐浴者言，便與「皓皓」二語，不嫌重複。史記於「振衣」下多一「人」字，尤爲可見。

昔賢遺蹟，後人往往多附會，均州沔陽之滄浪，非江南地無論矣，若長沙湘陰之濯纓橋，寶慶邵陽之漁父廟，城步之漁父亭，去滄浪頗遠，皆以爲漁父遇屈原處。一統志又云：武崗滄浪水，亦有漁父亭。然考武崗山水，絶無滄浪，亦足徵其妄也。

招魂

自王叔師以招魂爲宋玉所作，千餘年來，未有易者。大招則王以爲作於屈原，又曰景差，蓋已不能定其人矣。晁无咎謂大招古奥，非原莫能作。洪氏又曰：漢志原賦二十五篇，漁父以上是也，大招恐非原作。朱子謂以宋玉大、小言賦考之，差語皆平淡醇古，知大招爲差作無疑。自後學者争傳其説，至明黄維章始以爲非，而取二招歸之於原，然言多迂滯，未足以發其義。林西仲本黄氏之説，又從而條列之，而後二招之屬於原，殆有確乎不易者。今約其辭曰：古人招魂之禮，爲死者而行，嗣亦有施之生人者。原以魂魄離散而招，尚在未死也。王逸乃以招魂爲宋玉所作，試問太史公讀而悲其志，謂悲原之志乎？抑悲玉之志乎？或謂世俗招魂，皆出他人之口，不知古人以文滑稽，且有生而自祭者，又何嫌於自招？杜子美彭衙行：「煖湯濯我足，剪紙招我魂」，固亦自招之明驗也。玩篇首自序及篇末亂詞，皆不言君而曰「朕」曰「吾」，斷非出於他人之語。舊注謂宋玉伐原爲辭，不轉多葛藤乎？且果係玉作，無論首尾解説難通，即篇中亦應倣古禮以自致其招，何乃托之巫陽，涉於戲乎？若謂班固漢志有原賦二十五篇之語，漁父以上，已足其數，故并大招亦屬之景差。夫固之時，去原已遠，其言固未足爲左驗，且九歌雖十一篇，而名止稱九，如不合之二招，僅二十三篇耳，即謂二招在二十五篇之内可也，于玉與差何涉？李善又因大招名篇，改招魂爲小招，玉與差皆原之徒，苟俱招師之魂，何以見差之當爲大，玉之當爲小耶？按，原自放流以後，繫心懷王，不忘欲反，則當歸葬之時，升屋而皐，自有不能已者，特謂之大，所以别於自招，乃尊君之辭也。篇中所言飲食、音樂、女色、宫室之樂，皆懷王向所固有，其中亦各有制，與招魂大不相同。至末六段，舉五百年興王之業，望之懷王，蓋三代之得天下，實不外此，豈原所能自爲耶？舊注以爲景差招原，强增楚王舉用等語，以致文義難通。最可怪者，章首「魂無逃只」，本因懷王逃秦而言，舊注釋春氣奮發，魂魄亦隨時感動而無所逃。夫果無所逃，則不能他往，亦不能來歸，何必戒其「無遠遥」，又爲此無益之招乎？且與隨時感動四字，語意絶不相蒙，何其謬也！若王逸謂玄冥之神凌馳天地閒，收其陰氣而藏之，故魂不可逃，尤不足辨矣。余按，林氏之説，參之二招本文，皆條暢愜適，初無强前人以附己意之病。然則大招所以招君，故其辭簡重爾雅，招魂所以自招，則悲憤發爲諧謾，不妨窮工極態，故爲不檢之言以自嘲，蓋立言之體各殊耳。後人乃云：招魂辭勝，大招理勝。争以其見爲之軒輊，何足與議哉！

招魂序宫室、女色、飲食、音樂之樂，與大招不同。大招是實情，招魂是幻語。大招每項俱各開寫，招魂則首尾總是一串，其閒有明落，有暗度，章法珠貫繩聯，相繹而出，其次第一層進一層，入後異采驚華，繽紛繁會，使人一往忘返矣。亂辭一段，忽又重現離殃愁苦本色來。通首數千言，渾如天際浮雲，自起自滅，作文之變，於斯極矣。遠遊近者欲使之遠，招魂遠者欲使之近，皆是放逐之餘，幽邑瞀亂，覺此身無頓放處，故設爲謾詞自解，聊以舒憂娛哀。所謂臺池酒色，俱是幻景，固非實有其事，亦豈真以爲樂哉？且微特招魂非志於荒淫，即遠遊亦豈誠有意於登仙乎？此與孔子浮海居夷，同是憤極時語，太史公讀而悲其志，真能推見至隱者也。招魂以亂詞終，主客之意尤爲可見。後人認客作主，苦加掊擊，林西仲又曲爲之解，比之管仲三歸，魏絳女樂，何異癡人説夢乎！

「掌夢」二字不可曉。豈上帝本遣掌夢告巫陽，故呼而致詞歟？一説，巫陽職在掌夢，故以自稱；上帝，上告於帝也，若漢書景帝紀三輔上丞相御史之類。

「纂組綺縞」，指衣服言，蓋補上下文所未及也。舊注從幬帳立解，則上既言羅幬矣，此不嫌重出乎？

「瑤漿蜜酌，實羽觴些」，章句云：蜜，古本作蠠。朱子云：蠠見禮經，通作冪，以疏布蓋尊者。勺，挹酒器。言舉冪用勺，酌酒而實羽觴之爵也，今本作蜜非。余按，通冪者乃鼏字，玉篇：亡狄切。禮器所謂「犧尊疏布冪」也。若蠠字乃蜜本字，玉篇：亡吉切。説文：蠭甘飴也。爾雅翼云：蓋若鼎器焉而冪之。然則蠠與蜜，特古今字體不同耳，朱子以蠠爲鼏，不免謬誤。且云舉冪用勺，文義亦嫌蛇足矣。其以蜜爲非者，豈謂與上「蜜餌」蜜字複出耶？古人臨文，固不如此拘拘也。

舊解「挫糟」爲捉去其糟，捉與挫意義殊不協。「凍飲」，舊訓盛夏飲酒，居之冰上，王薑齋又云以水和酒而飲，皆不經之説也。唯文選五臣注：糟，酒滓，可以凍飲。李善曰：凍，冷也。其説爲當。抑按梁四公記：高昌國獻凍酒，杰公辨其非八風谷凍成，又以高寧酒和之者。豈凍飲固酒之製爲凍者歟？

「美人既醉」四語，寫醉後美人，爲舞時引興；「被文」四語，寫衣麗髮豔，爲舞時襯色。與前言女色，絶非重複。「麗而不奇」，言五色絢麗，色不奇單也。此處總以繁雜爲主，故特下「不奇」二字。舊解讀作其音，訓「不奇，奇也」，非是。

投六箸，行六棋，故爲六博，本王氏注。集注引稱博雅，豈因上「箟蔽」句補注引博雅云「博箸謂之箭」，而誤記之歟？古博經云：二人相對向局，分十二〔二〕道，兩頭當中名爲水，用棋十二，六白六黑，又用魚二枚置水中，其擲采以瓊爲之，鋭其頭，四面刻眼，亦名齒。亘擲行棋，棋行到處則竪之，名爲驍棋。即入水食魚，獲籌。魏侍中曰：采越浄中者，休則立梟。梟者不伏，會浄者梟折爲伏，伏則不梟。鮑潤身博經云：所擲瓊有五采，刻爲一畫謂之塞，二謂之白，三謂之黑，一面不刻者，五塞之間。按，驍即梟也。戰國策：博所以貴梟者，欲食則食，欲握則握。晉書謝艾傳：六博得梟者勝。博之貴梟久矣。得梟已勝，然再投失采，猶恐爲人所殺，韓子所謂勝者必殺梟也，故欲倍勝，必呼五白。五白，或五瓊皆白，或五擲皆白，未可知。吴曾漫録乃云：五木之戲，貴采四，賤采五。四采之中，有采曰白，蓋五木皆白也。梟乃賤采，故欲勝梟，呼五白也。按，五木皆白曰貴采，亦見李習之五木經。至以梟爲賤采，則本程泰之之説。泰之樗蒲經略云：古斲木爲五子，故名五木。子狀如杏仁，一面白，一面黑。凡投純黑爲盧，采甚高。自此以降，黑白相雜，名雉，名梟，名犍。梟雖善齒，而采甚低，故曾有梟乃賤采之言。不知古者烏曹作博，老子作樗蒲，博投六箸，樗蒲擲五木，本非一類，曾以五木釋六博，豈有當耶？史記正義云：博骰有刻爲梟鳥形者，采最高。或又云：六博以五木爲骰，有梟、盧、雉、犢、塞五者爲勝負之采。與古博經又小異。蓋戲玩之具，隨時變更，觀古圍、象棋皆異今製，而五木經與樗蒲經略又各殊，可見。

章句「射張食棊，下兆于屈」，人多不曉。案，列子：樓上博者射明瓊，張中。西京雜記：許博昌，安陵人，善六博。其術曰：方畔揭道張，張畔揭道方，張究屈玄高，高玄屈究張。語有相發者，並記之，究博箸也。

舊注晉國工作博箸，比集犀角以爲飾。按，馬季長樗蒲賦：馬則玄犀象牙。梁武圍棋賦：枰則廣羊文犀。是局與箸皆可用犀。上既言「篦蔽」，此或應指局也。又聽雨紀談云：世人以髹器黑剔者爲犀毗。犀毗，犀臍也。犀牛臍四旁，文如饕餮相對，中有圓孔，西域人取爲帶飾，後人髹器倣之，遂襲其名。未知於古博具有合否。

「陳鐘按鼓」，樂始作也；「狂會」「搷鳴」，則樂從矣；「吴歈蔡謳」而「奏大吕」，已帶狂意；「搖簴」「揳瑟」，則狂戲懽呶，不復成樂矣。此立言次第也。

從巫陽意中，歷序歸楚之樂，入後興會轉遒，不復揆之禮義，蓋以諧傲舒其怫鬱。余故曰詩人簡兮之遺也。若出之他人，則唐突甚矣，况弟子之於師乎？

亂辭以下，舊訓以田獵之樂招原，不識所謂「獻歲」「南征」，與「斯路漸」「傷春心」等語，皆作何解？

廬江，王蕒齋以襄漢閒中廬水當之。按，水經注：中廬城南有水，出西山，其水甚微，未足以名江也。且詳招魂詞意，當作於原之暮年，其遷江南已久，安得從襄漢而行耶？考海内東經云：廬江出三天子都，入江彭澤西。前漢地理志云：廬江出陵陽東南，北入江。水經云：廬江水出三天子都，北過彭澤縣西北，入於江。三天子都，今休寧率山，地與今寧池相接，所謂陵陽東南也。彭澤今屬九江府，與武昌相近。然則廬江東際陵陽，西連鄂渚，自陵陽達鄂渚至江湘夢澤，必首尾穿而過之，故曰貫。此可知貫廬江，即涉江乘鄂渚之行。而余謂哀郢陵陽，在今寧池之閒，益非謬説矣。

舊指懸火爲夜獵，此拘迂之説也。古固有燎原而田者，奚必夜始用火耶？懸火，蓋若今之火把。楊用修引古詩賦猛燭、猛炬，及周禮墳燭相擬爲近之。

今岳州華容有巴丘湖，即古夢澤，在洞庭西。風土記云：夏秋水漲，則與洞庭爲一，所謂「湛湛江水」也。蓋自陵陽往辰溆，與自辰溆返長沙，皆所必由之境。

按，襄王父讐不報，國蹙不恤，方春和時，但與幸臣馳逐荒野以騁其能。原以放廢之身，泠眼遥望，本是極傷心事，然今再過之餘，即欲遥望亦不可得，則傷心之中，殆有甚焉，故曰「目極千里兮傷春心」。

「哀江南」，舊解以爲哀此江南之地，嘗考其説，多不可通。今覽圖經，湘陰有大小哀洲，二妃哭舜而名。又長沙湘陰志云：哀江在縣南三十五里。正與汨羅相近，固知其所指乃言哀江之南。以見入修門之爲虚，而沉湘之爲實，此一篇結穴也。或云圖經縣志，皆後世附會之談，未足爲據。余以爲若附會舜事，則與舜陵湘女，同出屈子之前；若云附會楚詞，則二書固未嘗以此釋招魂也。余以其闇合，故取之。

發春南征而遥望博，朱明承夜而斯路漸，則春夏之往來夢澤可知。所以知春之南征，爲自陵陽至辰溆者。廬江與陵陽接壤，而涉江「秋冬緒風」，正合發春之時，自是而過鄂渚，濟江湘，則固夢澤所在。以涉江考之，知其往辰溆也，其後之爲自辰溆至長沙者，以哀江即長沙之地，而「朱明承夜」正與懷沙「滔滔孟夏」之時相應也。若其自辰溆啓行，余固詳之漁父矣。過龍陽而東，則爲夢澤，亦至長沙所必經之路，則原之往來，固已瞭然。而涉江漁父懷沙招魂，皆作於半歲之中，其次第亦可考矣。然原之涉江曰「將重昏而終身」，乃不數月而卒就死長沙者，豈悲憤之情，非遠遁所能解歟？抑亦嚴譴所迫，勢不容於不死歟？爾雅：春爲青陽，夏爲朱明。

大　招

林氏謂「魂無逃只」，因懷王逃秦而言，是也。其謂毋乃禁止詞，則不然。懷本以欲歸而逃，今禁之，是禁其歸乎？本意乃言此番之歸，不用如生前之逃耳。凡驚畏而死者，雖死亦怯，故言此以壯其氣、慰其心也。

古弱水亦名溺水，然弱水在西，而此列之於東，當别是一水也。

吾邑唐荆川先生稗編云：管色字譜：五、凡、工、尺、上、四、六、一、勾、合。合字爲黄鐘正聲，下四大吕，高四太簇，下一夾鐘，高一姑洗，上字仲吕，勾字蕤賓。尺字林鐘，下工夷則，高工南吕，下凡無射，高凡應鐘。六字黄鐘清，下五大吕清，高五太簇清，緊五夾鐘清。此十字載籍無可考，惟楚辭大招曰：「四上競氣，極聲變只。」舊注未詳，今按，招魂：「吴歈蔡謳，奏大吕些。」大吕爲宫，其譜上四，仲吕爲角，其譜上字。「四上競氣」，謂宫角相應也。余少讀大招，即以管色立解，覽是編，乃嘆所見不謀而合。然管色之目，秦漢以來，罕有論著。梁王暕觀樂詩：「參差陳九夏，依遲紛四上。」或第襲楚詞成語耳。唐賀懷智琵琶譜序始有管色定絃之説，至宋沈存中、朱晦庵、蔡元定而其義始詳，竟未知於楚辭有當否？姑存其疑，以俟多識者。

又按，西河毛大可竟山樂録云：二八四上，古樂經也。二八者，人聲也。人聲十六，故曰二八。四上者，笛聲也。笛色譜四、上、尺、工、六，爲宫商角徵羽，四上，宫與商也。大招曰：「謳和揚阿，趙簫倡只。」言和揚阿之歌，當以簫爲倡，凡絃匏鐘磬，皆從簫倡之。故又曰「定空桑只」，言自此可定絃也。猶今調琴瑟者，必吹笛以奠其聲也。「二八接舞」，王逸本「武」作「舞」。言人聲十六，可繼舞而歌也。「四上競氣，極聲變只」，言宫聲由商而争上，至極而變，則四清聲生焉。蓋五音之上，又加四聲爲九聲，即變聲也。八音革木皆主節樂，無與五聲。金石司五聲，而編鐘編磬，專一難轉，絃以一絲典一聲，猶之金與石也。惟竹兼匏土，以篪簫笛管而兼塤簧於其間，其於五音之留轉遞代，環至不竭，了無扞格，而神明變化，足爲樂準。故黄帝制樂，斷自伐竹，而舞樂之妙，稱爲簫韶也。按，此以四上爲宫商，與舊樂書微異，其疏解頗有發明，故備録之。

禮器：或素或青，夏造殷因。鄭康成云：變黑爲青者，秦趙高欲爲亂，以青爲黑，民從之，至今語猶存也。余按，以黑爲青，今北人猶爾。然大招云「青色直眉」，青亦指黑，固非始於秦時。髪美者言青絲、青絡，皆以青黑相近耳。嘗論阮步兵青白眼，青亦應指黑眸言，白眼則轉眸不視，惟存白耳。

檀弓：池視重霤。疏云：重霤者，屋之承霤。以木承於屋簷，水霤木中，又從木而霤於地，故曰重霤。天子之屋四注，四面皆有重霤，諸侯四注而重霤去後，大夫惟前後二，士惟一在前。此言絶霤，蓋用天子制也。

舊訓「正始昆」，謂正其始以及後人，語冗而滯。

「誅譏罷只」，舊解罷音皮，謂誅責衆所譏誚罷軟之人，則「譏」「罷」二字，生澀甚矣。

「諸侯畢極，立九卿只」，謂朝諸侯，定官制也。當時七雄並争，此意自不可少。舊解諸侯位次三公，其班既絶，乃使九卿立其下，其義既隘，而解「畢極」益復欠理。

自「曼澤怡面」以下，皆帝王致治之事。「永宜厥身」，則本身之治也；「室家盈庭」，則勸親之經也。正始必自孤寡，文王治岐之所先也；阜民必本田邑，周公七月之所咏也。發政而禁苛暴，省刑薄斂之功；舉傑而誅讒罷，舉直錯枉之效也。直羸者使近禹麾，所以承弼厥辟；豪傑者使流澤施，所以阜成兆民也。末章歸之禮射，則深厭兵争之禍，而武王散軍郊射之遺意也。於此可以見原志意之遠，學術之醇，迥非管韓孫吴及蘇張莊惠游談雜霸之士之所能及。而所謂「望三五以爲像，指彭咸以爲儀」，其梗概略具於此，夫豈宋玉景差之徒，好辭而不敢直諫者所能彷彿其萬一哉？且大、小言賦，本皆玉所著，意在假人以炫己長，固未必果出於諸人之口，即所謂差語，亦徒以謾詞相競，未見所謂平淡閑退也，又可以是而决此篇爲差作乎？

【校勘記】

〔一〕掩，原作「淹」，據山帶閣注楚辭遠遊篇改。

〔二〕十二，原作「十一」，據楚辭補注改。

楚辭說韻

蔣驥著

離騷

庸一 降 名二 均 能三 佩 與四 莽 序 莫 度 路 在五 茝 路六 步 隘七 績 武八 怒 舍 故 路 他九 化 晦十 芷 刈 穢 索十一 妒 急十二 立 英十三 傷 蕊十四 纚 服十五 則 艱十六 替 茝十七 悔 心十八 淫 錯十九 度 時二十 態 然二十一 安 詬二十二 厚 反二十三 遠 息二十四 服 裳二十五 芳 離二十六 虧 荒二十七 章 常 懲 予二十八 埜 節二十九 服 情三十 聽 茲三十一 詞 縱三十二 衖 狐三十三 家 忍三十四 隕 殃三十五 長 差三十六 頗 輔三十七 土 極三十八 服 悔三十九 醢 當四十 浪 正四十一 征 圃四十二 莫 迫四十三 索 桑四十四 羊 屬四十五 具 夜 御 下 予 佇 妒 馬 女 佩四十六 詒 在 理 還四十七 盤 游四十八 求 下四十九 女 好五十 巧 可五十一 我 遙五十二 姚 固五十三 惡 寤

古　之五十四　之　女五十五　女　宇　惡　異五十六　佩　當五十七　芳　疑五十八　之　迎五十九　故　同六十　調　媒六十一　疑　舉六十二　輔　央六十三　芳　蔽六十四　折　留六十五　茅　艾六十六　害　長六十七　芳　幃六十八　祇　化六十九　離　茲七十　沫　女七十一　下　行七十二　粻　車七十三　疏　流七十四　啾　極七十五　翼　與七十六　予　待七十七　期　馳七十八　蛇　邈七十九　樂　鄉八十　行　都八十一　居

九歌

良　皇　琅　芳　漿　倡　堂　康

右東皇太一

芳一　英　央　光　章　降二　中　窮　𢥞

右雲中君

猶一州舟流來二思征三庭旌靈極四息側枻五雪末絕
淺六翩閒渚七下浦女與

右湘君

渚一予下望二張上蘭三言湲裔四澨逝蓋堂五房張芳
衡門六雲浦六者與

右湘夫人

門一雲塵下二女予翔三陽阬被四離爲華五居疏轔六天
人何七虧爲

右大司命

下一予苦青二莖成辭三旗離四知帶五逝際河六波池阿歌旂七星正

右少司命

方一桑明雷二蛇懷歸鼓三簴竽姱舞節四日裳五狼降漿翔行

右東君

河一波螭望二蕩歸三懷堂四宮中魚五渚下浦予

右河伯

阿一　蘿　笑二　窕　貍三　旗　思　來　下四　雨　予　間五　蔓　閒　若六　栢　作

冥七　鳴　蕭八　憂

右山鬼

甲一　接　雲二　先　行三　傷　馬四　鼓　怒　埜　反五　遠　弓六　懲　淩　雄

右國殤

鼓一　舞　與　古

右禮魂

天問

道一　考　極二　識　爲三　化　度四　作　加五　虧　屬六　數　分七　陳　氾八　里　德九　育　腹　子十　在　明十一　藏　尚　行　聽十二　刑　施十三　化　功十四　同　寘十五　墳　畫十六　歷　營十七　成　傾　錯十八　洿　故　多十九　何　在二十　里　從二十一　通　到二十二　照　揚二十三　光　暖二十四　寒　言　虬二十五　遊　首　在　死　守　衢二十六　居　如　趾二十七　在　死　止　所二十八　處　羽　方二十九　桑　繼三十　飽　蠻三十一　達　躬三十二　降　歌三十三　地　民三十四　嬪　射三十五　若　謀三十六　之　越三十七　活　營三十八　盈　堂三十九　臧　死四十　體　興四十一　膺　安四十二　遷　嫂四十三　首　止四十四　殆　厚四十五　取　得四十六　殛　鰥四十七　親　意四十八　極　尚四十九　匠　害五十　敗　止五十一　子　饗五十二　喪　摯五十三　說　宜五十四　嘉　臧五十五　羊　懷五十六　肥　逄五十七　從　牛五十八　來　寧五十九　情　兄　長　極六十　得　子六十一　婦　尤　之　期　之　嘉六十二

嗟　施　何　行六十三　將　底六十四　雉　流六十五　求　市六十六　姒　佑　殺讀弒　惑六十七
服　沈六十八　封　方六十九　狂　竺七十　燠　將七十一　長　牧七十二　國　依七十三　譏　告
七十四　救　識七十五　喜　悒七十六　急　故七十七　懼　戒七十八　代　輔七十九　緒　亡八十
嚴　饗　長　怒八十一　固　祐八十二　喜　欲八十三　祿　憂八十四　求　長八十五　勝　長　彰

九章

情一　正　服二　直　眈三　之　變四　遠　仇五　讎　保六　道　貧七　門　志八　咍
釋九　白　情十　路　聞十一　忳　杭十二　旁　恃十三　殆　志　態　伴十四　援　好十五
就　言十六　然　下十七　所　尤十八　之　忍十九　軫　糧二十　芳　明二十一　身

右惜誦

哀一　嵬　璐二　顧　圃　英三　光　湘　風四　林　汰五　滯　陽六　傷　如七　居

雨 宇 中八 窮 行 以九 臨 人十 身 遠十一 壇 薄十二 薄 當十三 行

右涉江

慫一 遷 亡二 行 極三 得 霰四 見 蹠五 客 薄 釋 江六 東 反七 遠
心八 風 如九 蕪 接十 涉 復十一 慼 持十二 之 天十三 名 慨十四 邁 時十五
丘 之

右哀郢

傷一 長 浮二 懮 鎮三 人 期四 志 姱五 怒 敢六 憎 聞七 患 亡八 完
儀九 虧 作十 穫 正十一 聽 北十二 域 側 得 息 歲十三 逝 星十四 營 同十
五 容 潭十六 心 願十七 進 姑十八 徂 思十九 媒 救二十 告

右抽思

莽一 土 默二 鞠 抑 替三 鄙 改 䀆四 正 章 明 下五 舞 量六 臧
濟七 示 怪八 態 采 有 豐九 容 故十 慕 强十一 象 莫十二 故 汩十三 忽
匹 程十四 錯 懼 喟十五 謂 愛 類

右懷沙

眙一 詒 發二 達 將三 當 詒四 志 化五 爲 度六 路 之七 時 期 悠八
憂 莽九 草 佩十 異 態 竢 出 揚十一 章 木十二 足 能十三 疑 度十四 莫 故

右思美人

時一 疑 娭 治 之 否 欺 思 之 尤 之 流二 昭 幽 聊 由 廚 牛三

之憂求游之疑辭之戒四得佩五好代意置載備異再識

右惜往日 通首一韻亦可

服一國志二喜搏三爛道四醜異五喜求六流過七地友八理
長九像

右橘頌

傷一倡忘長芳草芳既羊明處二慮曙去恃三止膺四仍
湯五行至六比聊七愁還八聞默九得解十締儀十一爲紆十二娱
居巔十三天雰媛江十四洶紀十五止右期積十六擊策迹適愁
適迹益釋

右悲回風

遠遊

遊一 浮 語二 曙 勤三 聞 懷四 悲 留五 由 得六 則 仙七 延 一八 逸

怪九 來 都十 如 正十一 蘦 成 情 程 居十二 戲 霞 除 息十三 德 傳十四

垠 然 存 先 門 行十五 鄉 陽 英 壯十六 放 榮十七 人 征 予十八 居 都

閭 馳十九 蛇 燿二十 鶩 行二十一 芒 路二十二 度 涼二十三 皇 麾二十四 波 屬

二十五 轂 厲二十六 衛 撟二十七 樂 鄉二十八 行 涕二十九 弭 疑三十 浮 妃三十一

歌 夷 蛇 飛 徊 門三十二 氷 顧三十三 路 漠三十四 壑 天三十五 聞 鄰

卜居

忠一 窮 耕二 名 身 生 真 人 清 楹 駒三 軀 軛四 迹 翼 食 凶五

從清六輕嗚名貞長七明通意八事

漁父

清一醒移二波釃爲衣三汶埃清四纓濁五足

招魂

沫一穢苦二下輔予從三陽方祥託四索石釋託止五齒

祀醢里心六淫里七止乎八壺食九得極賊止十里久天十一

人千侁淵瞑身都十二鬋駓牛災門十三先絡十四呼居姦十五

安軒山連寒湲蘭筵瓊十六光張璜怪十七備代衆十八宮代

十九意房二十光聯二十一閒堂二十二梁蛇二十三池荷波陁羅籬

爲方二十四粱行芳羹漿鵠爽餭鶬涼漿妨羅二十五歌荷酡

波奇離舞二十六下鼓楚吕分二十七紛陳先簿二十八迫白

日二十九　瑟　夜三十　錯　假　賦　故　居　征三十一　生　薄三十二　博　乘三十三　烝
先三十四　還　先　兕　淹三十五　漸　楓三十六　心　南

大招

昭一　遽　逃　遥　西二　北　湫三　悠　膠　寥　蜓四　蜿　鶱　躬　洋五　鬤　狂
傷　絶六　測　凝　極　静七　定　安八　延　言　粱九　芳　羹　嘗　酪十　蓴　薄　擇
噉十一　存　先　嗌十二　役　瀝　惕　張十三　商　倡　桑　賦十四　亂讀治　變十五　譔
姱十六　都　娱　舒　曼十七　顔　安　佳十八　規　施　卑　移　作十九　澤　客　昔
媔二十　嫣　娟　便　秀二十一　霤　畜　囿　假二十二　路　慮　皇二十三　鵾　鶩　翔　盛
二十四　命　盛　定　雲二十五　神　存　昆　昌二十六　章　明　當　海二十七　理　趾　海
士　暴二十八　罷　麾　施　爲　明二十九　堂　卿　張　讓　王

自律韻既興，古韻遂廢，學者求其故而不得久矣。余以爲古協音本於轉音，轉音本於方音。音何以云轉也？凡言出於口，有喉牙舌齒脣之辨。見於發者，爲見溪羣疑諸母；見於收者，爲東冬江陽諸部。凡同母同部之字，其音至變，而各以類輾轉相生，雖有遠近之殊，呼之未嘗不相應，故曰轉音。轉音之本於方音何也？五方之人，有風土剛柔燥溼之不同，而聲氣亦異。蓋有同指一字而各殊其音者，然所言本同，則音雖殊而相應者故在。錢唐毛宬再槍榆雜録曰：凡五方之語，字同音異者，其母異，則韻必同，或韻異，則母必同。是也。古協音之本於方音何也？曰：方音之轉，天地自然之韻也，聖人本天而合之以人。書曰：予欲聞六律五聲八音，以出納五言。古者謳衢祝華，各以其方言爲韻，太史采之，而音之相轉者，雜陳於前，聖人以爲是天籟所發也，擇其雅馴者存之。其自爲詩歌，亦參用其音，以成倡和之文，而播之管絃，被之天下後世。故其音雖與今殊，而在當時未嘗不較然畫一。蓋周禮：七年屬象胥，諭語言；九年屬瞽史，諭書名。其博采約收，必有成書，而今亡矣。是故收音之轉，最近者全部皆通，漸遠者字叶相通。收音不轉者，同母閒通。夫發音三十六母，或爲喉牙舌齒脣正音，或爲齒舌半音，見於等韻詳矣。收音之轉，則毛大可本鄭庠古音辨之説，以東冬江陽庚青蒸爲喉音，真文元寒删先爲牙音，侵覃鹽咸爲脣音，支脂之在内微齊佳灰爲齒音，魚虞歌麻蕭肴豪尤爲舌音，而魚虞歌麻尤又爲齒舌半音。凡齒舌音十三部，皆連環通轉。安溪李相國云：東冬江陽庚青蒸爲一部，真文元寒删先一部，侵覃鹽咸一部，佳灰一部，蕭肴豪尤一部。以上推之聲氣之元，乃一氣所生，用以叶歌曲，則收聲必同故也。至支脂之在内。微齊魚虞歌麻七韻，又五部生音起韻之根，應爲一類而通用之。歌麻魚虞，能生蕭肴豪尤，其收聲亦同。支微齊能生佳灰，其收聲亦同，皆可通用。二説大略相同，於古韻殆十得八九。然徵之古詩文，其離合出入之數，猶有未盡符者。古今異時，南北異地，固未能一一相比也。今即詩易楚辭，綜其通叶之迹列於後，其周秦以上，凡有韻之文，可類推焉。

東冬鍾　董腫　送宋用　屋沃燭

通　江部　蒸部　侵部

叶　疆皇周頌：「烈文辟公」，「惠我無疆」。「維皇其崇之」，「繼序其皇之」。堂河伯：「魚鱗屋兮龍堂，紫貝闕兮朱宮。靈何爲兮水中？」長卜居：「寸有所長」，「知有所不明」，「神有所不通」。陽招魂：「掌夢」，「其命難從」，「不能復用巫陽焉」。上桑中：「期我乎桑中，要我乎上宮，送我乎淇之上矣。」成訟彖傳：「剛來而得中也」，「訟不可成也」。行涉江：「固將愁苦而終窮」，「桑户贏行」。明卜居見上。正豫象傳：「志窮凶也」，「以中正也」。驂小戎：「騏駵在中，騧驪是驂。」南招魂：「湛湛江水兮上有楓，魂兮歸來哀江南。」

同母叶　頻召旻：「不云自頻」，「不云是中」。援皇矣：「以爾鉤援」，「以伐崇墉」。反賓筵：「温温其恭」，「威儀反反」。天文王：「無遏爾躬」，「有虞殷自天」。騫大招：「王虺騫只」，「蜮傷躬只」。務常棣：「外禦其務」，「烝也無戎」。父常武：「太師皇父」，「以修我戎」。載剥象傳：「民所載也」，「終不可用也」。事豐象傳：「不可大事也」，「終不可用也」。後瞻卬：「無不克鞏」，「式救爾後」。調車攻：「弓矢既調」，「射夫既同」。離騷：「求榘矱之所同」，「摯臯陶而能調」。

江　講　絳　覺

通　東冬部

叶　皇烈文：「無封靡於爾邦」，「繼序其皇之」。狼漿東君：「舉長矢兮射天狼。操余弧兮反淪降，援北斗兮酌桂漿。」兩南山：「葛屨五兩，冠緌雙止。」

同母叶　字生民：「誕寘之隘巷，牛羊腓字之。」

陽唐養蕩漾宕藥鐸

通　庚青部

叶　中宮鄘風桑中，河伯公崇烈文通卜居從夢招魂，並見東冬部。雙南山邦烈文降東君，並見江部。懲離騷：「余獨好修以爲常」，「豈余心之可懲」。勝天問：「久余是勝」，「吾告堵敖以不長」。薪車舝：「陟彼高岡」，「析其柞薪」。莘大明：「命此文王」，「纘女維莘」。芬信南山：「是烝是享，苾苾芬芬。」分噬嗑彖傳：「剛柔分」，「雷電合而章」。訓烈文：「四方其訓之」，「嗚呼，前王不忘」。

同母叶　單公劉：「相其陰陽」，「其軍三單」。完抽思：「豈不至今其庸亡」，「願蓀美之可完」。瞻桑柔：「人民所瞻」，「考慎其相」。嚴殷武：「下民有嚴」，「不敢怠遑」。天問：「少離散亡」，「能流厥嚴」。

庚耕清梗耿静敬諍勁陌麥昔

通　陽青部

叶　中訟彖傳凶豫象傳窮涉江通卜居，並見東冬部。騰十月：「不寧不令。百川沸騰。」今抑：「其在於今，興迷亂於政。」仁齊風：「盧令令，其人美且仁。」申采菽：「天子命之」，「福禄申之」。莘大明：「於周於京，纘女維莘。」人卷阿：「維天子命，媚於庶人。」革彖傳：「天地革而四時成」，「順乎天而應乎人」。遠遊：「麗桂樹之冬榮」，「野家寞其無人」，「淹浮雲而上征」。卜居：「以保貞乎？」「以事婦人乎？」民屯象傳：「志行正也。」「大得民也。」觀象傳：「觀民也。」「志未平也。」節象傳：「天地節而四時成。」「不傷財，不害民。」均離騷：「肇錫余以嘉名。」「字余曰靈均。」身惜誦：「故重著以自明。」「願曾思而遠身。」卜居：「以危身乎？」「以媮生乎？」信蝃蝀：「大無信也，不知命也。」坎象傳：「水流而不盈，行險而不失其信。」吝姤象傳：「志不舍命也。上窮吝也。」芬信南山：「苾苾芬芬，祀事孔明。」分噬嗑象傳：「剛柔分，動而明。」君皇矣：「其德克明」，「克長克君」。革象傳：「其文炳也」，「其文蔚也」，「順以從君也」。顛東方：「倒之顛之」，「自公令之」。車鄰：「有馬白顛」，「寺人之令」。年江漢：「自召祖命」，「天子萬年」。天乾象傳：「六位時成，時乘六龍以御天。」文言：「以御天也」，「天下平也」。哀郢：「瞭杳杳其薄天」，「被以不慈之僞名」。淵訟象傳：「尚中正也」，「入於淵也」。賢大畜象傳：「大正也」，「養賢也」。蔚革象傳見上。極未濟象傳：「亦不知極也」，「中以行正也」。真文先與庚青，易書幾於無別，而詩不常通，故從叶例。

同母叶　瞽周頌：「有瞽有瞽，在周之庭。」故離騷：「九嶷繽其並迎」，「告予以吉故」。路惜誦：「又莫察予之中情」，「願陳志而無路」。錯懷沙：「驥焉程兮」，「各有所錯兮」。

青　迴　徑　錫

通　陽庚部

叶　榛簡兮：「山有榛，隰有苓。」訓烈文：「四方其訓之」，「百辟其刑之」。天乾象傳：「乃統天」，「品物流形」。巔唐風：「采苓采苓，首陽之巔。」

蒸登拯等證嶝職德　廣韻去聲有證嶝二部，係蒸之轉。平水劉淵併證嶝入徑部，最爲無理。然劉韻上聲猶有拯部，與等同用，後人又删并入迥部，尤狂瞽之甚者。今從毛大可通韻改正。

通　東冬部

叶　常離騷長天問，並見陽部令十月正未濟象傳，並見庚部。音小戎：「載寢載興」，「秩秩德音」。心大明：「維予侯興」，「無貳爾心」。緩閟宫：「貝冑朱綅，烝徒增增。」臻菀柳：「于何其臻」，「居以凶矜」。問女曰雞鳴：「雜佩以贈之」，「雜佩以問之」。門遠遊：「逴絶垠乎寒門」，「從顓頊乎增冰」。淵小旻：「戰戰兢兢，如臨深淵，如履薄冰。」填桑柔：「倉兄填兮」，「寧不我矜」。

侵寢沁緝

通　東冬部　覃鹽咸部

叶　政抑，見庚部。興小戎，大明。增閟宫，並見蒸部。

同母叶　猶小旻：「不我告猶」，「是用不集」。

覃談感敢勘闞合盍

通　侵鹽咸部

叶　中小戎楓招魂，並見東冬部。

鹽添嚴琰忝儼豔㮇釅葉帖業

通　侵覃咸部

同母叶　相桑柔，見陽部。

咸銜凡嗛檻范陷鑑梵洽狎乏

通　侵覃鹽部

同母叶　遑殷武亡天問，並見陽部。

真諄臻殷軫準隱震稕焮質術櫛迄　廣韻殷在文後，與文皆獨用。禮部韻略始以殷與文同用，平水從而并之。然唐詩往往真殷相通，而文則未有。今并殷入真，亦本通韻。

通　文元寒删先部

叶　崗車舝王大明，並見陽部。令盧令京大明平觀象傳盈坎象傳成革象傳，節象傳。名離騷明惜誦榮征遠遊生貞卜居命蝃蝀，采菽，卷阿，姤象傳。正屯象傳，並見庚部。苓簡兮，見青部。矜菀柳，見蒸部。

同母叶　中召旻，見東冬部。替召旻：「彼疏斯粺，胡不自替？職況斯引。」旂「夜如何其？夜向晨」。「言觀其旂」。粺召旻，見上。有甫田：「終善且有」，「農夫克敏」。

文吻問物

通　真元寒删先部

叶　忘烈文章噬嗑象傳享信南山，並見陽部。明信南山，皇矣，噬嗑象傳。炳革象傳，並見庚部。刑烈文，見青部。贈雞鳴，見蒸部。

同母叶　邇杕杜：「卜筮偕止，會言近止，征夫邇止。」旂「夜如何其」？「庭燎有煇」，「言觀其旂」。采菽：「言采其芹」，「言觀其旂」。泮水同。衣漁父：「新浴者必振衣」，「受物之汶汶者乎」「蒙世之塵埃乎」。偕杕杜，見上。埃漁父，見上。

元魂痕阮混狠願慁恨月没

通　真文寒删先部

叶　冰遠遊，見蒸部。

同母叶　恭賓筵墉皇矣，並見東冬部。娑東門：「南方之原」，「市也婆娑」。萎谷風：「維山崔嵬」，「無木不萎」，「思我小怨」。嵬谷風，見上。

寒桓旱緩翰换曷末

通　真文元删先部

同母叶　陽公劉亡抽思，並見陽部。賦大招：「投詩賦只」，「娱人亂只」。

删山潸産諫襇黠轄

通　真文元寒先部

同母叶　替離騷：「哀民生之多艱」，「謇朝誶而夕替」。

先仙銑獮霰線屑薛

通　真文元寒删部

叶　令東方。車鄰。成乾彖傳平乾文言名哀郢命江漢正訟彖傳，大畜彖傳，並見庚部。苓采苓形乾彖傳，並見青部。兢冰小旻矜桑柔，並見蒸部。

同母叶　躬文王大招，見東冬部。瑕思齊：「肆戎疾不殄，烈假不瑕。」泚瀰「新臺有泚，河水瀰瀰」。「籧除不鮮」。泚瀰支齊並見。洒「新臺有洒，河水浼浼」。「籧除不殄」。兕招魂：「與王趨夢兮課後先，君王親發兮憚青兕。」浼新臺，見上。卣江漢：「秬鬯一卣，告於文人。」

魚虞模語麌姥御遇暮屋沃覺藥

通　麻部　尤部

叶　戲遠遊：「奚久留此故居」，「吾將從王喬而娛戲」。之惜往日：「伊尹烹於庖廚」，「世孰云而知之」。觺招魂：「君無下此幽都些」，「其角觺觺些」。士常武：「王命卿士」，「太師皇父」。草思美人：「搴長洲之宿莽」，「吾誰與玩此芳草」。昭大招：「白日昭只」，「萬物遽只」。

同母叶　戎常棣常武。見東冬部。庭有瞽迎離騷情惜誦程懷沙，並見庚部。亂大招，見寒部。

麻　馬　禡　陌藥

通　魚虞部　支歌部

叶　地斯干：「載寢之地」，「載弄之瓦」。戒小雅：「大田多稼，既種既戒。」界思文：「無此疆爾界，陳常於時夏。」大豐彖傳：「尚大也。宜照天下也。」暴大招：「禁苛暴只」，「誅譏罷只」。

同母叶　殄思齊，見先部。

歌戈哿果箇過藥陌

通　支麻部

叶　衣豳風：「七月流火，九月授衣。」妃遠遊：「騰告鸞鳥迎宓妃」，「二女御九韶歌」。葦豳風：「七月流火，八月萑葦。」穉大田：「無害我田穉」，「秉畀炎火」。地天問九辨九歌。「何勤子屠母，而死分竟地」。橘頌：「終不失過兮」，「參天地兮」。

同母叶　原東門，見元部。

支　紙　寘　質　質物月曷黠屑陌錫職九韻，雜附支脂之微齊佳灰。

通　歌麻部

叶　居遠遊。見魚虞部。揥葛屨：「宛然左辟，佩其象揥」，「是以爲刺」。帝文王：「克配上帝」，「峻命不易」。涕遠遊：「長太息而掩涕」，「聊抑志而自弭」。歸東君：「載雲旗兮委蛇」，「觀者憺兮忘歸」。飛遠遊：「令海若舞馮夷」，「形蟉虯而委蛇」，「鸞鳥軒翥而翔飛」。尾汝墳：「魴魚赬尾，王室如燬。」謂家人彖傳：「女正位乎內，男正位乎外」，「天地之大義也」，「父母之謂也」。夷遠遊，見上。佽車攻：「决拾既佽」，「助我舉柴」。几行葦：「莫遠具爾」，「或授之几」。地斯干：「載寢之地」，「無非無儀」。偕杕杜：「卜筮偕止」，「征夫邇止」。佳大招：「麗以佳只」，「曲眉規只」。懷東君：「駕龍輈兮乘雷，載雲旗兮委蛇」，「心低佪兮顧懷」。嵬谷風：「維山崔嵬」，「無木不萎」。雷東君，見上。內外家人彖傳，見上。妹歸妹彖傳：「天地之大義也」，「所歸妹也」。始歸妹彖傳：「天地之大義也」，「人之終始也」。

同母叶　近杕杜，見文部。怨谷風，見元部。鮮新臺有泚，見先部。

齊　薺　霽祭　屑

通　微脂佳灰部

叶　辟刺葛屨弭遠遊易文王，並見支部。右竹竿：「淇水在右」，「遠父母兄弟」。苟抑：「無曰苟矣」，「言不可逝矣」。飽天問：「厥身是繼」，「胡爲嗜不同味而快鼂飽」。

同母叶　引召旻，見真部。艱離騷，見删部。殄新臺有洒，見先部。

微　尾　未　物

通　齊脂佳灰部

叶　歌遠遊火七月，並見歌部。蛇東君，遠遊。燬汝墳義家人象傳，並見支部。

同母叶　晨夜如何其，見真部。煇夜如何其芹采菽，泮水。汶漁父，並見文部。

脂　旨　至　質

通　齊微佳灰部　之尤部

叶　瓦斯干，見麻部。歌天問，遠遊。火大田過橘頌，並見歌部。儀斯干蛇遠遊爾行葦柴車攻，並見支部。飽權輿：「每食四簋」，「每食不飽」。

同母叶　先招魂，見先部。

佳皆蟹駭卦怪夬黠

通　齊微脂灰部

叶　稼大田夏思文下豐象傳，並見麻部。蛇東君規大招邇杕杜，並見支部。疑既濟象傳：「憊也」，「有所疑也」。事遯象傳：「有疾憊也」，「不可大事也」。

同母叶　引召旻，見真部。近杕杜，見文部。

灰咍賄海泰隊代廢曷　禮部韻合并同用，平上各三十部，去多一部。顧寧人、毛大可以泰、卦二部俱爲佳去，元劉鑑以泰部并隊爲灰去。今從劉。

通　齊微脂佳部　之尤部

叶　萎谷風蛇東君，並見支部。義家人、歸妹象傳。好惜往日：「謂蕙若其不可佩」，「嫫母姣而自好」。

同母叶　用剥象傳，見東冬部。汶漁父，見文部。怨谷風，見元部。殄新臺，見先部。

之止志職

通　脂灰尤部

叶　廚惜往日都招魂父常武，並見魚虞部。義歸妹象傳，見支部。憊遯、既濟象傳，見佳部。呶賓筵：「載號載呶」，「屢舞僛僛」。道恒象傳：「久於其道也」，「恒久而不已也」。好杕杜：「中心好之」，「曷飲食之」。造思齊：「小子有造」，「譽髦斯士」。

同母叶　用豐象傳，見東冬部。巷生民，見江部。

尤侯幽有厚黝宥候幼屋沃

通　魚虞部　脂之灰部　蕭肴豪部

叶　弟竹竿逝抑，並見齊部。

同母叶　鞏瞻卬，見東冬部。敏甫田，見真部。田江漢，見先部。集小旻，見侵部。

蕭宵肴豪　篠小巧晧　嘯笑效號　覺藥屋沃

通　尤部

叶　莽思美人遽大招，並見魚虞部。罷大招，見麻部。繼天問，見齊部。簋權輿，見脂部。佩惜往日，見灰部。儆賓筵士思齊已恒象傳，並見之部。食杕杜

同母叶　同車攻、離騷，見東冬部。

以上諸韻相通者，如江轉工，蒸轉中之類，本係同收，而轉音最近，故古之臨文者，矢口輒合焉。江本東冬諧聲字，陽則異矣。然其音相近，而庚又通陽，故東冬江叶陽兼叶庚。句真文元先與庚青與蒸與侵，音亦相近，然非同收也。故八韻互相叶，東通侵而叶覃，句陽通庚而叶真文，句魚虞通麻而叶支，通尤而叶之，叶蕭肴豪，句歌麻通支而叶脂微佳，句蕭肴豪通尤而叶麻，叶脂齊，叶之灰。凡云叶者，轉音稍遠而用者較希矣。其東冬與侵，句尤與之，異收而相通，支與脂微齊之同音而僅爲叶，魚通麻而未嘗叶歌，句之通脂灰而未嘗叶微齊，此又古今音讀之異。有不可齊者，若其旁見側出，紛挐雜沓，雖素不相涉之音，或比而同之，無他，同母在未有聲之前，韻雖遠而所出不殊，方音亦因之相轉。如天問嚴叶違，則見之朱子説詩嚴讀昂，皆疑母也。漁父衣叶汶，則見之鄭氏注禮衣讀殷，皆影母也。推之離騷迎叶故，則迎應讀遻，抽思完叶亡，則

完應讀黄。若同調暴罷，同母相叶，又無論矣。他如畿讀近，周禮大司馬鄭注。皆羣母。疑讀凝，莊子「乃疑於神」讀凝。皆疑母。同讀談，史記袁盎傳趙同，漢書作談。皆定母。南讀奈，梵書「南無」讀奈。皆泥母，命讀慢，大學鄭注「命作慢」，聲之悞。皆明母。風讀分，皆非母。轗讀藻，轗音總，周禮巾車注「轗」，杜子春讀藻。皆精母。慘讀懆，詩「勞心慘兮」，張參五經文字作懆。皆清母。西讀先，文選李注：「西施爲先施」。皆心母。韓讀何，昌黎集：「何於韓同姓爲近」。皆匣母。戎讀汝，皆日母。此數者以今律部通叶程之，豈不甚怪？其於古人，則皆本方音之通而無以異也。惟分韻者散入素不相通之部，故以爲怪耳。

古韻相通者，多本諧聲之字。東冬與江部蒸部，陽與庚青部，侵與覃鹽咸部，真文與元寒删先部，虞魚與麻部尤部，支與歌麻部，脂與微齊佳灰部，之與灰部，尤與蕭肴豪部。蓋因言得聲，因聲立字，而韻即存乎其閒，其原一也。今字書近古者，僅有許氏説文，各韻通部在説文如邦丰聲、雄厷聲、唐庚聲、闇音聲、淡炎聲、顛真聲、虔文聲、都者聲、豎豆聲、移多聲、排非聲、配已聲、賄有聲、雕周聲每韻舉一以概餘。之類，指不勝屈。若鳳凡聲、柯拘聲、侮每聲、呶奴聲之屬，諧聲在叶例者，音漸遠，則字亦閒出焉。若講冓聲、浼免聲、允以聲、敏每聲、衮公聲、裸果聲、暉軍聲、旂斤聲、堙西聲、短豆聲之屬，音類相去絶遠，而字體相因，則皆方音同母之轉也。故古韻之源流遠矣，律韻既興，不惟古文詞難讀，而語音字體俱裂矣。然説文所注某聲，豈必聲之畫一哉？亦取其相應者耳，故命之曰諧聲。鄭康成與許同時，説文近斤聲，而鄭讀近爲其，説文能以聲，而鄭云「耐，古能字」，可知古讀非一音矣。鄭漁仲諧聲制字圖云：凡諧聲之道，有同聲者，則取同聲而諧；無同聲者，則取叶聲而諧；無叶聲者，則取正音而諧；無正音者，則取旁音而諧。所謂聲者，四聲也；音者，七音也。制字之本，或取聲以成字，或取音以成字。按，七音，即等韻諸母是。

通之異於叶，何也？通者概及全部，叶惟古人已用者可憑。蓋通轉本於方音，叶例所用者少，則所未用者，不必皆古方音之通也。同母叶之異於叶，何也？叶者非同收，則音相近，故可互改其音，或各用其本音，同母叶則其音遠矣。方音或一二字轉入他韻，而未可互改他韻之音也。如常棣之「務」，常武之「祖」「父」，皆叶戎字；剥象傳之「載」，豐象傳之「事」，皆叶用字。改東冬以就魚虞灰之則可，改魚虞灰之以就東冬則不可，然而互注之，何也？其閒當改音之字，或有未定所屬者，存疑也。通部如東冬通江又通蒸通侵，句魚虞通麻又通尤之類，蓋以東虞諸韻，有此三音兩音之故。若江與蒸侵句，麻與尤，即有合用者，亦叶耳，非通也。其采取詩文，要以周秦爲限，凡所叶字，自可如例增入。西漢雖近古，然易林太玄之類，已多險怪。東漢之季，韻法轉龐，故魏晉齊梁，不得不變爲聲類者，勢也。唐宋以來，古韻久廢，作者或掇拾遺文以規橅之，要皆揣籥扣槃之見，不必引爲證也。

論古韻之道，如行水然，其所通者，行乎所當行，所不通者，止乎不得不止，順其自然，而無容心焉。蓋其離合之數，參錯不齊，必欲條列部分以畫一之，此崇伯障川之智矣。毛大可古今通韻廣設通轉，以彙不齊之音，以喉牙舌齒唇五收，未能盡一古韻也。於是又有兩界，有兩合，有叶，周章收拾，而網漏猶復不少。且如東冬一韻，從毛氏論例，已合江陽庚青蒸爲一部，又與真文元寒删先侵覃鹽咸爲兩界之通，又與魚虞蕭肴豪尤爲兩合之通。是所不通者，特支微齊佳灰歌麻耳。然觀易豐象傳「不可用」，叶「不可大事」，漢鐃歌「芝生銅池中」，叶「延壽萬千歲」，則支微齊又通。剥象傳「不可用」，叶「民所載」，古艷歌行「載至洛陽宫」，上叶摧，下叶材，則佳灰又通。易林睽之離「商伯有功」，叶「長安無他」，又見巽之姤。則歌麻又通。偶舉一韻，而二百六部，無弗通者，不識何法以收之。又有爲同入相轉之説者，如東冬與魚尤同入，真文與支微同入之類。以前言推之，其誤亦不辨自明矣。若諸暨陳法子詩經古韻，本吴才老韻補之説而小變之，歧歌於麻，合麻魚於支微齊佳灰，併元寒删先覃鹽咸爲一。其論叶韻，亦以轉音爲言。然謂轉音非古音，特作詩者不得已用之，其輕量古人甚矣，又漫無考據，直謂古人以音之相似者爲韻，此乃中原音韻、洪武正韻變易律韻之旨，以之趨時可耳，而欲彷彿古人，猶却行求前也。是故東冬江韻、陽庚韻、蕭肴豪尤韻、歌麻韻、真文元寒删先韻、侵覃鹽咸韻、之尤韻，當合而反分；江陽韻、庚青蒸真文魂侵韻、佳麻韻、支脂之微齊灰魚虞韻、元寒删先覃鹽咸韻，當分而反合。試證之古人，然乎否？近又有竊毛氏之通叶，而小異以自文者，如謂陽尤無通之類。彌爲首竄無據，又毛氏之罪人也，而其書方盛行。噫！識真者少，自古然矣。

近世考校古音，最稱精博者，莫若顧寧人音學五書。凡一字出入，靡不研悉源流，其大要主陳季立古無叶音之説。於古韻有異者，輒云古音某，今人誤入某部，遂致天汀地沱馬姥牛，疑言言變叶，如毛大可所譏，蓋亦智者之鑿也。夫古叶無定讀，以其皆合於自然之音也。如「惟庚寅吾以降」，舊叶降乎攻反以就庸，安見庸不可叶亦腔反乎？今閩人讀中庸音近丁巷，亦其證矣。且如中字旱麓韻降，召旻韻頻，桑中韻上，蒙象傳韻應，訟象傳韻成，比象韻禽，小戎韻驂，雖欲比而同之，萬萬不能。顧氏詩易本音皆注無韻，又云方音未足爲據。夫詩易不可據，天下更有可據之書耶？季立論易，謂天必讀汀，行必讀杭，慶必讀羌，明必讀芒，周代音寔然，非叶也。不知文王「有虞殷自天」，已韻躬矣；抑「順德之行」，已韻心矣；九章「重著以自明」，已韻身矣；刺客傳「慶卿」，已謂之荆卿矣。若母必讀米，而蝃蝀「遠兄弟父母」與雨爲韻；稼必讀故，而小雅「大田多稼」與戒爲韻。誰非周代書乎？顧氏音論謂古音止有十部，一東冬鍾江，二脂之微齊佳皆灰咍，三魚虞模侯，四真諄臻文殷元魂痕寒桓删山先仙，五蕭宵肴豪幽，六歌戈，七陽庚，八耕清青，九蒸登，十侵覃談鹽添咸嚴凡。所著唐韻正，分支部半入脂之微齊佳灰，如知提兒疵斯徙卑禠祇類。半入歌戈，如義離罹蛇爲施移規池并脂部地類。分麻部半入歌戈，如加化也類。半入魚虞，如下瑕車類。分庚部半入陽唐，如行羹明衡卿類。半入耕清青，如平驚争類。分尤侯部半入支微，如母謀有紑紑牛久富祐裘類。半入魚虞，如苟侯後類。半入蕭肴豪。如遊茂收悠觩柔休咎憂由浮壽牡求逑類。遂於家人象傳「天地之大義」韻内外謂，歸妹象傳「天地之大義」韻始韻妹，斯干「載寢之地」韻裼，觀象傳「中正以觀天下」韻化，皇矣「其德克明」韻君，抑「順德之行」韻心，商頌「亦有和羹」韻平，常武「震驚徐方」韻驚青部，抑「克共明刑」韻王，巷伯「誰適與謀」韻虎，抑「無曰苟矣」韻逝，常武「有嚴天子」韻遊，召旻「草不潰茂」韻止，瞻卬「女反有之」韻收。其詩易本音，皆指爲非韻。于載馳之侯、悠，絲衣之紑、絿、牛、觩、柔、休，小弁之提、罹，則截而韻之，遠遊之妃、歌、夷、蛇，則錯而韻之。於禮「其儀一兮」作也，逸書「䌬亦不柔」韻疑，則以爲方音無據，固已不勝枝蔓，不云老子之「能無離」、「能無爲」，始與兒疵爲韻，九辨之「黯黯而有瑕」，始與加爲韻，莊子之「剖斗折衡」，始與爭爲韻，臨象傳「消不久」，始與道爲韻。然則所據爲古者，不過西周以上，其可據者有幾耶？況夫子臨河歌「風揚波」韻施，荀子成相「百里徙」韻施，「名不移」韻師，少司命「生別離」韻知，大招「麗以佳」韻規，「若鮮卑」韻移，晏子春秋「禾不穫」韻何，荀子注「蟹螺者宜禾」韻車，岣嶁碑「撰輔佐卿」韻門，丹書「不强則枉」韻正，招魂「挂曲瓊」韻光，樂記「百度得數而有常」韻成，「耳目聰明」韻平，大戴禮「東有開明」韻興，武王杖銘「輔人無苟」韻咎，屨銘「慎之勞」韻富，儀禮「禮儀有序」韻祐，左傳「惟其儒書」韻憂，「勝之不可保」韻後，惜往日「使貞臣而無由」韻廚，遠遊「吾將往乎南疑」韻浮，華封人祝詞「使聖人富」韻壽韻子，其分入之韻，在三代前，甚參錯不齊，將何自而分合之耶？至説文褫、虒聲讀若池，而分褫入脂之，分池入歌戈，論語「多見其不知量」，正義云「多，古祇字」，而分祇入脂之，説文「牡，土聲」，而分牡入蕭肴。又，古諧聲字常以類從，而分裘俅入脂之，分求絿逑入蕭肴，分蚪料鯫入魚虞，分赳糾趣入蕭肴，分萎瑞入脂之，委揣入歌戈，皆所謂詖詞之蔽也。人聲至變，從古以然，而直謂三代以前無麻部音，其果於自用甚矣。卷阿「君子之車」六句一韻，係支歌麻之通，今删去麻部，以車馬入魚虞，遂區一章爲兩韻，無亦割裂乎？顧韻補正譏吴才老庚耕清青蒸登侵七韻皆通真，以爲長於采收，短於甄別，不知才老所短，在未審古人常用偶用之分，而概以爲通。且唐宋詩文一例采收，駁雜無據。若詩易楚辭七韻通叶，見於前所列者，不一而足，而强甄別爲非韻，正恐才老欲軒渠地下耳。毛氏于顧，掊擊殆無餘力，而所考覈，或疏而未密，如耕部萌甿，顧已云宜并入唐，而又引爲耕通陽唐之證。尤部騶鄒，顧已云宜改入虞，而又引爲尤通魚虞之證。或混而難憑，如商頌「黄耇無疆」可從下鏘叶，不必定韻平争。左傳「一薰一蕕」可從下臭叶，不必定韻渝羭。甚者割裂散文以爲韻，如謂大禹謨「汝惟不矜」與「莫與汝争」能叶，伊訓「比頑童」與「時謂亂風」叶。且引據者濫及魏晉、隋唐。顧氏有知，應更爲齒冷也。毛辨李氏古韻綱魚不通尤之説有云：春秋題詞曰「州之爲言殊也」，釋文以洲爲聚，禮記「揚休山立」，休音噓。肌求，蟲名，即肌居也。魯有子服湫，讀子服租。蜀本草香薷，與香茅同。虞書「宵中星虚」，史記注「虚，音丘」。孟子「衆楚人咻之」，一本作喣之，「夏后氏毋追」，即牟追。列子「伯昏無人」，亦作謀人。漢書儒林傳「丘蓋」即區蓋。曲禮「不諱嫌名」，鄭注以丘與區當之。此數條特精覈，兼可正顧氏之失，附録之。

余於楚辭諸篇，但條韻類，不注協音，蓋以古韻之通，如支微齊與佳灰，句真文與元寒删先。向來論古韻者，於兹數部，固未嘗改音，即律韻中如支之規，虞之模，齊之圭，元之翻痕，先之傳儇，其音頗異，未嘗不同列一部，今諸韻之轉音通叶猶是也。故京自可韻堂韻將，不必讀疆，馬自可韻組韻黼，不必讀姥。何也？惟皆本方音之轉也。以爲方音之無定，則互改其音可；以爲方音之相應，則各仍其音可。顧氏論「簡狄在臺嚳何宜，玄鳥致詒女何嘉」，後人改嘉爲喜，而不知古讀宜爲蛾，正與嘉爲韻；招魂「飛雪千里」，「不可以久」，後人改爲「不可以久止」，而不知古讀久爲几，正與千里爲韻。余以爲後人之改古字，誠昧古而妄作，而顧氏之斥今音，亦泥古而失真也。且顧氏謂十八憂部，俱通蕭肴豪而不必改音，何獨於他部之今音而盡斥爲誤耶？

大招「無東無西，無南無北」，通韻引蓮葉曲「西」「北」相叶爲例，此本四聲之通，故概不載。他若賓筵筵叶秩，即先真相通，出車來叶牧，正月輻叶載、意，大東來叶服，楚茨、大田祀叶福，小宛克叶富，即之灰尤互通，亦如之。庚部炳叶蔚，猶庚之叶文也。革上象「炳」叶蔚、君，本庚文叶例。顧氏不曉，于易音盡删之。正叶極，猶庚之叶蒸也。尤部猶叶集，與伍子胥河上歌「同憂相救」叶「相隨而集」同。北人集就同音，故韓詩亦作「是用不就」，後人分集入緝，爲閉口之通，未可繩古人也。又，今北人未習四聲，則平上去入，每多混用，古人亦然，但就語氣言，平仄終自有別，故不盡混耳。後人於古四聲之詞，必欲叶爲一聲，是綴草衣爲縫掖也。

詩三百篇，自商及春秋，更涉千餘年，不爲不久，羅列十五國，不爲不廣。至楚稱鴃舌之人，而一切通叶，三書未嘗不相似，可知古韻自有一成之叶。徐文定欲采四方之音，叶四方之詩，非知言者也。

倉頡制書，加偏旁而轉其音爲諧聲，即本字而轉其音爲假借，其音異，其韻同。陳法子謂古叶有六，或叶本音四聲，或叶轉音四聲。夫古人本無四聲之分，則奚用叶？又謂或叶通用之音，若服叶匐，戎叶汝之類，不知服與匐，廣韻同在屋部，而戎汝則皆縮舌之同母也。又謂或叶借用之音，若「牖民孔易」「及爾出王」之類，或從本字加之而得音，如南叶緇、孚叶浮之類；或從旁聲類之而得音，如沈耽同冘而耽得沈音，罦捊同孚而罦得捊音之類，則又不外假借諧聲二者。然則一言以蔽之，亦曰轉音而已。

孝經援神契：天子孝曰就，諸侯孝曰度，卿大夫孝曰譽，士孝曰究，庶人孝曰畜。周禮鄭注引尚書「宅西曰昧谷」，爲「度西曰柳穀」。三國志虞仲翔云：古柳卯同字。而鄭玄以爲昧，誤莫大焉，蓋亦拘於吳音也。又，柳之言聚，公羊注最之言聚。醢人注：卯，北人音柳。又杜子春云：帝讀定，亦爲奠。月令「鮮羔」，鄭注：鮮，當爲獻。郊特牲注：獻讀莎。鄭司農云：窆，禮記謂之封，春秋謂之堋，聲相似也。皆方音流轉之不同，而古韻亦寓。調同之通，非獨轙讀藻而已，周禮大卜注引洪範曰：蒙爲曰蟊。北人讀茅。泚瀰鮮覲替先兕之通，非獨西讀先，帝讀奠而已，泉府注滯爲癉，蜡氏注蠲讀主。芹旂粺替引晨煇旂衣汶埃之通，非特畿讀近而已，廩人注匪爲分，宗伯注瀰讀泯，鷄人注爨讀徽，大卜注運爲煇，皆其踪跡也。

古人書用刀槧，非有力者，常須借讀。行旅攜挈彌艱，故作文引用，多由闇記，時事載述，半出傳聞，其文字形聲互異者甚多，要以其方音讀之，未嘗不同也。方音之同，即通韻也。後世紙筆輕利，文字畫一，而方音不見於書矣。古韻既亡，獨審方音，獨可得其踪跡。凡經傳古讀相通，已見顧氏毛氏之書者，余概不復録。獨愛毛氏所載粵人呼東爲當，吳人呼朋爲蓬，楚人呼經爲姜，秦人呼中爲烝，此東陽庚蒸之通也。閩人呼之爲朱，越人呼魚爲貽，上江呼罏頭爲樓頭，下江呼婆娑爲蒲蘇，此支魚歌尤之通也。以余所見，晉人無東冬韻，皆呼蒸侵；如封筒爲分縢之類。楚人無魚虞韻，皆呼尤侯。如度數爲豆瘦之類。陝西以保爲補，代北以椀爲晚，湖南以談爲尋，廣東以欺爲到，屈翁山廣東新語云：順德謂欺曰到。張儀曰：不如出兵以到之。索隱云：到，欺也。燕人呼清明爲清蒙，吴人呼左手爲擠手，北人呼謀爲謨，閩人呼烟爲昏，淮人以理信爲磊信，閩人以往來爲往鼇，既殊方而互喚；吴人以牡丹爲卯丹，齊人以茂盛爲冒盛，亦異地而同音。皆與古韻吻合。恨涉歷未廣，又不盡諳土音耳。

有今讀用古韻者，廣韻肱在登部，今人讀觥亦讀工，戾在霽部，今人讀利亦讀未。此雖吾邑學者，亦讀者不齊。至兄榮宏熒在庚青部，而常作東部之音，母婦富副在有宥部，而常讀虞部之仄，他在歌部，而讀麻透母，褒在豪部，而讀撥謳翻。又見元音出入之妙，有非後人所能限者，若呼蜢爲莽，陽庚之通，呼烏爲哇，虞麻之通，呼解姓爲害，佳灰之通，呼繆姓爲妙，蕭尤之通。稱又來者，又音如異，之尤之通。稱隱去者，隱音如究，文先之通。其同母相轉者，替音如褪，芹旂衣汶之叶也，晏音如怏，俗呼晏公廟，晏近怏。陽單亡完之叶也。以上覆下，或呼蓬，或呼冒，同調之叶也。以下承上，或呼當，或呼擔，相瞻亡嚴之叶也。此皆吾鄉委巷之談，偶舉一二，無不關合古音，則雖不越鄉閭，固可得其概矣。凡文字世有更易，而方音古今差不甚遠，斯亦禮失求野之意也。若尤部顧寧人分浮入蕭肴，而俗稱浮橋爲扶橋，分句入魚虞，而俗呼句芒爲拗芒，可知轉音非一類。

顔師古匡謬正俗曰：俗以若干爲若柯，等物爲底物。郭恕先佩觿：吴楚謂火爲焜，江淮以韓爲何，河朔謂無爲毛，巴蜀謂北爲卜。按，此皆方音，亦皆古叶也。火衣之叶見豳風，使等之叶見管子。寒歌音轉，似不相近，然番笴癉卵難涴，互見歌與元寒。三國志「繁欽」，繁音婆。説文：鼉，單聲。周禮注：果，讀裸。及陳風「南方之原」，叶「市也婆娑」。鄭注三禮「獻」，皆讀莎，謂齊音之訛，皆古方音同母之轉也。瑕古通何，而思齊四章殄瑕爲韻，皆可類推。

商頌嚴叶遑，朱子云：閩音嚴作户剛切，音昂丹鉛録非之，謂莊改嚴，自避漢諱，時閩未入版圖，不宜以閩音爲證。不知改嚴雖係避諱，亦由莊嚴音近故也。方域之廣，豈無同於閩音者乎？

朱子云：古叶才老推不去者，某煞尋得詩常棣戎叶務，常武戎叶父，蓋汝戎二字，古人通用也。然戎汝相通，譬則而如相通，寔本同聲日母之故，豈特戎汝而已？而爾若皆日母，周禮旅師注而亦讀若。與戎亦皆訓汝，是知制字立義，亦從轉音出也。推之迎迓、因依、胥相、理賴，皆同母之相釋者，蕭颯、參差、丁冬、滂湃，皆同母之相比者，未易更僕數。吾鄉諺語，雖然亦呼雖而，亦同母之轉也。

谷風卒章怨叶萎，魯詩世學：怨，迂隈反。按，考工記：恒當弓之畏。杜子春云：畏，當爲威。謂弓淵，淵固有限音矣，蓋皆影母也。

莊子接輿歌：山木自寇，膏火自煎。此江漢五章，卣叶田例。

離騷迎叶故，惜誦情叶路，懷沙程叶錯，皆虞庚相叶，舊頗駭之。通韻引魏武帝短歌及道藏歌爲證，亦未足爲典要。已而忽憶五子歌一章，乃通體虞庚交錯爲韻，周頌有瞽篇亦然，因知三古以前，已有此例。後人目五子歌一章爲無韻，有瞽篇爲兩韻分叶，集注又欲改惜誦中情爲善惡，懷沙無匹爲無正，皆臆説也。蠶叢詩：誰能長生？不朽難獲。北音讀護。易林臨之需：耳聰目明，聖〔一〕作元輔。潘安仁任府君畫贊「鑒象開慶」，「含真履素」，叶法亦同。蓋迎轉還，情轉胙，古方音必有通者。爾雅釋詁郭注：今江東通謂語爲行。知東晉猶有此音矣。

大招「投詩賦只」，朱注與下不叶，因下句亂從變譔叶也。今按，賦販亂路，發音本不相遠，然亂寔古治字，叶賦，或亦之虞叶例。「禁苛暴只」，朱子亦注不叶罷韻。案，暴罷皆並母，蕭麻相轉，與孔子猗蘭操「不知賢者」，「一身將老」同例，東坡表忠觀碑「以燕父老」「玉帶毬馬」猶用之。

廣韻支脂之三部，舊注同用，至南宋劉淵并爲一部。余按，詩易騷三書，所用三部字，凡六七百處：支常叶歌麻部，脂之常叶灰尤部，脂又常叶微齊佳部。至三部相通處，支叶脂止詩三見，騷一見，易並無。叶之止易一見，詩騷並無。又脂之常叶尤，而支無有。天下未有不常叶之字，而可合爲一部者。然則脂之之分何也？脂常叶微齊，亦閒叶歌麻，而之與歌麻微齊，絶無叶焉，則亦不得而合矣。余嘗舉裳華卒章，左與宜叶，右與有似叶，人所共知。宜在支部，似在之部，一部有左右之判，而莫之察也。蓋嘗遍考兩漢以前經史諸子，及凡詩賦謡諺，莫不脗合，故仍列爲三。顧寧人謂司馬長卿大人賦以支部馳離等字入脂之韻。按，大人賦前用旗嬉疑，後用止母使喜，皆之尤自爲韻，與中間馳離等字，未相入也。若蔡文姬胡笳首拍，三韻拉雜，決爲贋作。

真庚蒸侵諸韻，在吾黨幾無別，而北人讀庚蒸偏工納鼻，浙東讀侵覃正應合脣，惟元音所存，故古韻亦往往相合。然三古方音取諸北者較多，如真與庚有判，而東冬與蒸侵不殊，則以雍冀少東冬正音，而侵尋亦未嘗閉口讀也。若支脂之微齊與魚虞，吴越以南，音讀相混，而詩易楚辭用魚虞韻最多，無與脂微齊叶者，支止一見，之共三見耳。支通虞以麻也，之通虞以尤也。毛大可反以魚虞爲支微齊佳灰與歌麻尤相通之紐，陳法子遂合魚虞支微齊佳灰爲一韻，皆以己量古人而失之者也。嘗論魏伯陽參同契真庚混并，之虞沓合，正係會稽土音。然其韻法甚龐，而之韻百餘，錯入支脂者絶少，可知古音之不相合矣。

古今異音，其故有二。有古有今無者，如東漢馮衍傳「飢者毛食」，太子賢注：毛，與無同。左傳「渾良夫乘衷甸兩牡」，陸德明釋文：甸，之證反。是古音在唐猶存。今所傳玉篇廣韻俱删去，又如等與能，皆古之部諧聲字。之灰通音，故等又音竴，能又音耐，自廣韻入蒸部後，灰韻猶存，之韻絶響矣。禮部韻略則并灰部等字删之，是也。有古無今有者，能字，古止以耐二音，故離騷叶佩，思美人叶疑。風字，釋名云：兖豫言風，氾也；青徐言風，放也。故詩騷多叶侵覃韻。賈誼惜誓「右大厦之遺風」，叶陽庚韻。西字則易林屯卦叶關叶全，否之家人叶民叶恩，解之漸叶刑，巽之艮叶鳴，革之鼎叶通。獨無能入登韻，風入東韻，西入齊韻者，應是采風偶遺之故，今則全與古别矣。大抵唐虞三代考文之君，皆生北地，其著書者亦多北方人。自衰周以降，文學漸盛於南，而聲類之書，又起於江左，其師弟之所傳習，記載之所增損，日遷月流，而南音漸及於北。若謂無爲毛，本河朔語；古田陳聲近，故陳敬仲奔齊後爲田，鄭北海周禮稍人注「甸」，讀與陳同，則亦齊語也。顔師古稱俗以等爲底，顔雍州萬年人，爾雅疏：西卑，即鮮卑。詩「有兔斯首」，鄭箋：齊魯語斯作鮮。而今河北人讀風猶作弗音反。又，問訊助語，北人呼呢，南人呼蒸部之能，皆其端也。但古無今有者，特千百中之一二，而今無古有者，乃後人厭其繁而省之，概云誤入，惡乎可？又按，淮南「萬民猖狂，不知東西。含哺而遊，鼓腹而熙」，此西讀昔奚之始。易林：鄭澮有聲，國亂失傾。弘明早見，止樂不能。此能讀納恒之始。顧氏謂能入蒸始於宋齊，西入齊始於東漢王逸，亦未然。

六書之義，鄭漁仲言之最詳，於假借尤窮奇盡變，然尚有缺者。按，考工記「衡四寸」，鄭注：衡，古文横，假借字。「寬緩以荼」，鄭注：荼，古文舒，假借字。蓋古人通用之字，亦名假借。歐陽集古録云：古器「眉壽」多稱「麋壽」，因古字簡少通用，至漢猶然。夫惟字少，故一字以數音讀之，而韻亦因之以寓。余觀李子西漢隸分韻，記漢隸假借通用之字，帝堯碑沂爲垠，史晨奏煙爲禋，余爲斜，武梁碑連爲爛，孟郁碑如爲而，楚相碑波爲陂，嚴訢碑仙爲山，張公碑亨爲享，劉熊碑偶爲隅，鄭固碑遁爲巡，婁壽碑且爲沮，魯峻碑義爲莪，陳球碑蛾爲蟻，楊厥碑衙爲禦，禮器碑妃爲配，張納碑澹爲瞻，周景碑藹爲遏，孟郁碑屋爲渥，汁爲叶，繁陽令碑速爲迹。蓋雖文字日滋，而古來通用之音，原未嘗廢，故音可互讀，而字亦可互書。自聲類既分，而此疆彼界，乃斷斷乎不可相入。然則古韻之亡，乃亡於假借之少也。

近世謂古韻通轉，即六書之轉注，其説起於宋禮部韻及復古編，謂轉注爲展轉其聲，注釋他字之用。元明人宗之，皆云：轉注者，轉其聲以注爲別字。假借者，不轉音而借爲別用。若蕭子荆、程敬叔、趙凡夫、楊用修、陸子淵、焦弱侯之屬，同然一辭，不知一字數音，一字數義，皆假借中事。今分其半以爲轉注，而轉注幾亡矣。注者，向也，初非注釋之謂。假借兼乎音義，轉注則專於形體，而義亦寓焉。唐賈公彦周禮疏云：轉注者，建類一首，文意相受，左右相注，考老是也。元周伯温六書正譌曰：聲不可窮，則因形體而轉注，帀、𠄠是也。王魯齋正始之音序曰：轉注者，形之變也。假借者，聲之變也。自叔重康成以來，相沿如是。考字左回，老字右轉，倒㞢爲帀，反正爲𠄠，旋轉傾注，極形體之變，而意義即寓乎其閒。鄭漁仲所謂互體別聲，互體別義，猶恨語焉未詳，且拘於楷體，亦未足窮其變。余嘗取其因文成象圖，以爲轉注之證，而後其義始全。其説有倒取倒高爲[篆]之類、反取反人爲匕之類、向取向[篆]爲[篆]之類、相向取[篆]相向爲[篆]之類、相背取[篆]相背爲[篆]之類、相背向取向爲[篆]、背爲[篆]之類、近取取[篆]於三之類、遠取取山於三之類、加取二加二爲三之類、減取減巛爲巜之類、微加減取加一爲[篆]，減一爲[篆]之類、上取上向左爲[篆]，向右爲[篆]之類、下取下向右爲[篆]，向左爲[篆]之類、中取中貫爲[篆]、不貫爲[篆]之類、方圓取方□、圓○、曲直取直丨、曲乙、離合取離八、合亼、縱横取縱丨、横一、邪正取正十、邪乂、順逆取順理爲[篆]，逆理爲[篆]、内外中閒取○相内爲◎，相外爲[篆]，相閒爲[篆]。凡此之類，宛轉變化，遽數難終。然觀象察情，不待罕譬而喻。論書者而遺此，豈復得制作之全乎？楷體既行，形勢方滯，而此意寖微不見，學者各師心以測之，於是轉注不明，而假借亦因之而晦。趙凡夫乃曰：說文序以考老爲轉注，而本訓老從人毛七，考從老省聲。是老乃會意，考爲諧聲，自相矛盾。夫六書之相兼者多矣，通志略條例具在，趙氏奚足以知之？吾故曰聲類漸分而假借微，隸楷遞更而轉注昧。

附注： 享，厚，人，化，雲，雷，户，門，臣，誑，拱，攀，天，山，三四，川，澮，聿，湼，毛，手，訶，考，毋，母，□圍，〇盤，丨衮，乙，八，入，十十，乂，從，比，◎回，鄰，環。

學者狃於律韻，雖有心考古者，於古韻離合，多不得其端倪。余觀圖書十二字頭，支微齊佳灰一類，支微合歌麻魚虞一類，真文元寒删先一類，東冬江陽庚青蒸侵一類，蕭肴豪尤一類。又，各句十二部相承，縱則同收，横則同發，本無意於古韻，而約略相符，夫元音固在天地也。又等韻之學，上取同母，下取同韻，於下字韻中，取與上字同母者，其音即得，故任舉二字，可切一音。自六朝時，臧獲皆能之，而今則士大夫亦鮮習者，往往讀其切而不能得其音，以其取字寬也。國書於有音無字處，則以兩字併書，如將爲齎陽，姜爲几陽。使人疾讀之，而字躍然在口，其法不外於等韻。但上字於本字發音，下字於本字收音，尤擇其近者，而兩字相比，又無脣舌開闔懸抵之分，斯急讀時兩字如一，雖初學可得其音，用代音釋爲尤便也。余集中切字皆倣之。切上一字平上去者，即取本字入音或同入之平上去音。入者，取本字平音或轉音，切下一字，取同韻之最近者，即得。

廣韻上平二十八部，下平二十九部，上五十五部，去六十部，入三十部。劉淵并之，平上去皆三十部，入十七部，與平上去不合者，以入字少，有數平韻合一入部，亦以入韻雜，有一平韻散數入部也。顧寧人古音表析屋爲三，或屬尤，或屬魚，或屬蕭。析沃二，屬虞，屬宵。析覺二，屬模，屬肴。析藥三，屬侯，屬豪，屬麻之半。析陌三，屬侯，屬之，屬灰。析錫二，屬齊，屬豪。析職二，屬佳，屬之。質屬支脂之，物屬微，曷屬灰，屑屬齊，月黠屬佳，而東冬江陽庚青蒸真文元寒删先歌十四部，并麻半部，無入音。毛大可承章氏韻學集成之説，以屋沃覺藥陌錫質爲東冬江陽庚青蒸之入，質物月曷黠屑爲真文元寒删先之入，而支微齊佳灰魚虞歌麻蕭肴豪尤十三部無入音，通志内外轉圖亦同。一説幾成黨伐。觀元劉氏切韻通攝，屋沃爲東冬魚虞尤之入，覺藥爲江陽蕭肴豪歌之入，質爲真支齊，物爲文微，月爲元，曷爲寒灰，黠爲删佳麻，屑爲先之入，陌錫職爲庚青蒸之入，可以通兩家之蔽矣。至緝合葉洽四部，周德清中原音韻分隸支微齊佳灰歌麻各韻，今以爲侵覃鹽咸之入，三家並同。抑尚有未盡者，魚虞之入，雖在屋沃，亦未嘗不在覺藥。蕭肴豪之入，雖在覺藥，亦未嘗不在屋沃。支脂之微齊佳灰，與質物月曷黠屑陌錫職，各有正叶，亦未嘗不交錯相附。若麻之入自在陌，不在黠，大約歌麻之入在藥陌，而歌則藥多陌少，麻則陌多藥少也。蓋入部之數，既與平上去不合，兼有南北語音之異齊，獨觀其假借之字，則蹤跡較然矣。按，廣韻假借字，屋沃内尤部舉平以該上去。下同。三十三，屋部鍑復瘦覆富副輻畜蟰潚鱐蔟鏷祝宿讀穀囿肉柚璹殧罙透栯，沃部涑襡噣舊趣不黴槈。魚虞部六，屋部鶩鞲，沃部亍趨足贖。蕭肴豪部二十七，屋部燠澳懊墺腴礵摍蟰潚飀暴瀑鷚皰蓼隩儵鑿苗，沃部娼椙瑁告郜祰櫜歊。覺藥内蕭肴豪部三十九，覺部爬鞄颮曝爆皃藐箾掔敲湷嬥濯踔掉覺較樂菿毦皋，藥部燸削鑿蹻溺繳敫覞灼杓礿芍燋嚼爍嗃鄗鎬。魚虞部十五，覺部數，藥部搏著度莫濩惡作錯醵膜厝簙溥擭。藥内歌麻部五，縛作擭若惹。陌内麻部十八，笮咋唶借譇齰藉踖啞嚇炙斥麝射霸迦怕䗪。質内支部一，鶬。脂部十六，質幘磧柲泌出詘比坒啐誶暨率帥跮颲。灰部三，誶啐詘。物内微部九，尉罻熨蔚乞佛茀颵芾。灰部一，祓。月内灰部八。孛誖悖師棣茷噦怖。齊部六，厥橛蹶揭藙璏。曷内灰部二十，檜獪劊沫昧眛汰濊靄役癩糲鶡礚匃縩軷鱺拔鱍。佳部四，餲喝噧昒。齊部二，餲糲。黠内佳部八，忿砎扒楷殺鎩隸咶。灰部二，轄拔。脂部一，毖。齊部三，瞭蔱錣。屑内齊部五十四，啜餟綴畷蝃輟醊洌迾鴷栵栵綟偈揭碣愒戾捩綟瀲驚瞥唳寞契挈類晰晢泄抴霓蜺涗膠蕝掣蜕蝻蹶幓説切啐臃鬣湀駃閉鎰嚙訐觟。支部二，觖監。脂部四，湀騤鍪末。灰部四，愒娧毨末。陌内支部五，易積辟刺椑。齊部二，薜椑。佳部三，債纗陒。灰部一，幗。錫内支部一，酈。齊部一，鼙。灰部一，菩。職内之部十六，薿嶷嶷薿植埴埴織識意醷廙潩食亟侐。脂部一，垐。佳部一，悈。灰部三。儗塞貸。凡假借之字，皆四聲相合，以平上去觀之可見。然則入韻與三聲，參錯不齊如此，分部者雖欲畫而一之，又可得乎？今具四聲指略如左：

屋沃東冬　尤　魚虞　蕭肴豪　覺江　蕭肴豪魚虞　質真　支脂　物文微　月元　曷寒灰　黠删佳

屑先齊　藥陽　蕭肴豪歌　魚虞　麻　陌庚　麻歌　錫青　職蒸　之　質物月曷黠屑陌錫職九韻，雜附支脂之

微齊佳灰　緝侵　合覃　葉鹽　洽咸

北土入音，多讀平上去，又多讀入支微齊佳灰魚虞蕭肴豪尤部，蓋其語勢固然。而經傳四聲相叶者多因之，蓋古未有四聲，其與平上去叶者，固不以爲入也。若四聲既判，則每字必有四聲，猶人必有四體，故自北人言，支微諸部皆無入音，自南人言，東江諸部皆有入音，不可以北人之讀入爲平上去者，而遂限爲此聲之入也。顧氏古音表以三代經傳之文，入聲無叶東江諸部，而謂東江諸部無入音，固矣。且易蒙象順叶寔，真質之通。革上象「其文蔚也」，叶「順以從君也」。九嘆「愁佛鬱兮」，叶「長隱忿兮」，文物之通。訟象竄叶掇，寒曷之通。小雅「瞻彼洛矣，維水泱泱」，陽藥之通。大戴禮「射者之聲」，叶「既獲卒莫」，庚陌之通。詩生民冰叶翼，大招凝叶極，蒸職之通。小雅「賓之初筵，左右秩秩」，先叶真之入，猶齊叶支脂之入也。老子「脩之於國，其德乃豐」，東叶蒸之入，猶尤叶之之入也。易林大壯之明夷「把彈弦折」，叶「道遇害患」，删叶先之入，猶佳叶齊之入也。其假借之字，屋内東部三，晁喵工。沃内冬部三，拲捒趚。覺内江部二，青舡。質内真部二，焌頙。物内文部二，伆𡖑。月内元部二，搵歎。曷内寒部七，噴般畹鶠幹笪狚。黠内删部二，鬜䶃。屑内先部八，涮狪㹦咽焆讞舌䶂。藥内陽部三，郤擴掠。陌内庚部二，鵳廁。錫内青部三，蓂幎覭。職内蒸部一，塍。真部之準在屑，元部之菀在物，獻在屑，寒部之華在質，婠在黠，昳在屑，先部之闕在月曷，寒先之㦰在黠，猶支微齊佳灰之入，交附質物月曷黠屑也。陽部之皀疒在陌，猶歌麻之入，交附藥陌也。其他東江諸部偏旁諧聲之字，與各入部相應者，尤指不勝屈。若攄屋。爲弄，東。周禮「攄鐸」，鄭注讀弄。鞠屋。爲芎，東。左傳「山鞠窮」，鞠，起弓反。覆屋爲要，東。漢書「天命將要」，又「要駕之馬」，要即覆。壹質。爲氤，真。易「天地氤氳」，説文作「壹壺」。述質。爲巡，真。周禮「鄉師巡其前後」，注：巡爲述。誶質。爲訊，真。賈誼賦「訊曰」，漢書作「誶曰」。黦月。爲宛，元。禮「兔爲宛脾」，鄭注：宛，于月切。遏曷。爲按，寒。詩「以按徂旅」，孟子作「遏」。怛曷。爲憚，寒。考工記「莫之能憚」，鄭注：憚，讀怛。别屑。爲辨，先。周禮「傳别」，鄭讀辯。又「荒辯」，鄭讀别。截屑。爲諓，先。秦誓「截截」，公羊作「諓諓」。刷屑。爲選，先。漢書「金選之品」，應劭注：選，音刷。逆陌。爲迎，庚。春秋「逆女」，方言：「關東曰逆，關西曰迎。」辟陌。爲并，庚。莊子「至信辟金」。冪錫。爲冥，青。周禮「冥氏」，鄭注讀冪。得職。爲登，蒸。公羊「登來之也」，何休注：登，讀得，齊語。鬱物。爲苑，元。詩「我心苑結」。鶡曷。爲鴳，文删。漢書「鶡雀」，顔師古注：音鴳。椁藥。爲橙，庚。鄭康成説禮「用金石作槍雷椎椁之屬」。賈子明羣經音辨：椁，器也。注：宅耕切。亳藥。爲京，庚。春秋「亳城」，公羊作京。古讀通用之字，見於經傳者纍纍。若説文充育聲，蕐共聲，殼青聲，腯盾聲，蝨卂聲，黦冤聲，頞安聲，訐干聲，怛旦聲，覞見聲，彉黄聲，崞亨聲，達幸聲，馥复聲之類，尤明白易曉，可謂無一叶於彼乎。至歌麻假借之字，在藥陌内尤衆，而云歌麻無入聲，愈疏闊矣。其謂有入之部，如蕭屋肴覺豪藥支質微物灰曷佳月黠，畫然分配，絶不相假，則各部入韻假借字，固已雜出而不相應，又何以解之乎？毛氏欲矯其説以示新奇，而於東江諸部之有入者，絶不能有所考據，其支魚十三部入韻假借之字，與古人四聲之叶紛然粲列者，亦不能强以爲無。於是設三聲二一聲回互叶韻諸目，謂東江諸部之有入者，平上去三聲自通，而不與入通，是有入而仍無入也。支魚諸部之無入者，入聲不與平上通，而與去通，是無入而仍有入也。其説初不能越顧氏之籓籬，而更隔絶支魚諸部平上之入音，如清人之「軸」、「陶」，中谷之「脩」、「淑」，皆以爲非韻。則愈疏而愈隘矣。且秦漢以前，固不知平上去入爲何物，而三聲二聲，紛設變例，謬孰甚焉！況乎兩界興而五部弛，互叶生而兩界裂，種種分張，徒自勞苦，惡足言韻哉！

家九兄磐左云：造化之運，始於陽，窮於陰，而陰極則陽復生，故其體常兩岐。以天文言之，東方青龍、南方朱雀、西方白虎，悉皆一體，北方玄武，則有龜蛇二形。人之五臟各一，腎獨有兩。冬爲今歲之陰，而冬至寔肇來歲之陽，夜爲今日之陰，而子時即肇來日之陽，胥是道也。然陽常有餘，陰常不足，故天文至北方而隱，萬物至冬月而藏，日辰至亥時而静，人身五臟病症，至腎獨有虚無寔。字之平上去入亦然，平者其聲冲融，天地之春氣也；上者其聲發揚，天地之夏氣也；去者其聲徂謝，天地之秋氣也；入者其聲歸藏，天地之冬氣也。入者四聲之至陰也，故一平常有數入，如蕭小嘯之入，是肅亦是削，此兩岐之驗也。然平上去之韻俱多，惟入止十七部，則以數平又往往合一入，如賓牝擯必、俾卑臂亦必之類，此至陰不足之驗也。顧氏乃謂天之生物，使之一本，而削去東江諸部之入，於魚尤諸部之入又每字而分屬之，未識夫韻之源流也。

古韻通轉，屋沃覺藥陌錫職爲一部，質物月曷黠屑爲一部，緝合葉洽爲一部，考之羣書，大概相同。屋沃覺藥，如東冬江陽，音本相通，又均爲魚虞蕭肴豪之入，固宜通轉。質物月曷黠屑，如真文元寒删先，又如支脂微齊佳灰，其相通亦如之。若陌錫職與質物月曷黠屑，均爲支脂之微齊佳灰之入，而反與屋沃覺藥通者，陌與藥如庚與陽、如麻與歌，錫與陌如青與庚，職與屋如東與蒸、如之與尤，皆直爲一部。且陌内有魚虞部四，莫濩愬數。錫内蕭肴豪部十六，敫竅獥激鷩擊芍⿰忄勺杓歒弔迓溺寥摷蓧。尤部一，瞗。職内尤部五，⿺走咅踣苟仆副。固與屋沃覺藥之四聲相參。陌内藥部十六，莫嘆卻御㗁迮岝格鵅笮挌索溹護踖郝。錫内屋部一，濼。藥部八，濼櫟⿰忄勺杓歒溺敫。職内屋部十，鼻畐偪幅福菔蔔黓覆惡。又與屋沃覺藥之本音相合，宜其相通轉也。要之律韻定於後人，與古者轉音之叶，豈能尺寸相合?·故其游軼處，幾於凡入皆通。毛大可入聲十七部通轉，引據可驗。顧寧人于入韻止分四部，然徵之古叶，已多隔閡。其所説詩，于偕老之翟叶髢，杕杜之好叶食，小旻之猶叶集，抑之告叶則，七月之穋叶麥，六月之急叶國，正月之局叶蹐，思齊之式叶入，崧高之伯叶濯，良耜之穀叶活，皆注爲無韻，此蓋名爲排擊律部，而寔不能脱律部之牢籠，故忍泥今而不信古也。夫稽古之道，與之虛而委蛇，則善矣。

【校勘記】

〔一〕聖，原作「爲」，今據易林四部叢刊本改。

圖書在版編目(CIP)數據

山帶閣注楚辭 / (清) 蔣驥撰; 于淑娟點校. —上海: 上海古籍出版社, 2019.3
(楚辭要籍叢刊)
ISBN 978-7-5325-9138-1

Ⅰ.①山… Ⅱ.①蔣… ②于… Ⅲ.①古典詩歌—詩集—中國—戰國時代②楚辭—注釋 Ⅳ.①I222.3

中國版本圖書館 CIP 數據核字(2019)第 044126 號

楚辭要籍叢刊
山帶閣注楚辭
[清] 蔣驥 撰
于淑娟 點校
上海古籍出版社出版發行
(上海瑞金二路 272 號 郵政編碼 200020)
(1) 網址: www.guji.com.cn
(2) E-mail: guji1@guji.com.cn
(3) 易文網網址: www.ewen.co
上海展强印刷有限公司印刷
開本 850×1168 1/32 印張 11.625 插頁 4 字數 195,000
2019 年 3 月第 1 版 2019 年 3 月第 1 次印刷
印數: 1—3,100
ISBN 978-7-5325-9138-1
I·3360 定價: 48.00 元
如有質量問題,請與承印公司聯繫
電話: 021-66366565